マンガでわかる

源氏物語

砂崎良 著

上原作和 監修

マンガ
亀小屋サト・サイドランチ

池田書店

はじめに

千年の昔に書かれた『源氏物語』は、おそるべきことに未だポップカルチャーです。マンガ・映画・ドラマが繰り返し作られ、気軽に楽しまれているのですから。物書きとして感にたえません。過去千年のファンがそうしてきたように、今後も読み、翻案し、新たな作品を創ってほしいと思います。

しかし一方で味けなくも感じます。各キャラクター、特に主人公・光源氏のステレオタイプが一人歩きし、さながら金太郎飴を切ったかのように、恋愛ものばかりが作られるからです。光源氏にも『源氏物語』にもさまざまな面があり、いかようにも面白く作れるのに、なぜ新解釈が出ないのでしょう？　話題づくりのためか、本来は全く無いベッドシーンをてんこ盛りにした作品に至っては論外です。

これは『源氏物語』を読める人が少ないためでしょう。無理もありません。私たち日本人はたいてい六年古文を習っていますが、実用レベルの古文力にはまず達しないのですから。教育が悪いのではありません。千年前と今では社会や制度、それに感覚が違い過ぎるため、読めても理解ができないのです。

従って本書では「平安人との間に感性の橋を架ける」ことを目標としました。なぜ光源氏はこのように言い、ふるまったのか。その言行は当時の人にとって、どのような意味を持つものだったのか。それがわからなければ『源氏』はわかりません。光源氏の野心と出世、神話的に結ばれた恋人、手にした栄光とその喪失、子や孫たちの生き辛さ、それらを感覚で理解できるよう、本書はマンガ・本文・コラムで構成しました。作者・紫式部についての情報も入れてあります。千年前の不遇なシングルマザーが文字通り筆一本で創りあげた架空の歴史を、その生涯と重ね合わせて体感してください。

お断りしておくことが二つあります。まず、本書で採用した呼び名についてです。『源氏物語』のキャラクターたちはたいてい「本名不詳」。高貴な方を名指しするのは畏れ多いという感覚ゆえに、「光るように美しい源という名字の人＝光源氏」「藤壺にお住まいの方＝藤壺」などと仄めかすように呼ぶのです。文脈次第で呼称が変わりますし、読者がつけたニックネームも有名です。わかりにくいので本書では、最も有名な呼称に統一しました。引越しや昇進のせいで実態とずれることもあるのですが、明快さのためとご了解ください。

第二に部や章、本編、外伝という分類です。『源氏物語』は最初から最後まで、「老いた女性が昔見聞きしたできごとを、思い出しつつ語る」というゆるやかな体裁で書かれています。このためにしばしば起こるのが、全ての巻をじっくり読んでしまい「須磨」辺りで訳がわからなくなって第一巻に戻るという現象「須磨がえり」です。本書では構造を見やすくするため、原典を内容に基づいて三部に分け、さらに細かく章を立てました。また本筋と関わらない巻を「外伝」と位置づけて分離しました。夕顔、末摘花といった有名な女性たちは、実は本筋と無関係なのです。意外でしたか？

「日本人にとって『源氏物語』は小説でなく民話だ。ほとんどの人が読んだことなく、漠然と内容を知っているだけだから」とある外国人研究者が言いました。あまり有難いコメントではありません。日本語のネイティブこそ、最も『源氏物語』を楽しめるのですから。本書をきっかけにぜひ原典を、その流麗な文章を味わってみてください。

目次

第二部 不信と不幸の凋落時代

第三部

〈其ノ壱〉光源氏没後の世界

〈其ノ弐〉あやにくな恋物語 宇治十帖

コラム

時は平安——
貴族文化の時代に
女性に大人気の
物語がありました
ねぇあのあと
紫ちゃんは
どうなったか
知ってる？
うん！
ママの友達が
言うにはね……
わたし書写したの
叔母が写本貸して
くれたのよ！
すご〜い
わたしにも
写させて！
キャッ
キャッ
いいけど
汚さないでよ
紙がとても貴重だった時代
「物語」を入手するのは
大変なことでした
しかし魅了された読者たちは
手書きと口コミで
広めたのです
その魅力的な
物語を書いたのは
一体どんな人
だったのでしょう

※写本…この時代、本は手書きで写していた

10世紀末
とある中流貴族の家に
女の子が誕生しました
のちの紫式部《むらさきしきぶ》です
父は藤原為時《ふじわらのためとき》
姉が一人、兄弟が一人いました
母は藤原為信《ふじわらのためのぶ》の娘
しかし早くに
亡くなったようです
※ほかの女性との間に二男一女あり
父は紫式部の兄弟に
出世してほしいと
漢文をせっせと教えましたが
なかなか読めず
覚えられず……
じ〜……
吉日兮辰良
穆将愉兮上皇
吉日《きちじつ》の辰《しん》も良《よ》し。
穆《つつし》みてまさに上皇《じょうこう》を
愉《なぐさ》めんとす
なんと!
兄弟をさし置いて
憶《おぼ》えたのか!
紫式部は
大変聡明でした
しかし父は……
ああ残念だ
この子が男の子で
なかったのが
私一生の不運だ
というのも
当時漢文が役に立つのは男だけ
女の式部が読めても
何の役にも立たなかったのです
ぽー…
式部の「兄弟」が
式部の兄なのか弟なのか
不明ですが、いずれにせよ
悲惨なエピソードですね

また、紫式部の父は要領が悪く、
なかなか仕事にありつけなかったため
式部はもの寂しい境遇で
育ちました
姉は早くに病没
たまたま妹を亡くした女性と知り合い
互いを「姉さん」「妹」と呼んで
なぐさめ合いました
まるで妹ね！
お姉さまと呼ばせてください
こうして友情関係で
心を満たしていったのです
その友人とも
長年別れ別れになって
しまいますが
彼女と再会したときに
彼女に宛てた歌が
小倉百人一首の
有名なあの歌となりました
めぐりあひて
見しやそれとも わかぬ間に
雲がくれにし 夜半の月かな
（久々にあったのにあなたは
月のようにすぐに雲に隠れてしまったわね）

このように文才はある
式部でしたが
しょせんしがない貧乏学者の娘
年頃になっても
良縁もありません
式部は書を読み
歴史を学び
社会を批判的に
見るようになっていきます
そんなとき父がやっとのことで
「越前守《えちぜんのかみ》（越前の役人）」に出世
権力者・藤原道長《ふじわらのみちなが》に
よるものでした
ほっ
父とともに琵琶《びわ》湖を渡り
はるばる越前へ行った式部
この体験が
式部の見聞を広めました
越前には
中国・宋から来た
商人たちがおり
父は漢文を駆使して
大活躍
そんな
とき
私も
がんばる！
ザッ
式部にも春が
やってきました
縁談が
舞いこんだのです
つづく

※紀時文（きのときふみ）との初婚説もあり

第一部

其ノ壱

「光り輝くヒーロー」誕生！

奔放な青春時代

長編『源氏物語』の、まさに滑りだしです。
本編では光源氏出生のいきさつ、
許されぬ初恋、政治的敗北が語られ、
外伝は恋の悲喜劇です。
本編に外伝が食い込んでおり、
筋を追いにくい章でもあります。
本編だけ読むのも手かもしれません。

メインイベント
・光源氏の臣下への格下げ
・藤壺への恋
・政争での敗北

巻

登場人物

光源氏《ひかるげんじ》（1～25歳）
桐壺帝の秘蔵っ子。美貌と才能を兼ね備えた貴公子。破格の人生を運命づけられている。

藤壺《ふじつぼ》（～30歳）
桐壺帝の年若い妃。光源氏の初恋の人。謎の美女。

頭中将《とうのちゅうじょう》
左大臣の息子。光源氏の親友にしてライバル。人情家。

紫《むらさき》（～15歳）
光源氏の養女、のちに愛妻。オールマイティな優等生。

弘徽殿大后《こきでんのおおきさき》
桐壺帝の古株の妃。光源氏の敵。独善的な激情家。

葵（～26歳）
光源氏の正妻。頭中将の姉妹。気位の高い箱入り娘。

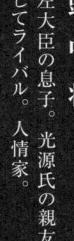

六条御息所《ろくじょうのみやすんどころ》（～32歳）
前の春宮（皇太子）の未亡人。光源氏の恋人。教養ゆたかな貴婦人。

朧月夜《おぼろづきよ》
弘徽殿大后の妹。光源氏の恋人。自分に正直な情熱家。

花散里《はなちるさと》
光源氏の妻の一人。心優しく家事上手。

桐《きり》壺《つぼ》

登場人物

光君（元服後、光源氏）
桐壺帝（父）
桐壺更衣（母）
弘徽殿大后（政敵✕）
藤壺（初恋♥）

※用語解説

更衣…妃の位。低い。
春宮…皇太子。
元服…男子の成人式。女子は裳着。

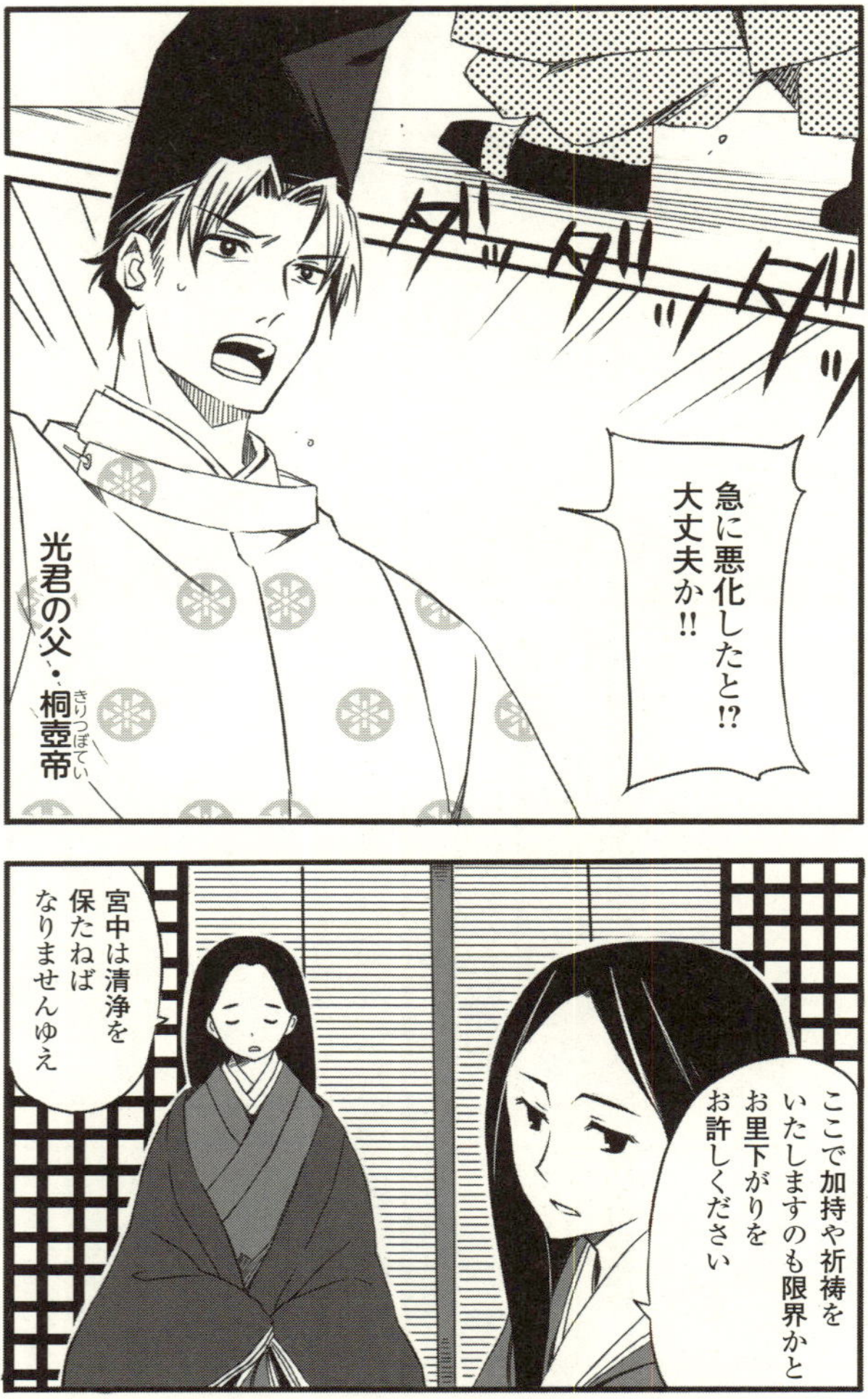

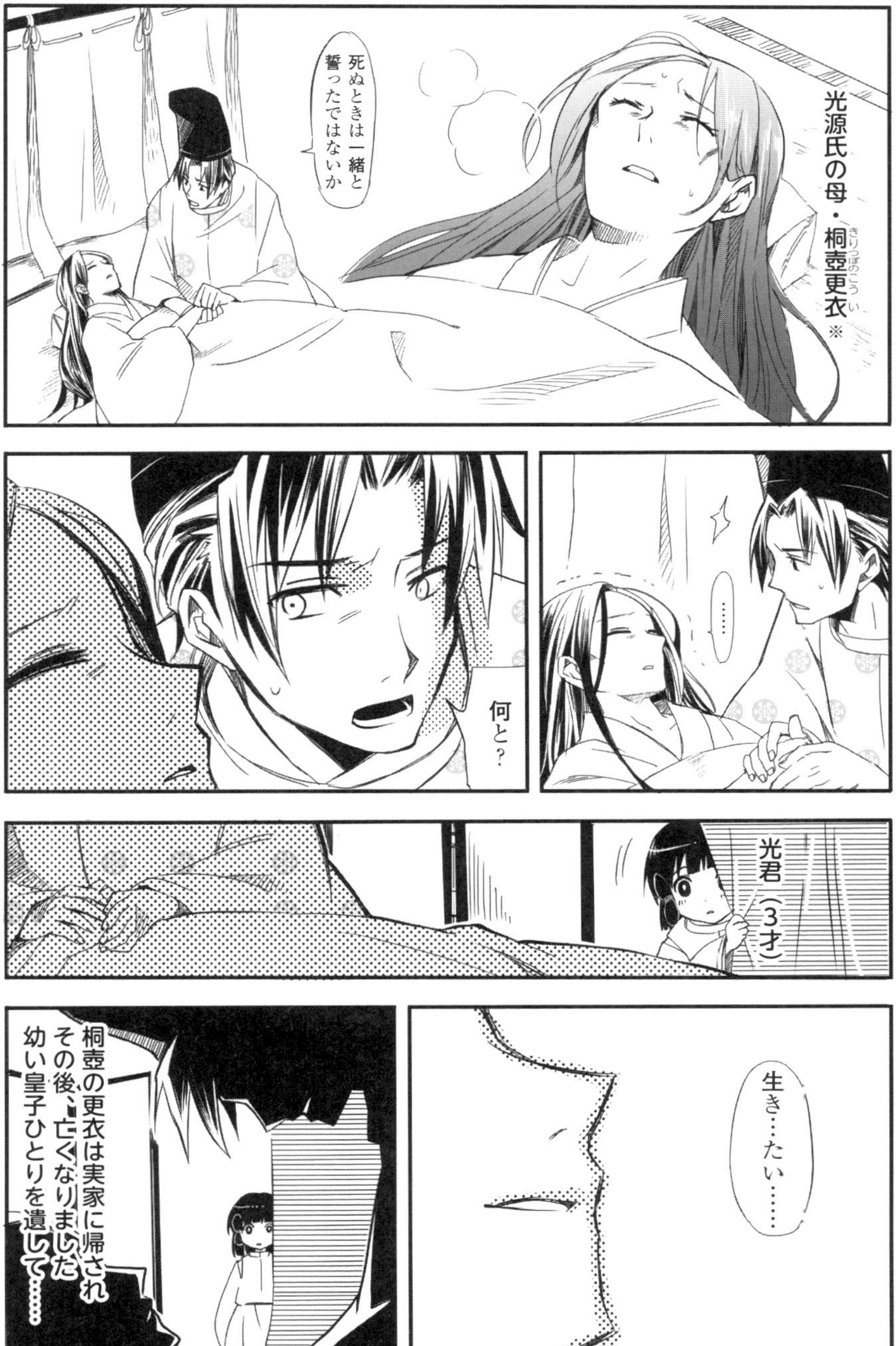
光源氏の母・桐壺更衣《きりつぼのこうい》※
死ぬときは一緒と誓ったではないか
……
何と?
光君（3才）
生き…たい……
桐壺の更衣は実家に帰され
その後、亡くなりました
幼い皇子ひとりを遺して……

光源氏
左大臣
母・桐壺更衣《きりつぼのこうい》の死から
九年経ち
今日は光源氏の
元服※の日です
桐壺帝
あ、光の君
昨年の春宮《とうぐう》※より
ご立派な
？
しっ
へっくし！
春宮・朱雀《すざく》

その頃
朱雀の母が住む弘徽殿では
光君、今日より我が家の婿どの私の娘、葵《あおい》とどうぞ仲よく
もう宮中にはいられないの？
父上！左大臣の葵姫は我が春宮の妃《きさき》にと申し入れていたのですよ！
右大臣
なぜ!!
光源氏などという位の低い者に…！
弘徽殿大后《こきでんのおおきさき》
しかたあるまいお上の決定なのだから
一方桐壺帝は――
じー…
上？
うむ、
光源氏を臣下にしてしまうのは実に惜しかった
元服したとはいえまだいとけない……母子のように、いや姉弟のように仲良くしてくれ
…はい
何でしょう？
光源氏の母に似て…
藤壺

光源氏の「光」は月光……太陽に逆らう人生

『源氏物語』。天皇四代、七十数年をえがき、登場人物は四百人を超える壮大なこのフィクションは、主人公・光君が皇族の身分を失い、源氏姓を賜って臣下に降りることから動き出します。

美貌、知性、芸術の才、天皇になっても不思議はないほど豊かな資質に恵まれた皇子が、どうして臣下の身分に下げられたのでしょう。それは祖父が早死にしたからです。光源氏の祖父は貴人でしたが、出世する前に亡くなりました。そのために光源氏の母・桐壺更衣《きりつぼのこうい》は、更衣という身分の低い妃《きさき》にしかなれませんでした。母の身分低さが傷となり、光源氏は天皇になれなかったどころか、臣下の身分に落とされたのです。

このような生まれによる不運は、『源氏物語』が書かれた当時、とてもありふれた話でした。人が、能力より身分で評価された時代です。親の代、祖父の代が出世しそこねたために、ずるずると落ちていく人たちが、いたるところで涙をのんでいました。

そこへ『源氏物語』が登場したのです。「日」に例えられる帝位を奪われた皇子が、対抗して月のように光り、影の帝位を目ざす物語。それはつまり主人公が不運を乗り越え、出世していく話だったのです。

読者たちは光源氏にかなわぬ夢を託し、成功を祈ったことでしょう。

人物クローズアップ

可憐？ したたか？ 桐壺更衣

はかなく見える桐壺更衣。しかし「わが子を春宮に」という執念は持っていたようだ。意外と上昇志向だったらしい。

激情家 弘徽殿大后《こきでんのおおきさき》

彼女の言うことは意外と正しい。しかし感情的になりがちで、人の意見には耳を貸さない。だから嫌われてしまうのだ。

藤壺《ふじつぼ》は謎の美少女

この巻の彼女は実に初々しい。そして心理描写が極度に少ない。本当は何を思ってるの？ と思わせる態度が魅惑的だ。

豆知識 草子地《そうしじ》のパワー

「またいつもの浮気ごころですねえ」。源氏物語の本文には、このような筆者のコメントがまま見られる。「草子地」と呼ばれるものだ。『源氏物語』は〝ある女房が、光源氏について語っている〟という形式で書かれている。だから「語り手はこう解釈しているけど、真相はこうなんじゃないか？」と、何通りにも読むことができるのだ。まさに読みの可能性、無限大である。

知っておきたい!

モデルは身近にいた!? 一条帝と中宮定子

『源氏物語』は時代小説だ。つまり、作者が生きた時代より百年ほど前の、「ふるき良き時代」を舞台にしている。

しかし登場する人々、事件、政争などには、作者の時代を思わせるものもある。その一例が時の天皇・一条帝（いちじょうてい）の妃だった定子（ていし）だ。

定子は美しく聡明な女性で、一条帝に深く愛されていた。しかし父の死後、権力者に迫害されるようになり、心労のせいか25歳で亡くなってしまった。一条帝は定子が産んだ子を春宮（皇太子）に立てたいと願ったが、有力な臣下に反対され、果たせなかった。

このように、定子たちの姿は『源氏物語』中の、桐壺更衣、桐壺帝、光源氏に重なるのである。

皮肉なことに、定子への同情を著した紫式部は、その才ゆえに召し出され、定子のライバル・彰子（しょうし）の女房となった。

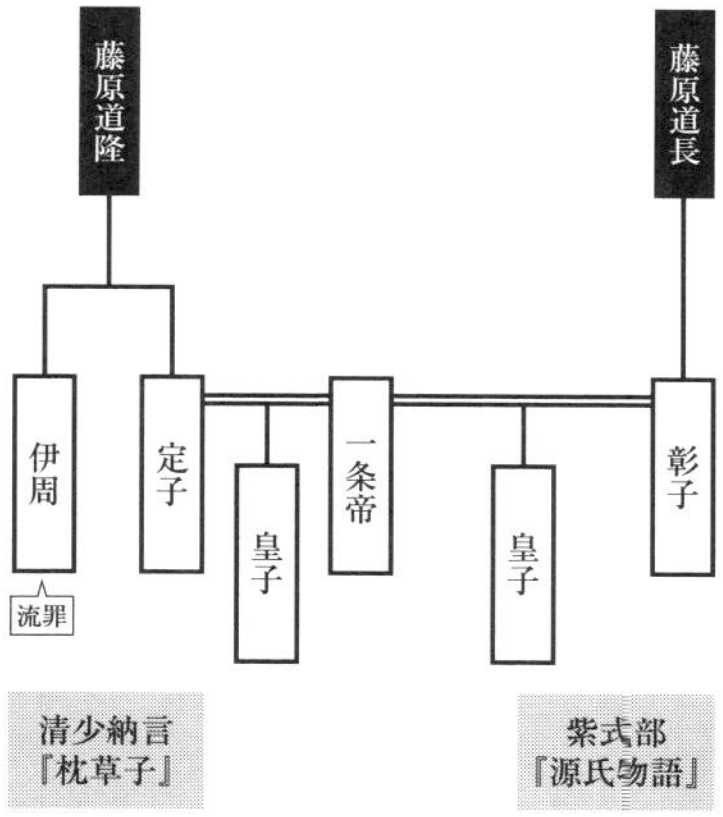

ここまでの人物相関図

右大臣側を桐壺帝が牽制

桐壺巻における勢力図は、「右大臣側」と「左大臣側」に分かれている。注目すべきは、桐壺帝が「中立、やや左大臣寄り」の立場にいること。右大臣や弘徽殿大后の権力欲を嫌い、牽制しているのだ。

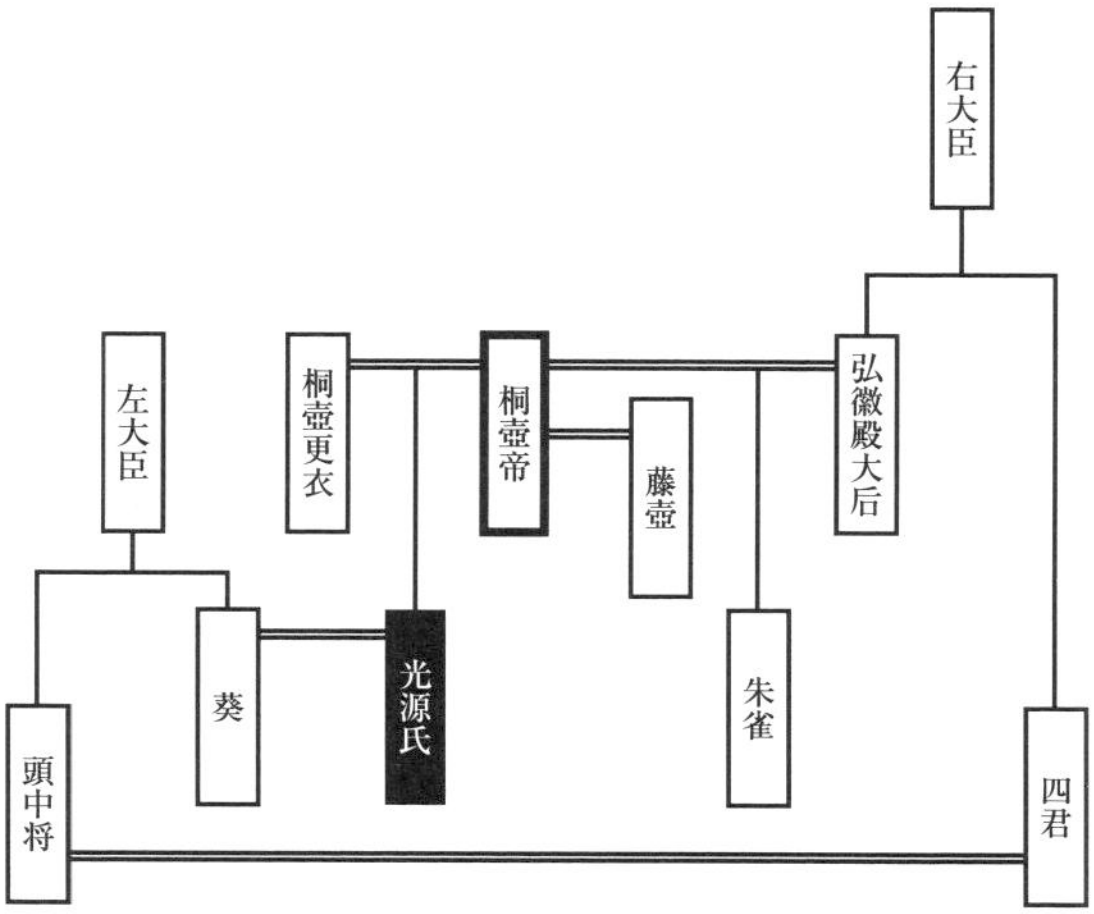

物語の舞台・平安京

794年に桓武天皇によって都と定められた平安京。
『源氏物語』だけでなく、様々な古典文学の舞台として登場する。
ぜひ知っておこう。

平安京は現在の京都に、七九四年建設された都。唐《とう》の都長安《ちょうあん》をモデルに造られており、碁盤の目状の街並みが特徴である。

この地が都に選ばれた理由の一つは、「天子《てんし》は南面する」という中国の思想である。この地は北が高く南が低い地形であり、南を向いて座す

❶ 廬山寺（ろさんじ）
『源氏物語』作者とされる紫式部の住まいがあったとされている。

❷ 土御門殿（つちみかどどの）
光源氏のモデルの一人とされた藤原道長の住まい。

❸ 大内裏（だいだいり）
皇室の住居。『源氏物語』では桐壺帝や桐壺更衣、弘徽殿太后、藤壺などが住んでいた（詳細はP19の図参照）。

❹ 二条院（にじょういん、候補地）
光源氏が紫と住んだ、最初の住まい。明確な場所は分かっておらず、複数の"候補地"がある。

❺ 六条院（ろくじょういん）
光源氏が造成する邸宅。
紫、花散里、秋好、玉鬘、明石を住まわせ権威の象徴とした。

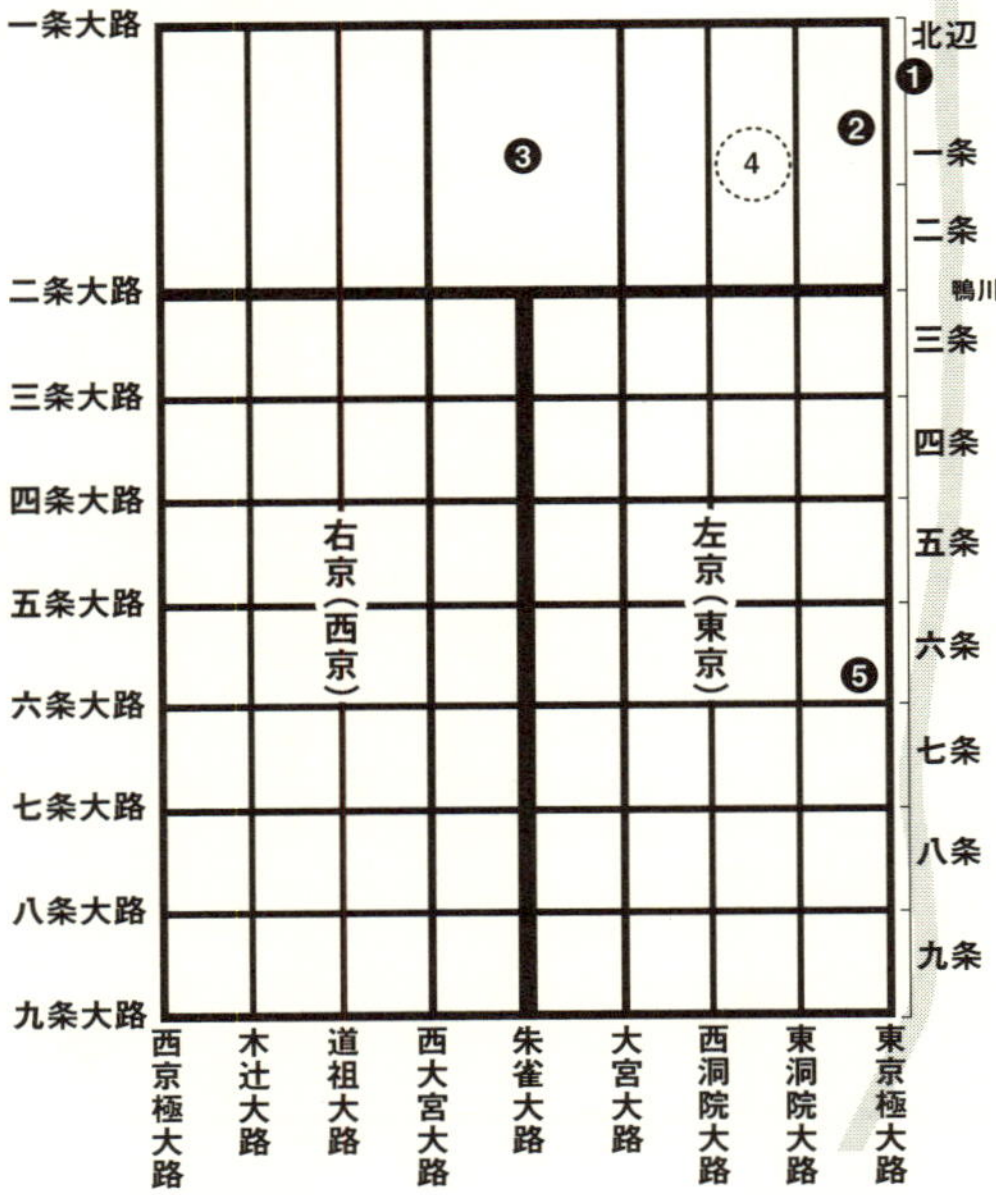

天皇が街を見下ろす、という理念に合っていた。都の東側を左京《さきょう》、西側を右京《うきょう》と呼ぶのも、天皇の視点から見た呼称である。

建設後、右京はさびれ、左京が都の中心となった。有力貴族の屋敷は左京の内裏《だいり》近辺に立地している。

天皇の居場所は清涼殿。有力な妃ほど、天皇の近くに住むことができた。

弘徽殿大后《こきでんのおおきさき》が弘徽殿に住めたのは父が権力者・右大臣だから、藤壺が藤壺に入ったのは生まれが高貴だからである。

立場が弱い桐壺更衣《きりつぼのこうい》は、丑寅という凶の方角の片隅、桐壺に住んでいる。天皇に呼ばれるたび、ほかの妃《きさき》たちが住む殿舎《でんしゃ》の廊下を歩いて行かねばならない。

1. 淑景舎《しげいしゃ》

桐壺更衣の住まい。天皇の妻の中でも身分の低い「更衣」であったため、清涼殿から遠い部屋を与えられた。

2. 弘徽殿《こきでん》

弘徽殿太后の住まい。桐壺帝の第一子（朱雀帝）を産み、身分が高いため、清涼殿にも近い部屋に住んでいる。

3. 飛香舎《ひぎょうしゃ》

藤壺の部屋。

4. 清涼殿《せいりょうでん》

天皇が日常生活を過ごす場所。様々な行事が行われる。

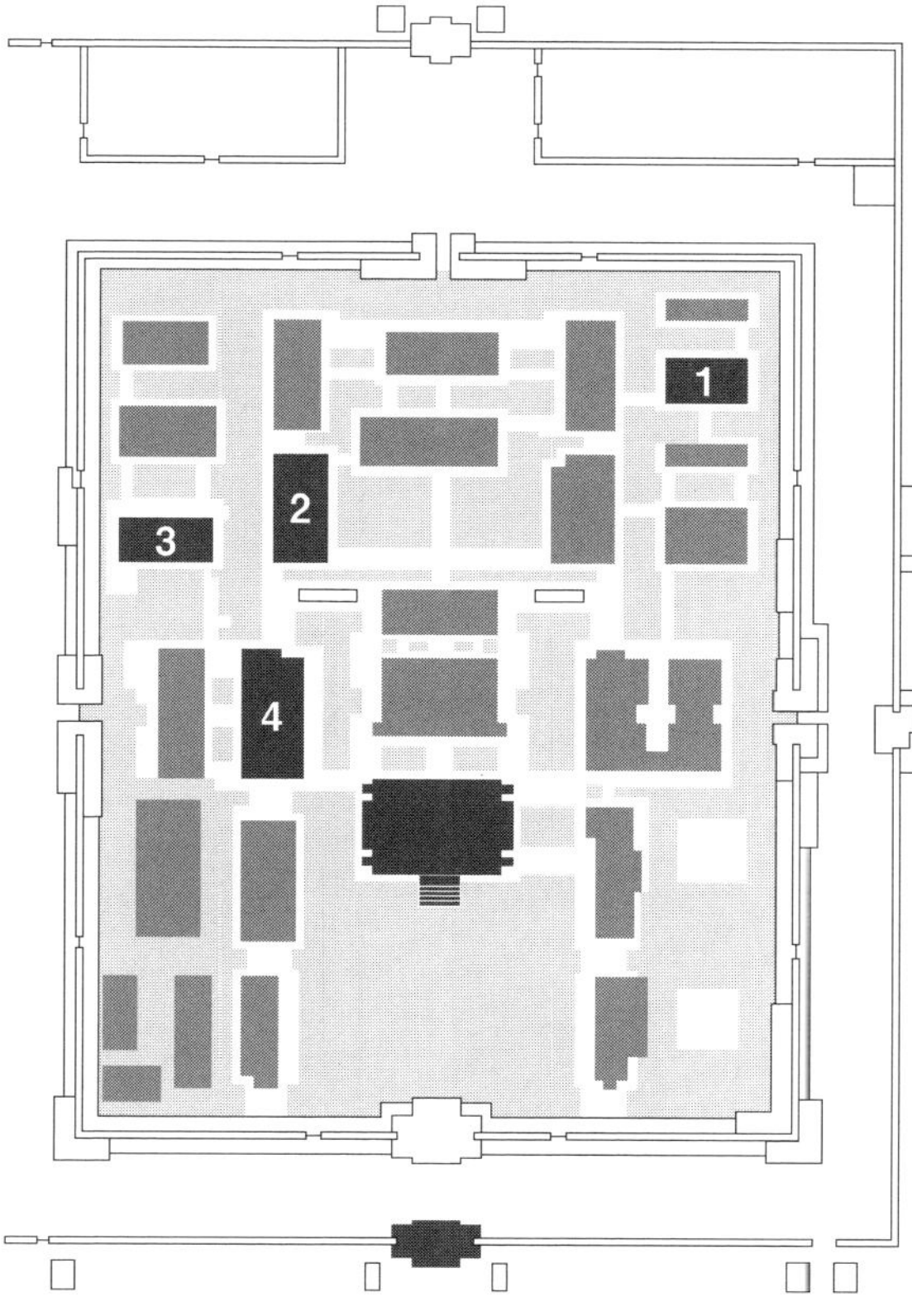

帚木《ははきぎ》

登場人物

光源氏
空蝉（恋人♥）
頭中将（親友）

※用語解説

方違え……方角神・中神（なかがみ）がいる縁起の悪い方角を避けて別の方角の家へ行くこと。方違えは男女がめぐり会う機会だった。

時空を越える「男の本音」

「桐壺《きりつぼ》」で幕を開けたばかりの『源氏物語』ですが、早くも一転、わき道へ入ります。空蝉《うつせみ》という女性との恋を語る外伝になるのです。この女性については次巻で解説しますので、ここでは「帚木」巻の有名な場面、「雨夜《あまよ》の品定め」についてお話ししましょう。

　これはある雨の夜、光源氏ら男性四人が女の品評会をするというシーン。嫉妬深くて夫の指に噛みついたという「指食い女」、魅力的だけれど浮気な「木枯《こがらし》女」、愛の語らいに漢文の指導をするという「賢《さか》し女」など、いろいろな実体験が語られます。

「どうせ完璧な妻はいないから家事さえできればいいよ」「でも家事で手いっぱいって妻じゃわびしいよな」「疑いぶかい女も困るけど、油断してる妻もね、浮気のもとだよね」など、男性の本音が実に露骨です。注目すべきはこれらのトークに光源氏が参加していないこと。光源氏は、〝女の悪口を言わない男〟〝女性の味方〟と描かれているのです。今の男性にとっても、耳の痛い話ではないでしょうか。

『源氏物語』の英訳者ロイヤル・タイラーは、こんな体験談を語っています。「アメリカで講義したあと、男子学生がやって来て『先生この男たちのおしゃべり、僕たちがバーで話してたことと同じです』と言いました」。まさに普遍的な「ボーイズ・トーク」なのでしょう。

深読み　「雨夜の品定め」の美術論

「雨夜の品定め」には美術品についての議論も出てくる。ある登場人物が女性論を一般化して、木製品や絵画、書道などについても論じるのだ。「奇をてらった作品は一瞬見るとすてきだが、よく見ると名人の地味な作品に敵わない」「定番の画題を描かせると、画家の技量がわかる」。

　この長い美術論は、作者が常々言いたいと思っていたことなのだろう。なかなか優れた意見である。

ここまでの人物相関図

光源氏と空蝉が出会った理由

伊予介と紀伊守は光源氏に仕えている。その縁で方違えの宿となった。

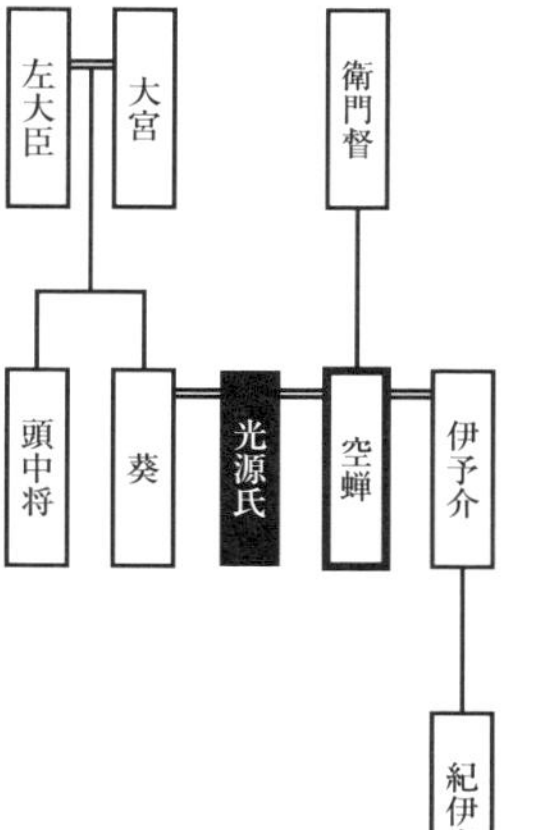

三 空蝉《うつせみ》

登場人物

光源氏（主人公）
空蝉（恋人♥）
軒端荻（空蝉の継娘）
小君（空蝉の弟）

光源氏（17歳）

平凡な日常に舞い降りた鶴

二巻め「帚木《ははきぎ》」と三巻め「空蝉」は外伝です。光源氏と中流貴族の女性・空蝉《うつせみ》との大人の恋が描かれます。

紫式部はこの二巻を中流・既婚の女性たち向けに書いたのでしょう。描かれているのは中流の日常です。リアリティあふれる小説は、現代では当たり前ですが、当時は画期的なものでした。『竹取《たけとり》物語』『落窪《おちくぼ》物語』など、おとぎ話や継子《ままこ》いじめ話が一般的だった時代ですから。

もちろん、ただ日常を描いたのでは面白くありません。それで紫式部は光源氏を出しました。不満を抱いて主婦をしている空蝉が、最高の貴公子と出逢うのです。そして二人の恋愛は、空蝉が強く拒み続け、光源氏が捨てられて空蝉の衣を形見として大事にする、と展開します。

実にあり得ない成り行きです。前巻「雨夜《あまよ》の品定め」で露骨に描かれていますが、当時の貴公子にとっては中流の女など、恋愛対象ではありませんでした。それで紫式部は構成を工夫したのです。「雨夜の品定め」を聞いた光源氏が中流女に興味をもち、遊びのつもりで空蝉に近づき、拒まれて屈辱を感じ、やがてその心深さに気づいて本気になる、と段取りをつけて説得力を持たせました。

もし、私が貴公子に愛されたら。当時の平凡な主婦たちに、この話は夢を見せたことでしょう。

深読み　引き立て役の軒端荻

「空蝉」巻の脇役が「軒端荻（のきばのおぎ）」。空蝉の夫の娘で、若々しい美人だ。

ある夜光源氏は、当時の暗い室内で、人違いして軒端荻と一夜を過ごした。光源氏は「浅はかで品のない娘」と感じ、若くなく不器量だが心深い空蝉にいっそう心惹かれた、と物語は言う。

自身、若くなく美人でもなかった紫式部の、満足顔が見えるような話だ。

ここまでの人物相関図

忘れがたいサブキャラ

空蝉、小君はのちに「関屋」巻で再登場する。

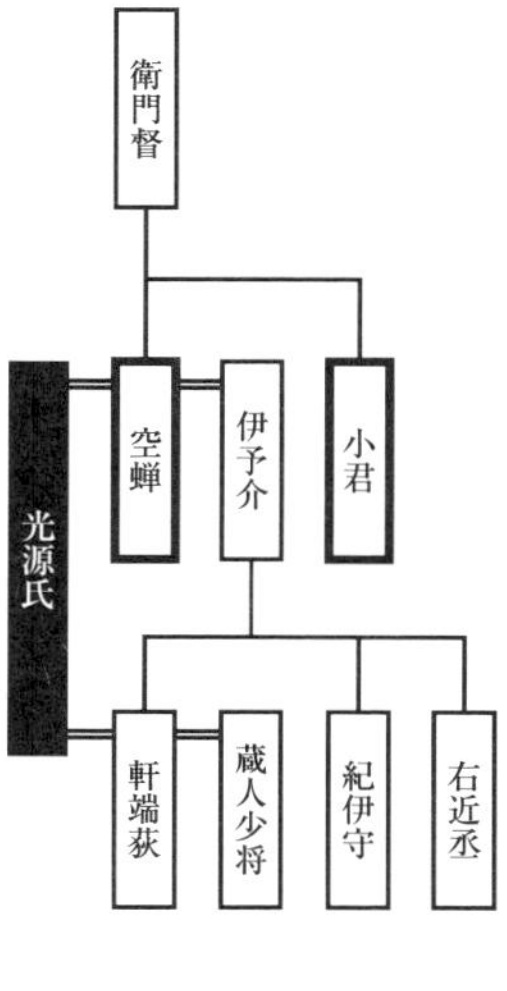

夕《ゆう》顔《がお》

登場人物

光源氏（主人公）
夕顔（恋人♥）
惟光（光源氏の従者）
女の童《めわらわ》（夕顔の侍女）

※用語解説

物の怪（もののけ）…人にとりついて病気や不幸をもたらすもの。

光源氏（17歳）

何とおりにも読める魅力

外伝の三巻めです。前の二作では、女性心を狙った紫式部ですが、今作では一転、男性好みのヒロインを送り出します。純真で大らか、ひたすら可愛い夕顔《ゆうがお》です。

夕顔に娼婦性を見る人もいます。女性が自発的に扇に歌を書いて男性にプレゼントするなど、当時ははしたない行為でした。それをむじゃきにやってのける夕顔は、天性の男殺しだ、という見方です。

このような解釈にも一理あります。夕顔は一貫して、光源氏をまったく拒まない女性ですし、ひどく甘えてみせたりもします。大勢の女性と同居していて、中には女房勤めをしている者もおり、家全体が艶っぽい雰囲気です。売春宿のようだ、と感じる人もいるでしょう。

しかし、これには反論もあります。夕顔が光源氏へ歌を詠みかけたのは、昔の夫・頭中将《とうのちゅうじょう》と見まちがったからだ、という意見です。

驚くべきことにこの視点で読み直すと、まったく違った夕顔像が浮かびあがってきます。誘う歌は、頭中将にしかわからないように詠んだ和歌であり、甘えた態度は、はにかんだようすとも見えるのです。娼婦のようであり、つつましい女性にも見え、どちらにしろ愛らしく可憐な夕顔。彼女はまさに夕顔のように、この巻でのみ花ひらいて散ったのです。

深読み 「なす」の効果

夕顔が歌を詠む。すると光源氏は「をかしとおぼしなす」と原文は言う。「をかし」は「いい」、「おぼす」は「思う」の尊敬語、「なす」は「故意に〜する」という補助動詞だ。

つまり「夕顔の歌はよくないが、光源氏さまは『いい』と独り決めされた」という意味になる。夕顔にのぼせあがっている光源氏をぴたりと表現した一語なのだ。

ここまでの人物相関図

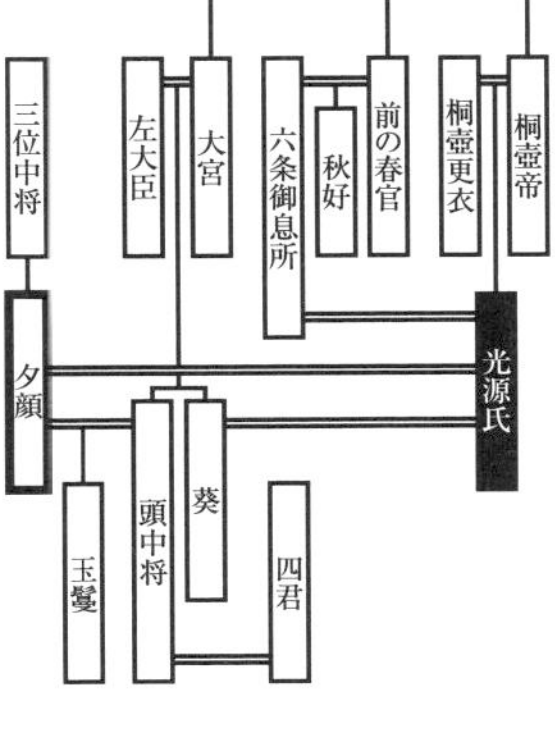

平安貴族が生きていた狭い世界

たまたま会った人が義兄弟の元妻だったなど現代では有り得ないが、当時なら不思議ではない。

恋愛と結婚

現代とは全く様相が異なる平安時代の恋愛形式。
『源氏物語』のメインテーマといっても過言ではないので
ぜひ押さえておきたい。

社会変動と制度の変化

古代の日本は母系制という、母方の血筋を中心にした社会だった。恋愛や結婚は、男性が女性を訪ねるもので、子供は母方で育てられた。

その後、中国の政治体制を輸入したことが、日本社会に大きく影響した。中国の制度は父系制に基づいていたからである。それに社会も、父の力を必要とする方向へ変わりつつあったのだろう。平安時代の恋愛や結婚には、母系制から父系性への変化が感じられる。

恋愛のしかた

男性は、気になる女性に手紙を送る。すると女性の母・乳母《めのと》などがその手紙を審査する。

好ましい男性に対しては、母や乳母、女房が返事を書いたり、垣間見《かいまみ》（のぞき見）をさせてあげたりする。やがて女性直筆の返事をもらえるようになり、恋の成就に至る。

結婚に至るまで

男性が初夜から三日間通い続け、三晩めに女性宅で「三日夜《みかよ》の餅」を食べると、成婚である。

ただし当時の結婚は事実重視。この要件を欠いても、関係が続けば夫婦だった。

たとえば末摘花《すえつむはな》。光源氏は二・三晩めに逃げてしまったが扶養はしたので「妻」である。

一夫多妻制と正妻

男性は複数の妻を持ち、その中の主な者と同居するのが一般的だった。この同居の妻が正妻である。正妻になれるかどうかは夫の愛情、本人の資質や身分、後見人の勢力、子供の数などによって決まった。

結婚の苦悩と離婚

当時の結婚は流動的だった。夫が来なくなれば自然と離婚である。

夫と同居している正妻は比較的安泰な立場だが絶対的でなく、より勢力ある妻が現れれば追い落とされた。また正妻の「特権」には「夫の恋愛相談に乗る」ことがあった。当時はこれが、夫の正妻に対する誠意の証だったらしいが、快くはあるまい。結婚生活に疲れた妻が、離婚したいと思った場合は、無断で引越しをした。出家も実質的な離婚だった。

母系制と父系制の混在

平安時代の習慣では、家や財産は娘が相続し、息子は他家へ婿取りされることになっていた。一方で、政治権力は父子・兄弟が相続した。

『源氏物語』に置き換えると、光源氏・夕霧《ゆうぎり》父子のよそよそしさは、母系制的な感覚に由来する。妻（葵）が死んだため光源氏は、夕霧を妻の家に残して二条院に戻った。つまり二人は他家の人間なのである。

若《わか》紫《むらさき》

光源氏（～18歳）

わらわ病み※を患った
光源氏は北山に
治療に出かける
あー！
パタタタ…
!!
紫
あの子が
私のすずめを
逃がしたの
まるで藤壺《ふじつぼ》の
生き写しではないか

登場人物

光源氏
藤壺（♥）23歳
紫（藤壺の姪）6～10歳

※用語解説

わらわ病み…ある間隔を置いて高熱を発する病気。
寄るべ…身を寄せる場

藤壺の
姪御ですか?
さよう
しかし
本妻の子ではないため父君から愛されていないのです
紫の大伯父
彼女の母もとうに亡くなりましたあの姫には寄るべ※がないのです
母なき子――
私と同じだ
お気の毒に
姫の行く末が心配です
私にお預けくださいませんか
そんな……あの子はまだまだ子どもです
紫の祖母

その年の春
藤壺《ふじつぼ》の宮は病気に苦しみ
実家へ退出していました
しかし、ある日のこと
なりません！
光の君
通してください！
!!
いけません
あの夜限りと
申し上げたはず
無理です
一度が二度
二度が三度となり
果ては
地獄へ
落ちるまで
子は三人
一人は帝に、
一人は皇后に
もう一人は
太政大臣になる
……！
…夢？
大丈夫ですか
藤壺さま
……ええ
ちょっと
気分が

なに、あのおばあさまが亡くなられたと?
少女の
はい、姫君は父が引き取るようですが、どうも本妻はよく思っていないようで
よし、決めたぞ
紫はいるか!?
!?
私のところに来なさい
こうして若紫とその女中たちは光源氏の家「二条院」で暮らすことになりました

光源氏の運命を告げる予言

三巻にわたって外伝が続きましたが、この四巻め「若紫」から一気に話が進み出します。光源氏の途方もない未来が示されるのです。

まず、北山へ行った光源氏は、家来たちを従えて京を見下ろします。これは、帝王にのみ許された古来の農耕儀礼「国見《くにみ》」を思わせる行為です。そしてこのとき家来たちが噂する「海龍王《かいりゅうおう》の后《きさき》」、これは明石《あかし》という女性のことで、のちに光源氏と結ばれ姫君を産みます。泣いて駆け出して来るという（当時の感じ方では）強烈なパワーを持った紫《むらさき》、彼女は光源氏を生涯サポートする女性です。藤壺《ふじつぼ》との一夜と懐妊は、古代の信仰である「一夜孕《いちやはら》み」、神々の婚姻をほのめかしています。そして光源氏自身は、未来を告げる怪しい夢を見ます。

と、これだけで当時の読者にはぴんと来たはずですが、現代の読者のために先に種明かしをしましょう。光源氏に示された「子は天皇、皇后、太政大臣となる」という運命は、当時の人が想像し得る最上の栄華です。そしてこれは天皇か皇太子、つまり春宮《とうぐう》しか見られない（はず）の夢なのです。

横暴な権力者・弘徽殿大后《こきでんのおおきさき》に睨まれ、皇位継承権を奪われた光源氏。しかし人智を超えた力は「彼こそ天皇だ」と暗示しているのです。光源氏はもしや、天皇になれるのでしょうか？　夢を託して読んでいる当時の読者たちには、さぞかし先が気になったことでしょう。

人物クローズアップ

意外と冷静な光源氏

光源氏の愛し方はたいてい冷たい。一歩距離を置いて観察するふうがある。彼が溺れた相手は、藤壺と夕顔だけだ。

やっぱり謎の美女　藤壺

光源氏と逢ったとき。「とても辛そうで、しかし愛らしく、かと言って打ち解けなかった」（原文）とある。本心の見えない人だ。

一服の清涼剤　紫

この「若紫」巻には、光源氏と藤壺の密会が重苦しく描かれている。紫が見せる無邪気さは息抜きであり、救いだ。

深読み

光源氏のhow to answer

光源氏は予知夢を解釈させたあと、夢から吉凶を診断する〝夢解き〟にこう言っている、「人の御夢だ」と。

当時の夢解きは油断ならなかった。客の秘密を売ったりする者もいた。だから光源氏は警戒し、「御夢」と夢に「御」をつけたのだ。

夢解きは「光源氏さまが敬語をつかうからには、陛下か春宮さまの夢だな」と都合よく勘違いしたはず。光源氏の智謀がわかる一言だ。

知っておきたい!

影響多大な「若紫」巻

「あなかしこ、このわたりにわが紫やさぶらふ（おそれいりますが、この辺りに私の紫はいらっしゃいますか）」。

1008年11月1日、紫式部に酔っ払った男・藤原公任（ふじわらのきんとう）がこんな冗談をいったと『紫式部日記』に書き残されている。男はまさか冗談が千年のちまで残るとは思わなかったろう。

当時、物語の地位は低かった。文学なのは漢詩か和歌で、物語には作者の名が書かれなかった。

だからこの冗談は貴重なのだ。これによって1008年11月1日時点で、

●『源氏物語』がかなり知られていた。
●少なくとも紫に関係がある巻々は存在した。
●紫式部という女性が書いた。

以上3点を知られるからである。

2008年には、この記録に基づいて「源氏物語千年紀」が華やかに祝われた。

紫式部という呼び名の由来とも言われる「若紫」巻。当時の人々に強烈な印象を与えたのだろう。

ここまでの人物相関図

将来の妻二人が同時に登場

将来、光源氏の重要な妻となる女性（紫と明石）が登場。

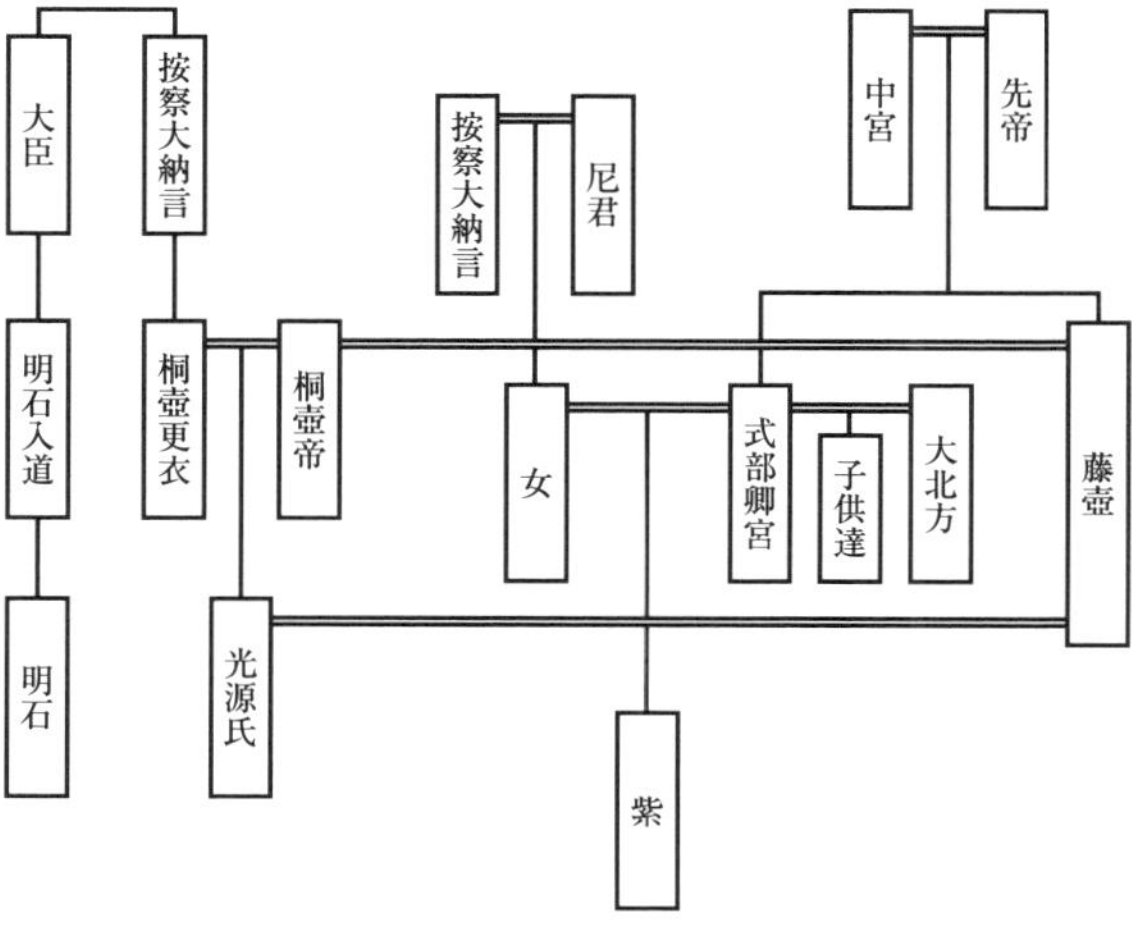

病と医療

『枕草子』にも書かれているように、
平安時代は「物の怪」が病気と認識されていた。
詳しく見ていこう。

物の怪

紫式部のライバル・清少納言は枕草子の中でこう書いている。

「病は胸（胸部疾患）。もののけ。あしのけ（脚気）。……」

このように、「物《もの》の怪《け》」（生霊《いきりょう》、死霊にとりつかれること）が病気の一つに分類されていた。

「物の怪」に対する治療法は、
❶加持祈祷をする
❷寺や神社に願を立てる
❸病人の体から霊を狩り出して憑《より》坐《まし》（霊媒人）の体に乗り移らせる
などがある。

「葵《あおい》」巻では、六条《ろくじょうの》御息所《みやすんどころ》の生霊が葵にとりついて苦しめ、死なせる。このとき六条御息所は自宅で

「葵の所へ行って殴ったりする」という幻覚を見ていた。覚醒した後、六条御息所の体には芥子《けし》の臭い（加持祈祷の香）が不気味に染みついていた。

「若菜《わかな》」下巻では、六条御息所の死霊が紫にとりつき、「胸の悩み」（胸部疾患）を起こさせる。この病に対して取られた治療法は、「霊が乗り移った人（憑坐《よりまし》）を閉じ込めた上で、患者を別室に移す」というもの。患者の居所がわからなければ霊も取りつけない、と考えたのだろう。

「真木柱《まきばしら》」巻では鬚黒《ひげくろ》の妻である北方《きたのかた》が「あやしう執念《しゅうね》き物の怪」に長年苦しんでいる。症状はときどき正気を失い、暴力を振るったり怒鳴ったりする、というもの。現代で言えば精神疾患だろう。

取られた治療法は僧侶が患者を打ったり引き回したりするというもの。

わらわ病み

ある間隔をおいて発熱悪寒《おかん》が起きる病を、わらわやみと総称する。「若紫《わかむらさき》」巻で光源氏がかかっている。

取られた治療法。加持祈祷、独鈷《とこ》や数珠などお守りを持つ、などなど。

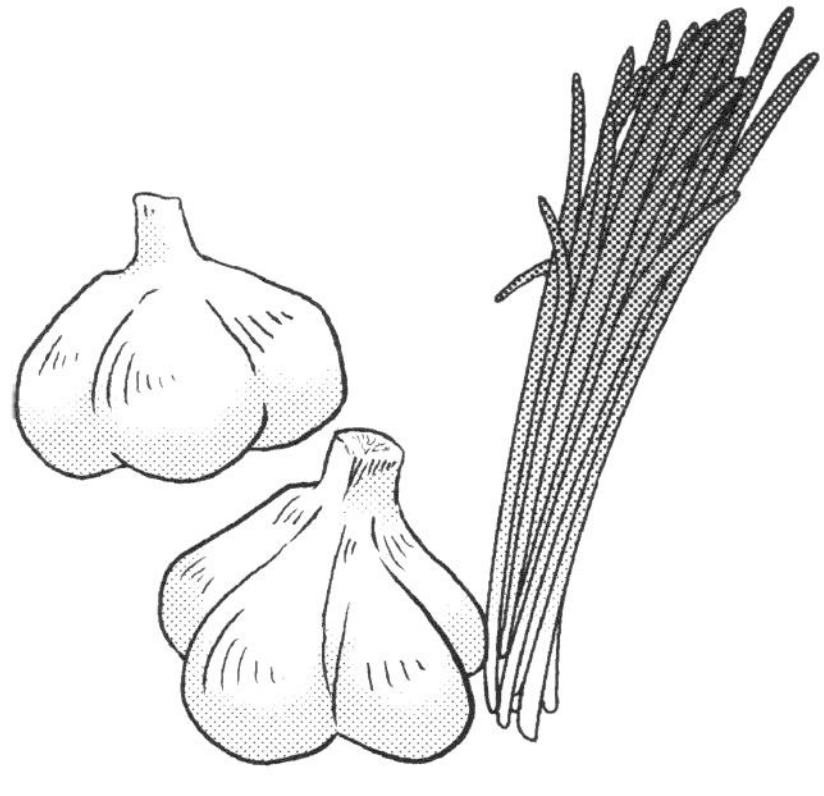

風病《ふびょう》

邪風《じゃふう》（不順な気候）を原因とする病気を「邪風《じゃふう》」「風邪《かぜ》」「風病《ふびょう》」と呼んだ。「箒木《ははきぎ》」巻の雨夜《あまよ》の品定めで、賢《さか》し女と呼ばれる女性がかかった。

治療法は、小ひる（にら）、大ひる（にんにく）を煎じて飲むことだった。

末《すえ》摘《つむ》花《はな》

登場人物

光源氏
末摘花（恋人♥）
頭中将（親友✕）
紫（養女）

※用語解説

常陸…現在の茨城県。
※…当時は歌を送って求婚した。

光源氏（18～19歳）

末摘花が教えてくれること

鼻の赤い姫君・末摘花《すえつむはな》との喜劇的な恋を語る外伝です。末摘花は、常陸宮《ひたちのみや》という今は亡き親王の末娘。いわば道化《どうけ》役で、見た目だけでなく、野暮《やぼ》さ、にぶさ、センスのなさまでがさんざん嘲笑されています。克明な描写は残酷なほどで、紫式部の意地悪い一面が見られますが、おかげで当時の文化史が知れる貴重な資料にもなっています。

例えば、末摘花の家にある、秘色《ひそく》という独特な色合いの磁器と、黒貂《ふるき》の皮衣《かわぎぬ》。秘色は中国・浙江省の越州窯《えっしゅうよう》で焼かれた青磁器、黒貂《くろてん》は渤海国《ぼっかいこく》（中国の東北部に8~10世紀存在した国）からの輸入品と思われます。つまり「末摘花」巻によって、これらの品が平安時代に珍重されていたこと、しかし紫式部の頃には輸入も途絶え、古くさい品になっていたことがわかるのです。

また末摘花の数少ない長所として〝父に可愛がられた〟点が挙げられているのも興味深い所です。現代なら父が子を愛するのは当たり前ですが、当時の結婚は今より流動的でした。ですから父に認められた子であることは、長所の一つとされたのです。

「末摘花」巻のラストで顔を見せる紫が〝父に認められなかった子〟であること、そして生涯この「短所」に悩まされたことを思うと、末摘花と紫を対比させて描いた作者の意図が見えてきます。

深読み

末摘花と源典侍《げんのないし》 二つの笑い話

『源氏物語』にはもう一人、光源氏と頭中将の取り合いとなる女性がいる。「紅葉賀」巻に出てくる源典侍だ。

この女性は六十歳近くて、身分も教養も申し分ないのに浮気者、とされている。末摘花と同様、ふつうなら「願い下げ」の相手なのに、親友へのライバル心から関わってしまった訳だ。この逸話二つは文体も軽く、明らかに笑い話である。

ここまでの人物相関図

比べると見える紫の哀れ

紫と末摘花は共に宮家の姫。優れた紫が父に愛されず、劣った末摘花が愛されたのは皮肉だ。

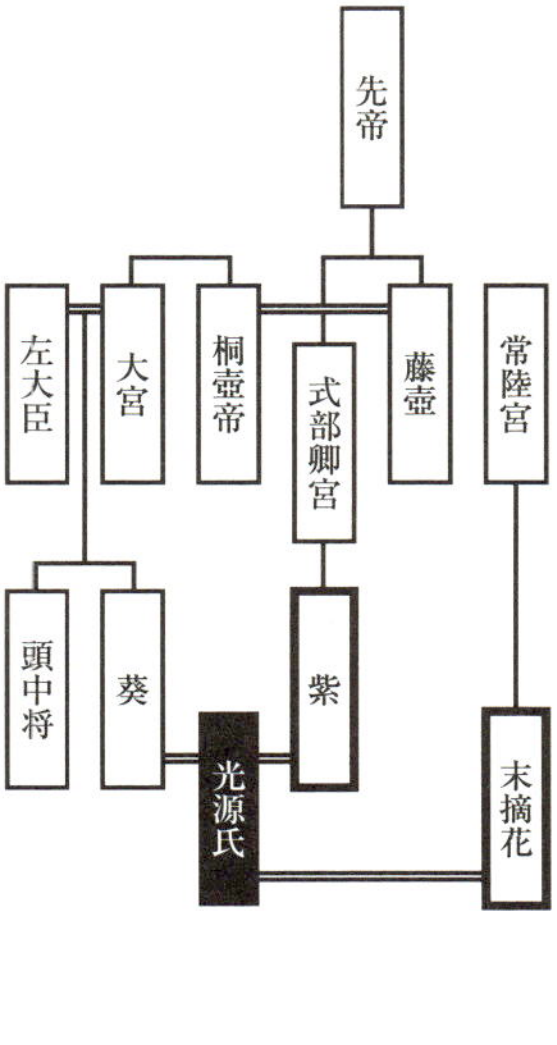

紅葉《もみじの》賀《が》

登場人物

桐壺帝（父）
弘徽殿大后（政敵✕）
藤壺（初恋♥）23～24歳
葵（正妻♥）22～23歳
紫（養女）8～9±2歳
冷泉（秘密の子）1歳

用語解説

青海波…雅楽の曲名。二人の舞い人が舞う。
春宮…皇太子の住む宮殿を指す
中宮…天皇の妻の位のひとつ。皇后・中宮、女御、更衣の順で高い。

光源氏（18～19歳）

光源氏一八歳の秋
桐壺帝《きりつぼてい》は宮中で宴を開き
頭中将《とうのちゅうじょう》と青海波《せいがいは》※を舞う

まぁ
お美しい
……
素敵だわ
藤壺《ふじつぼ》……

光君……
罪の意識がなければ
美しいと
褒めたたえられるのに

桐壺帝《きりつぼてい》
青海波がいちばんよい出来だったな
ええ、格別でございました
貴女にぜひ見せたいと思ってね
翌年、藤壺は皇子を出産
なんと美しい
そなたにそっくりではないか
……ありがとうございます
そなたを春宮《とうぐう》※にと思いつつ果たせなかったこの若宮を次の春宮に立てよう
そのためには藤壺の宮貴女を中宮《ちゅうぐう》※の位に立てよう
この若宮はそなたに頼むぞ
けわしいお顔どうなさったの？
紫……なんでもないよそれより何して遊ぼうか？
ひな遊び！
もの思わしい日々も光源氏は紫《むらさき》に心癒やされるのでした

嵐の前の静けさ

この「紅葉賀《もみじのが》」巻は本編です。話の内容としては前巻「末摘花《すえつむはな》」を飛び越え、その前の「若紫《わかむらさき》」巻に直結しています。

見てきたとおり「若紫」巻で光源氏は藤壺《ふじつぼ》と一夜を共にし、藤壺は身ごもりました。この「紅葉賀」巻ではその子が生まれてきます。表向きは桐壺帝《きりつぼてい》の十宮《とおのみや》（第十皇子）、実際は光源氏の長男である冷泉《れいぜい》です。

この冷泉の誕生によって政局は大きく変わります。光源氏を春宮《とうぐう》（皇太子）にできなかったことを悔いていた桐壺帝はよく似た冷泉を春宮にしようと決意し、藤壺の、天皇の妻としての位を女御から、中宮へ上げることにしたのです。

これが政治的な問題であるとは、現代人にはわかりにくいかもしれませんが、この時代の政治は天皇との血縁によって運営されるものでした。ですから中宮という位には権威だけでなく、収入や人事権も付属しているのです。当然、弘徽殿大后《こきでんのおおきさき》側は反対しました。しかし桐壺帝の決意は変わりません。弘徽殿大后と話し合い、遠からず朱雀《すざく》（弘徽殿大后の息子）に皇位を譲ると約束します。つまり自分の退位と引き替えに、藤壺を中宮にし、冷泉を次の春宮にすることを認めさせたのです。

むろん、「このように協定が成立した、だからもう大丈夫」と考えるおめでたい人はいません。これから光源氏の暗闘の時代が始まるのです。

人物クローズアップ

引き立て役　頭中将《とうのちゅうじょう》

光源氏の親友かつライバル。しかし定まった呼び名が無く、また年齢も明示されていない。いつも損な役回りの人である。

お人よしの舅《しゅうと》　左大臣

政敵の右大臣は野心家だが、左大臣は徳と情の人。子ぼんのうで、娘・葵と自慢の婿・光源氏の不仲が一番の悩み。

豆知識　子ゆえの闇

子を思うと理性が働かなくなる親心を、「闇」に例える表現が『源氏物語』にはよく見られる。これは紫式部の曽祖父・藤原兼輔の次の和歌に由来する。

人の親の心は闇にあらねども
子を思ふ道に惑ひぬるかな
（親の心は闇ではないのだが、
ほかのことはなにも見えずに
子供を思う道に迷ってしまうものだ）

「みかの原わきて流るるいづみ川　いつ見きとてか恋しかるらむ」等々多数の名歌を詠んだ兼輔。紫式部にとっても自慢の曽祖父だったのだろう。

知っておきたい!

どちらの意味にもとれる和歌

罪の子、冷泉を産み落とした藤壺は、一首の和歌を詠んでいる。

袖ぬるる露のゆかりと思ふにも
なほ疎まれぬ大和《やまと》撫子《なでしこ》

（涙で袖が濡れる原因と思うにつけても“なほ疎まれぬ”この子）

古来、論じられてきたのは「なほ疎まれぬ」の意味だ。
「ぬ」を打ち消しと考えれば、
→涙で袖が濡れる原因と思っても、この子は疎めない。
「ぬ」を完了と考えれば、
→涙で袖が濡れる原因と思うと、この子が疎ましい。
となる。

文法的には両方に読めるので、あとは藤壺の心情から判断するしかない。そして、藤壺の心情は、ほとんど書かれていない。

藤壺は光源氏を、冷泉を愛していたのだろうか、それとも憎悪していたのだろうか。答えは読者それぞれの読みの中にある。

ここまでの人物相関図

系図に見える不穏な未来

数字は皇位継承順。桐壺帝→朱雀→冷泉と、政権が左→右→左に行き来することになる。右大臣側は当然、冷泉を排除しようと目論むだろう。

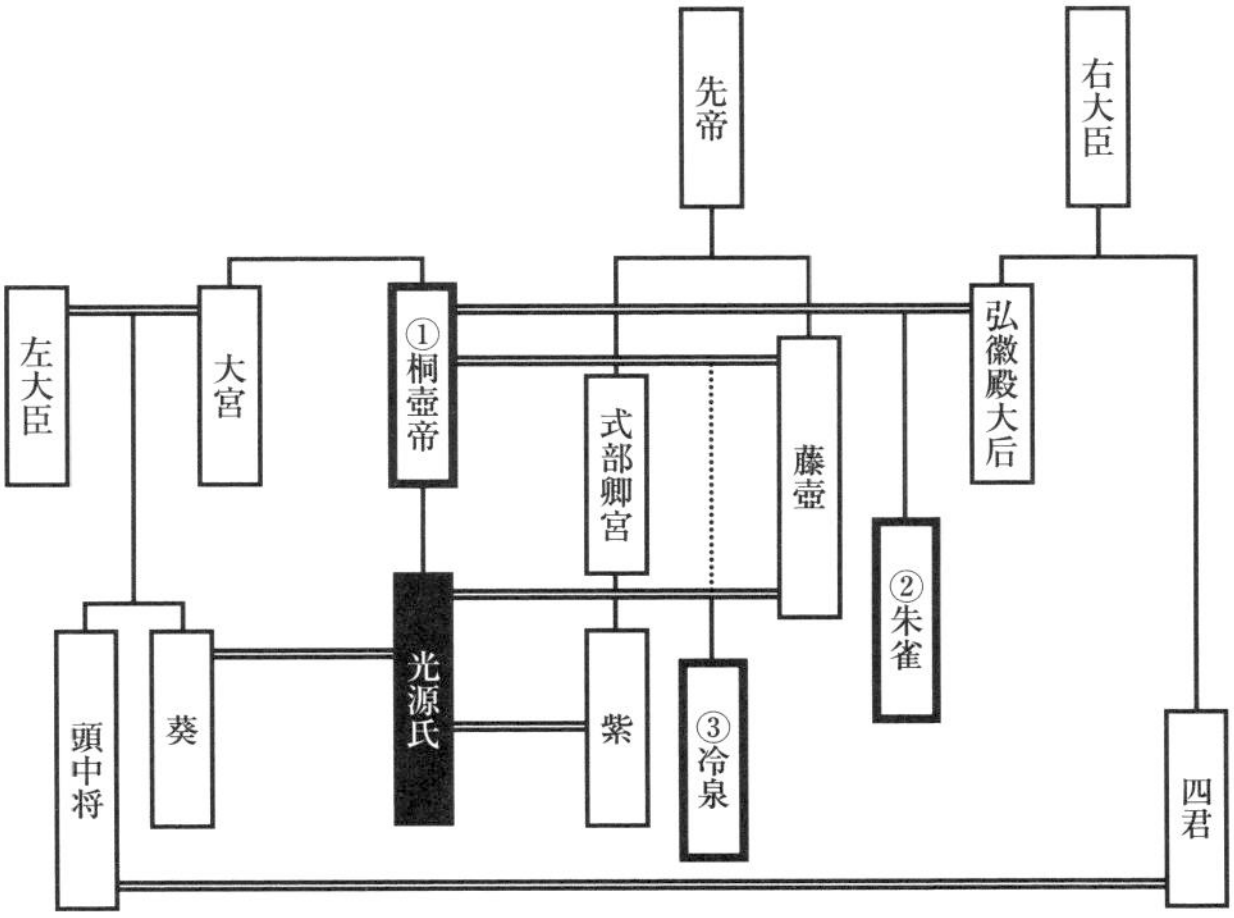

花《はなの》宴《えん》

登場人物

桐壺帝（父）
弘徽殿大后（政敵✕）
朧月夜（恋人♥）
朱雀（異母兄・春宮）

※用語解説

※…天皇から一文字賜って詩を作る行事
入内…中宮、女御など天皇の妻に決まった女性が、宮中に入ること

光源氏（20歳）
私は「春」という字をいただきました※
相変わらず見事な詩であったぞ
朱雀《すざく》
ありがとうございます兄上
舞も見せてくれないか
！
おお
美しい！

宮中での桜の宴の日の夜 光源氏は藤壺を訪ねるが
やはりそう簡単に入れてはくれぬか
ググ…
しかし 弘徽殿《こきでん》では
開いている
無用心だなあ
朧月夜に似るものぞなき ♪
歩いている？※
とん
ひっ
お静かに
朧月夜《おぼろづきよ》
安心してください 私です
一月後 右大臣家で行われた宴で二人は再会
あなたはあの夜の出来事を覚えておいでですか
あなたはお忘れなのですか
見つけた
朧月夜は春宮《とうぐう》への入内《じゅだい》※が期待されていましたが
この恋によって取りやめになってしまいました

※この時代、淑女は立て膝で移動する

平安時代のロミオとジュリエット、その裏は……

一見外伝に見えるくらい、よくまとまった恋愛絵巻です。しかし内容はのちの本編に直結しています。

桜の美しい朧月の夜、光源氏と敵の家の姫・朧月夜《おぼろづきよ》が出会って恋に落ちるという、ドラマチックな一巻です。光源氏のプレイボーイぶりも鮮やかなら、情熱的な朧月夜も魅力的、まさに絵のような恋といえましょう。が、本当にそれだけでしょうか。

このときの政治状況を見てみましょう。光源氏の父・桐壺帝《きりつぼてい》はもうじき朱雀《すざく》に譲位予定。そのあとは光源氏側の皇子・冷泉《れいぜい》が次の春宮《とうぐう》になる約束ですが、朱雀側の弘徽殿大后《こきでんのおおきさき》が素直に従うとは思えません。緊迫した情勢なのです。

このようなとき光源氏は酔いに任せて、あるいは酔ったふりをして、弘徽殿の建物へ侵入しました。すると、こちらに歩いてくる女性がいます。当時の貴族ですから声を聞いただけで、相手の見当はついたはずです。弘徽殿大后の妹たちの一人、それもかなり若い姫。そう気がついた光源氏は、手際よく恋をしかけました。

政略結婚を武器とする大貴族にとって、姫の恋は最大の損失です。光源氏は敵の武器を一つつぶした訳です。しかも大金星でした。相手は敵の最大の武器、朱雀の妃になる予定の朧月夜だったのです。

人物クローズアップ

派手好き　弘徽殿大后

藤壺と顔を合わすのは不愉快だけれど宴は欠席したくないという弘徽殿大后。かなりなお祭り好きなのだろう。

自分に正直　朧月夜

情熱的で自由奔放。それが何とか下品に見えずに済んでいるのは、やはり本物の箱入り娘だからだろう。

劣等感の人　朱雀

「紅葉賀」巻の光源氏の舞姿が忘れられない朱雀、懇望して今日も舞わせている。優秀な弟に魅せられているのだろうか。

豆知識　源氏物語を聖典にした巻

平安時代、物語の地位は低かった。読まれ続けた『源氏物語』も公の場で語られることはなく、約百年が経過した。そのような状況を変えたのは、大歌人・藤原俊成（１１１４〜１２０４）だ。「世の中よ道こそなけれ思ひ入る山の奥にも鹿ぞ鳴くなる」で有名な彼は、「源氏見ざる歌詠みは遺恨のことなり」と言い、源氏物語を歌の聖典に押し上げた。「花宴は特に優」ともいったそうだ。

知っておきたい!

はちゃめちゃな姫君　朧月夜

『源氏物語』の本文によると、

「朧月夜に似るものぞなき」とうち誦して、こなたざまに来るものか。
（朧月夜は「朧月夜ほどすばらしいものはない」と口ずさみながら、こちらへ来るではありませんか）

と朧月夜の登場シーンが描かれているが、文末の「か」に、語り手の驚きがこめられている。

というのも、当時の姫はまず立たなかったからだ。座っている、もしくは身を横たえているものだった。移動するときは膝行（しっこう）、つまり立て膝歩きが一般的だった。

源氏物語で姫の立ち姿が描かれるのはわずかに4例、しかもその内１例は女三宮という幼稚な姫が、うっかり立っていて男に見られてしまうという、明らかに「恥ずかしい」場面だ。

それを考えるとこの場面がいかにショッキングなのかがわかる。姫が、立って、歩いてくる、しかも歌っているのだ！

ということは朧月夜、新世代のお姫様と言えようか。または弘徽殿大后の家の女児教育が悪い、とも読める。

ここまでの人物相関図

上流貴族は血族結婚

数字は皇位継承の順序。婚約中の朱雀と朧月夜は叔母甥の関係である。権力が名門に集中した結果、このような結婚は珍しくなかった。

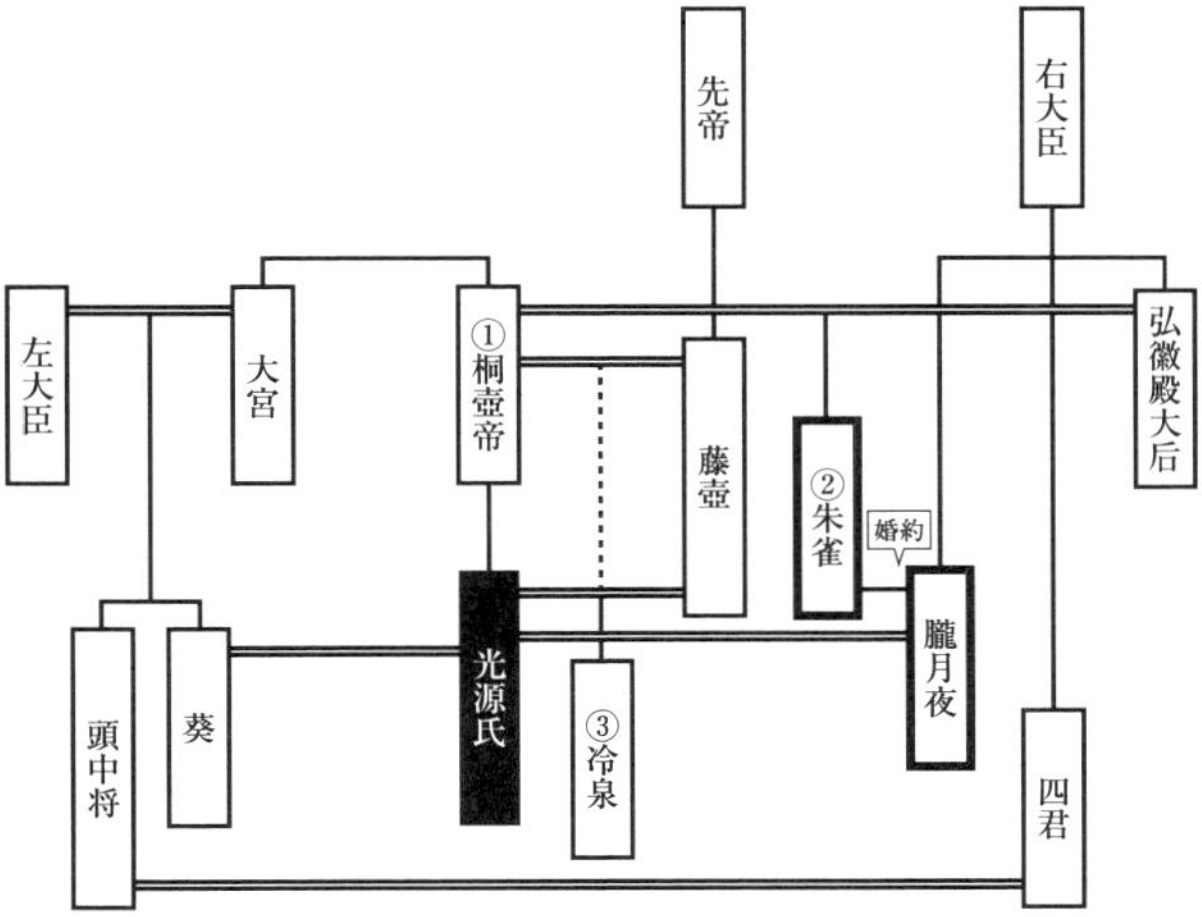

官位

『源氏物語』には様々な官位が登場する。
ここでは、『源氏物語』や紫式部に関係ある官位のみを
簡易な表にまとめた。
物語を読むときの参考にしてみよう。

官位一覧表

女性の職場：後宮

		太政官	府衛	大宰府	国	蔵人	後宮
公卿	正一位	太政大臣					
公卿	従一位						
公卿	正二位 従二位	左大臣 右大臣 内大臣					
公卿	正三位	大納言 中納言	近衛大将	帥			尚侍
公卿	従三位						
公卿	正四位上	参議(宰相)	近衛中将		常陸宮	頭	典侍
公卿	正四位下						
殿上人	従四位上						
殿上人	従四位下						
殿上人	正五位上		衛門督 近衛少将	大弐 少弐	按察 越前守 / 播磨守	五位	
殿上人	正五位下						
殿上人	従五位上						
殿上人	従五位下						
	正六位上				常陸介 淡路守	六位	
	正六位下						
	従六位上						
	従六位下						

按察大納言…按察を兼ねる大納言
三位中将…近衛中将で特別に三位を授けられた者
宰相中将…参議で近衛中将を兼ねる者
頭中将…近衛中将で蔵人頭を兼ねる者

登場人物の官位

光源氏は二巻め「帚木《ははきぎ》」巻で中将《ちゅうじょう》、ライバルで義兄弟の頭中将《とうのちゅうじょう》は、その呼び名のとおり頭中将の位である。

『源氏物語』中で後半の宇治十帖に登場し、「中流貴族の育ち」と言われるヒロイン・浮舟《うきふね》は、常陸介の継《まま》子《こ》。また、作者の紫式部の父は老年で淡路守《あわじのかみ》に任じられ、やっとのこと

で越前守《えちぜんのかみ》になれた人間だった。十代で中将になっている光源氏らとは、明らかに身分が違うとわかる。

また、このほかに省《しょう》などもあり、式部省の長官を勤めた親王が式部卿《しきぶきょう》宮《みや》である。光源氏の息子・夕霧は「中の劣り（きょうだいの中で一番劣った子）」とされている。それでも元服（成人式）と同時に四位になれる身分。光源氏の教育的配慮で六位からスタートしたが最終巻では左大臣になっている。光源氏が手にした栄華の格別さがわかる。

天皇の妃たちの位

中宮（后の宮）		女御の中から選ばれる
女御	三位	大臣家以上の娘がなる
更衣	四位	大納言以下の娘がなる
	五位	

御息所…皇子・皇女を産んだ女御・更衣のこと。

妃の呼称や地位

妃《きさき》の呼称や地位は時代により変化が著《いちじる》しい。ここでは『源氏物語』の中に描かれている状態を図にまとめた。

中宮《ちゅうぐう》は女御《にょうご》の中から選ばれるが、両者の間には絶対的な違いがある。すなわち、女御は天皇に仕える立場であるが、中宮は天皇の妻であり、天皇と対等の身分なのだ。その発言力や権威は女御の比ではない。

源氏物語の中で、後援する妃を中宮に押しあげることが権力闘争の要となっているのは、このためである。

女性官僚であったはずの尚侍

尚侍《ないしのかみ》はしばしば天皇の愛人だった。源氏物語では妃にできない訳ありの女性を、尚侍にすることが多い。

実例を見てみよう。「花宴《はなのえん》」巻の朧月夜《おぼろづきよ》は光源氏との恋のせいで正式な妃になれなくなった。そのため女御《にょうご》でなく尚侍になったのだ。

また、「玉鬘《たまかずら》十帖」巻では玉鬘が、父・光源氏と実父・頭中将の政治的都合で尚侍となっている。聡明な彼女は愛人でなく、官僚として職責を全うした。

光源氏（22～23歳）
光源氏の正妻葵《あおい》が懐妊しました
それを聞いて穏やかでないのが
六条《ろくじょうの》御《み》息所《やすんどころ》です
六条御息所
葵
葵祭※の日
この日の見物は
行列に加わる
光源氏でした
遅れてやってきた
豪華な牛車――
どいてくれ！
左大臣の姫君、
源氏の大将の
奥様の御車だ！

葵《あおい》

登場人物

光源氏
葵（本妻♥）26歳
紫（養女→正妻♥）
六条御息所（恋人♥）29～30歳
夕霧（息子）1～2歳

※用語解説

葵祭…賀茂神社（京都）の祭。現在は毎年5／15に行われる。

あそこの車はあの六条の方の車だぞ
へん、愛人ふぜいがこっちの姫さまはご本妻だぞ
そら、どかしてしまえ！
何をする!!
ほら、あの車、六条の……
六条御息所の車はあっという間に壊され、奥へ押しやられてしまいました
ああ、源氏の大将の情人の……
キャアッ
……おかたさま!!

そんな騒動の後日、事件は起きます
葵の上！
かわいそうに気をしっかり持つんだ
あなた……
グ
憎い
口惜しい
憎い
口惜しい
六条御息所が乗り移ったか……

若君・夕霧《ゆうぎり》を生んで
葵は息を引き取りました
葵……
あなた……
そして、四十九日が過ぎると――
殿、どちらへ？
……二条院に向かってくれ
光源氏は次の本妻に
六条御息所ではなく、
若紫《わかむらさき》を選んだのでした

六条御息所と夕顔の死

光源氏の正妻・葵《あおい》の出産とその死を描く本編です。

葵の死は、光源氏の情人・六条《ろくじょうの》御《み》息所《やすんどころ》が生霊と化して取りついたためでした。というと何か思い出しませんか？　そう、四巻め「夕顔」巻のヒロイン・夕顔《ゆうがお》の、物の怪による横死です。あれも六条御息所のしわざだったのでしょうか？　実はそれが議論の的なのです。

夕顔と知り合ったころ光源氏は、〝六条に住む貴婦人〟という六条御息所を思わせる女性と親しくしていました。しかしこの貴婦人は気難しく、疲れた光源氏は夕顔と出会って、すっかり溺れてしまいます。するとある夜、怪しい美人が現れ、夕顔を取り殺したのでした。こう書くといかにも六条御息所が「犯人」のようですが、反面、物の怪の顔を見た光源氏が、その後も六条御息所とむつまじいのが不可解です。この点は古来議論されてきました。結論は未だ出ていません。

作者は「夕顔」巻を書いたとき、そこまで考えていなかったのではないでしょうか。「夕顔」巻は一話だけで終わるはずの軽い読み物だったのです。ところがその後長編化することになり、急いで「物《もの》の怪《け》」の正体を設定した……。

そう考えると、「夕顔」巻の淡い物の怪と、「葵」巻の妄執の化身のような六条御息所の、具体性の違いが理解できるのです。

人物クローズアップ

咲かなかった花　葵

葵は和歌を詠んでいない。和歌は感情の表現だから、心を開くことがなかったのだといえよう。蕾のまま枯れた花だった。

プライドが高すぎた　六条御息所

実際の彼女はりっぱな貴婦人だ。恋をしてしまったことと、それを認められないプライドの高さが災いしたのだろう。

母に対する切ない愛　秋好《あきこのむ》

六条御息所の娘。恋に身を灼く母を見て育ったせいか、母への愛がひときわ強い。〝捨てられた子〟を思わせる人。

深読み

年齢の怪

『源氏物語』には四百人を越える人物が登場するが、年齢に矛盾が見られる人は数人しかいない。六条御息所と「若紫」巻に登場する紫、明石だ。

紫の方は「若紫」巻に「10歳ぐらいに見える」等の記述があるが、実際は8歳だったと考えれば何とか合う。一方六条御息所は夫が春宮だった時代と次の春宮時代がかち合ってしまい、どう解釈しても矛盾が消せない。これも彼女の設定が後付けである証拠といえよう。

知っておきたい!

紫式部は最古の心理学者?!

当時の人々は病気を、恨みをもつ生霊・死霊のたたりと考えていた。だが、紫式部は別の考えも持っていたようだ。こんな和歌が残っている。

亡き人にかごとはかけてわづらふもおのが心の鬼にやはあらぬ
(故人が死霊になった!と濡れ衣を着せて苦しむのも、自分の良心の呵責に苦しんでいるのではないのか?)

この紫式部流の思想で見ると、「自分の良心の呵責が、物の怪の幻を見せているのではないか」となる。まるで現代の心理学のような発想だ。
「葵」巻に登場する六条御息所の生霊は、「女房たちが来たら消えた」とあり、光源氏の前にだけ現れている。また、六条御息所の反応は、「私、物の怪になってしまったんだ」と自己暗示にかかったとも読める。
「思いこみ」による心霊現象だと暗に指摘している紫式部。もしかしたら「最古の心理学者」かもしれない。

ここまでの人物相関図

葵の死後、正妻の座を射止めるのは?

葵を亡くした光源氏には、さっそく朧月夜との縁談が持ち込まれた。六条御息所も正妻候補。最終的に光源氏が選んだのは紫だった。

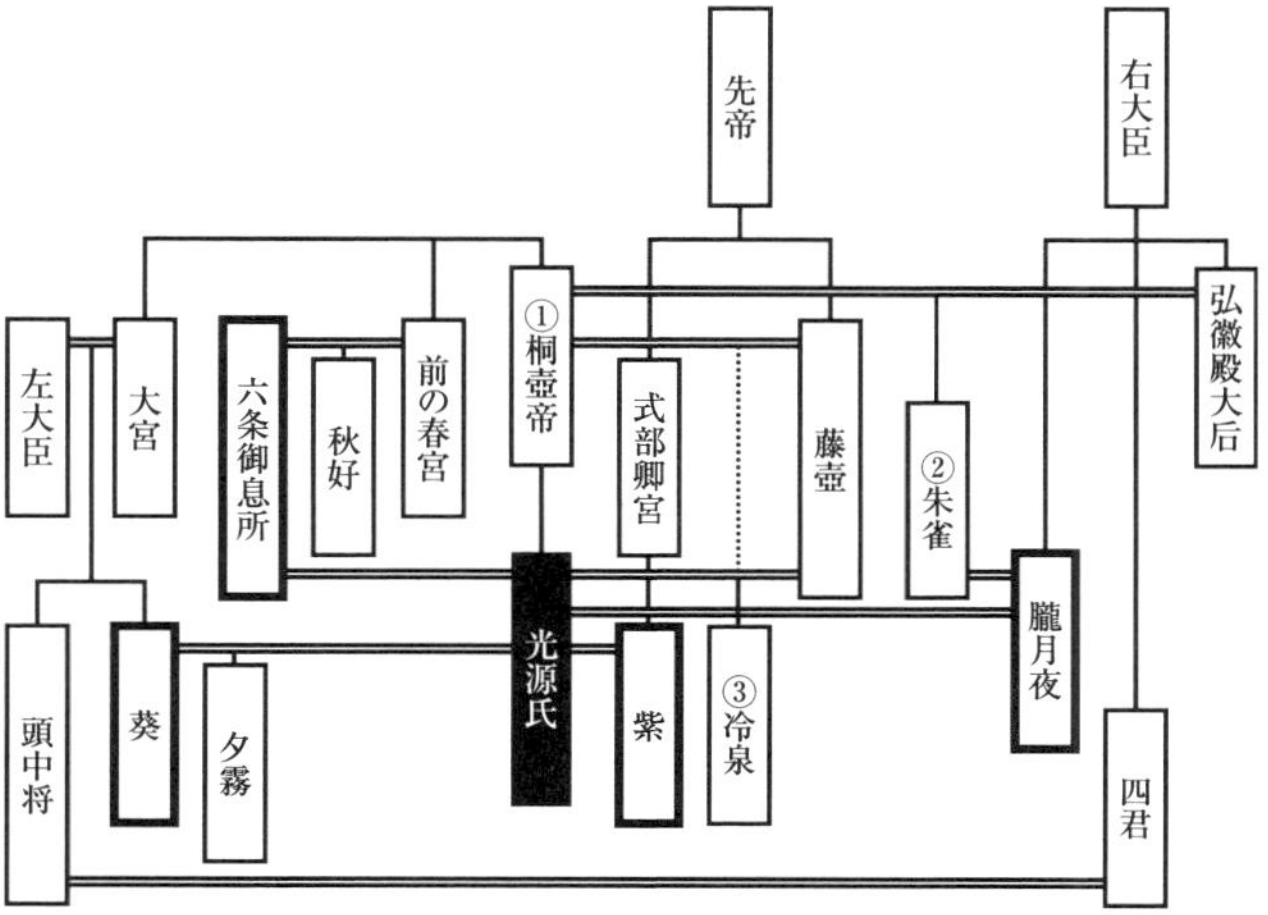

賢木《さかき》

登場人物

光源氏
桐壺帝（父）
弘徽殿大后（政敵✕）
藤壺（初恋♥）28～30歳
紫（妻♥）13～15歳
朧月夜（恋人♥）
六条御息所（元恋人）30～32歳
朝顔（いとこ）
春宮・冷泉（秘密の子）5～7歳

※用語解説

春宮…皇太子。ここでは光源氏の兄朱雀のことを指す。
崩御…天皇や皇后を始めとする君主などの死去。
出仕…勤めに出ること。

光源氏（23～25歳）
桐壺帝《きりつぼてい》は春宮《とうぐう》※（光源氏の兄）に位を譲ります
朱雀帝《すざくてい》の誕生です
よいか くれぐれも光君を…… 弟を大事にするのだぞ
はい、父上
あの子は臣下とするには惜しい資質の持ち主……
国政を補佐する重要な人材だ……
承知しております
兄弟仲むつまじく
決しておろそかにしてはならぬぞ
はい、必ず…… 必ず、父上

桐壺帝が崩御※あそばされたか
右大臣
父上、これは好機です
源氏を……
憎いあの女の息子を追いやるなら今しかない!!
弘徽殿大后《こきでんのおおきさき》
私から桐壺帝を奪った桐壺更衣《きりつぼのこうい》の息子
あの男の肩を持つ人間は全員排除してやるわ!
朱雀帝は気弱な人で母・弘徽殿大后や祖父・右大臣のいいなりです
源氏の君……
父上……
すまない
光源氏には昇進が止められるといった嫌がらせが……

弘徽殿大后と右大臣からの嫌がらせに嫌気がさした左大臣は辞表を出して引退
そして藤壺《ふじつぼ》は……
藤壺が出家なされた……!?
はい
……
そうか
彼女が出家した今、冷泉《れいぜい》を守れるのは私だけだ……
しかし
ああ……私の手の届かぬところへあなたは行ってしまうのですね
光源氏は初めての逆境に気持ちが収まらず出仕※もせずに頭中将と宴ざんまい遊んで暮らすのでした

右大臣邸
何ですって？
朧月夜《おぼろづきよ》と光源氏がまだ……？
ああ……縁を切っていなかったようだ
右大臣
なんてこといまいましい！
我が妹・朧月夜は女御《にょうご》になれず尚侍《ないしのかみ》に収まったというのに
ぶるぶる
うむ……だからこのことは内密に処理しようと思うのだ
姫を思えば
なりません、父上！
帝のご寵愛を受ける朧月夜に逢い続けるなど帝に対する侮辱にほかなりません！
これを口実にあの男を失脚させてしまいましょう!!
どこまでも私を見下しおって
思い知るがよい光源氏よ！

初めて知る逆境の時代

光源氏、不遇の時代を語る本編です。事件が多く、かつ現代人の目には次々と恋をしているだけに見えて、重さが理解しにくい一巻です。

まず前半は、かなりの分量を割いて六条御息所《ろくじょうのみやすんどころ》との別れが語られます。次いで桐壺帝《きりつぼてい》が崩御します。そして光源氏が気長に求愛してきた朝顔《あさがお》が斎院（賀茂神社に奉仕する未婚の女性）になってしまいます。光源氏は藤壺《ふじつぼ》に会って激しく迫りますが拒まれ、彼女は出家してしまいます。一方で頭中将《とうのちゅうじょう》と宴をひらいて出勤もしていない、との描写があり、最後には朧月夜《おぼろづきよ》との密会の現場を反対勢力の右大臣に見られてしまう場面で終わります。

一言でいうと、光源氏の運気が下がっているのです。政治はすでに弘《こ》徽殿大后《きでんのおおきさき》や右大臣がほしいままにしており、光源氏側の人間は冷遇されていました。弱り目にたたり目とでもいいますか、プライベートもきしみ出し、近しい人々が次々去り始めたのです。

そしてこれは光源氏自身のせいでもあります。お坊ちゃん育ちの光源氏には、逆境を耐えてやり過ごす忍耐がないのです。憂さを晴らすように恋を重ね、宴会をひらいては敵を挑発します。当然、状況がさらに悪くなるという悪循環に陥ります。後年の冷徹な光源氏と比べると、この巻の彼は実にお粗末で、「若いんだなあ」と苦笑させられます。

人物クローズアップ

軽率だけど子ぼんのう　右大臣

右大臣とその娘・弘徽殿大后は共に意地悪な人と描かれている。しかし父はまだ優しく、六女・朧月夜にはメロメロだ。

友人以上恋人未満をキープ　朝顔

主要な出番はこの巻が初。身分高く、父に愛育されて、非の打ち所ないお姫さま。冷静沈着な人柄で、光源氏とは友情をキープしている。

この巻では可憐な若妻　紫

葵亡きあと正妻となった紫だが、存在感はまだない。心ここにあらぬ光源氏をいじらしく慕ってみせるだけだ。

豆知識

京都市北区紫野　雲林院《うりんいん》

藤壺に拒まれた光源氏はあてつけがましく寺にこもる。それが実在の寺・雲林院だ。

この雲林院、実は作者・紫式部とも深い縁がある。1362～1367年に書かれた源氏物語の注釈書『河海抄（かかいしょう）』には「紫式部の墓は雲林院、小野篁の墓の西にある」と書かれている。そして現在の雲林院の近郊に、式部と篁の整備された墓所がある。

知っておきたい!

朧月夜にシビアな光源氏

「花宴」巻で出会った二人。この「賢木」巻の朧月夜は尚侍（ないしのかみ）で、光源氏とはこっそり逢っている。

尚侍とは尚侍司（ないしのつかさ）の長官であり、天皇への取次ぎなどをする女性公務員だ。一見バリバリのキャリアウーマンで、実際そういう人もいたが、朧月夜の場合はそうではない。光源氏と関係してしまったため正式の女御になれず、しかたなく「秘書」として天皇のそばにいる身分になってしまったのだ。

「光源氏さまは困難な恋に燃える方で、前より熱くなっていらっしゃるようです」と、草子地は優雅に語っているが、実のところどうだったのか。

もしかしたら、朧月夜が子を産んでも朱雀の皇子と認知されないように、わざと派手に恋をしていたのかもしれない。誘いの手紙を送ってきたり、親に隠れて恋をしたりする彼女を、「カルイ女」と見てもいたようだ。

朧月夜。光源氏にとってはスリリングな恋の相手であって、妻ではなかったということだろう。

ここまでの人物相関図

弘徽殿大后の権力維持には朧月夜の出産が必須

数字は皇位継承順（予定含む）。弘徽殿大后が権力を維持するには、朧月夜が朱雀の子を産まなければならないことがよくわかる系図だ。

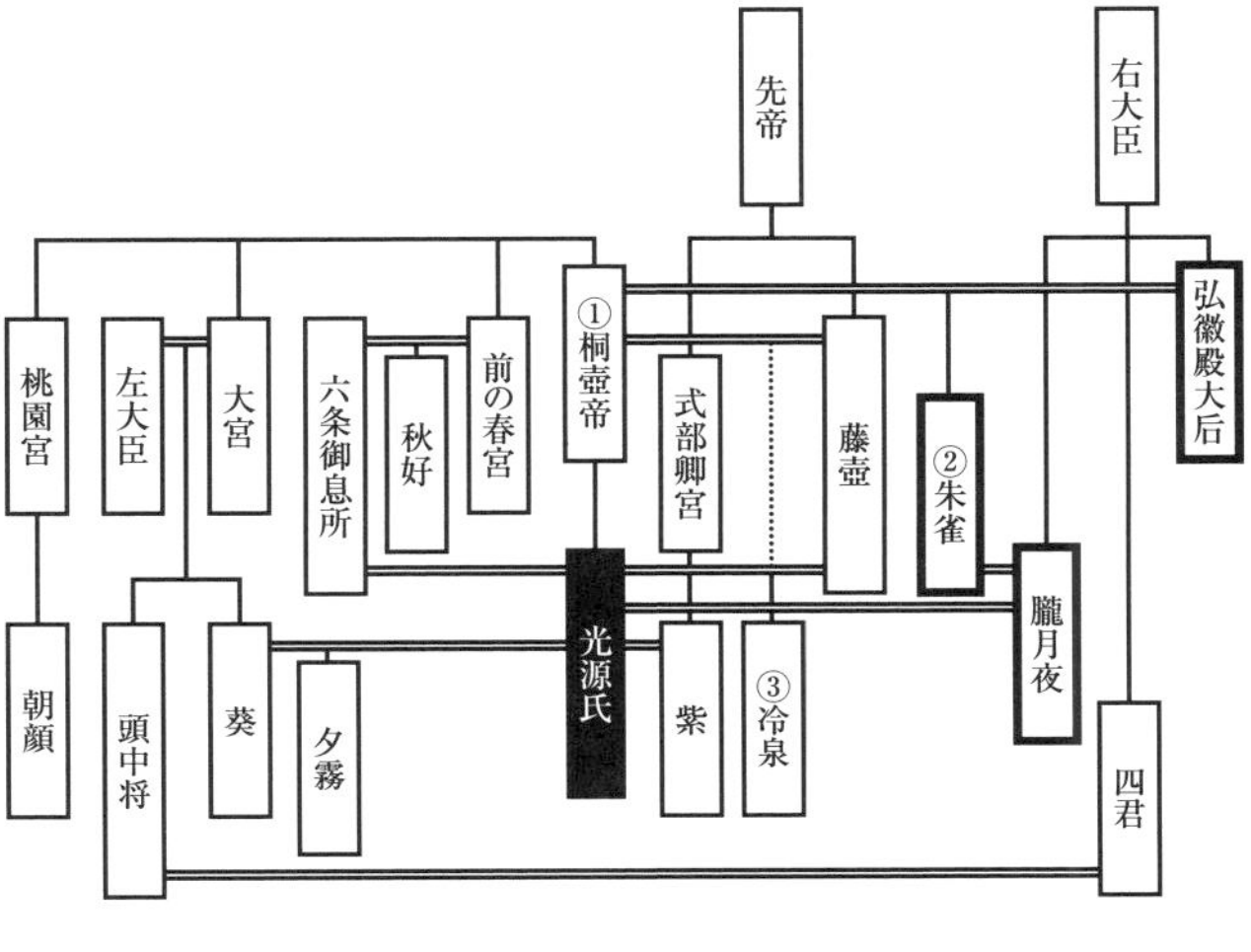

花《はな》散《ちる》里《さと》

登場人物

光源氏
花散里（恋人♥）

光源氏はある晩かつての恋人を訪ねに外出しましたその途中…
光源氏（25歳）
ホーホケキョ
ほととぎす……そういえば昔、ここの女性と一夜の愛を交わしたな
和歌を贈ろう
をち返りえぞ忍ばれぬほととぎすほの語らひし宿の垣根に
（今さらながらあなたを恋しく感じます…）
しかし、つれない返事……ほかに恋人ができたのだろうと思い、花散里《はなちるさと》のもとに……
よくおいでなさいました光君
花散里《はなちるさと》
あ、ちょうどいいところに
彼女はどんなときでも光源氏を迎えてくれます
ホーホケキョ
ほととぎすがないてますよ

光源氏を囲む心美しき人々

光源氏25歳の年の5月20日の夜のことを語る外伝です。この巻では、一夫多妻時代の人だった作者の、理想の男女関係が描かれます。まずあらすじを見てみましょう。

光源氏は花散里《はなちるさと》を訪ねる途中でかつての恋人の家を見かけました。歌を詠みかけてみましたが、恋人にはもう別の男がいるけはい。結局、予定通り花散里の家に行き、心変わりしない彼女と過ごしたのです。

女性がよそ見せず夫を待ち、男性が末永く妻の面倒を見るなら、結婚はうまく行くのだ、という考えが見て取れます。

この花散里という女性は、のちに光源氏の妻として紫《むらさき》に次ぐ厚遇を得る人です。当時の常識では、実家も子もない妻がそんなに厚遇されるなど異例でした。作者としては、女性自身を評価してくれる光源氏と、誠実な花散里をたたえたかったのでしょう。

惟光《これみつ》がお伴して、粋にふるまっているのもこの巻の見どころです。

藤原惟光は光源氏の乳兄弟、つまり乳母の息子です。当時の乳母・乳兄弟と、育てられる立場の貴人とは、強いきずなで結ばれていました。惟光はいつも光源氏のために奮闘、時にはずけずけ意見もします。光源氏は惟光の出世を助け、のちには公卿（閣僚）にまでしてやっています。紫式部が考える理想の主従だったのでしょう。

豆知識　なつかしき花橘

「五月まつ花橘の香をかげば　昔の人の袖の香ぞする（花橘の香りをかぐと昔の恋人を思い出す）」『古今集』や『伊勢物語』に出てくる有名な和歌。この和歌ゆえに橘は平安貴族にとって「昔」「なつかしい」イメージの花だった。『源氏物語』にも登場する。

時は陰暦5月。光源氏が恋人とその姉を訪ねるエピソードがある。親も失ったこの姉妹は時流に遅れた人だ。三人は古き良き時代を語り合う。ここに似合う花が橘だ。

ここまでの人物相関図

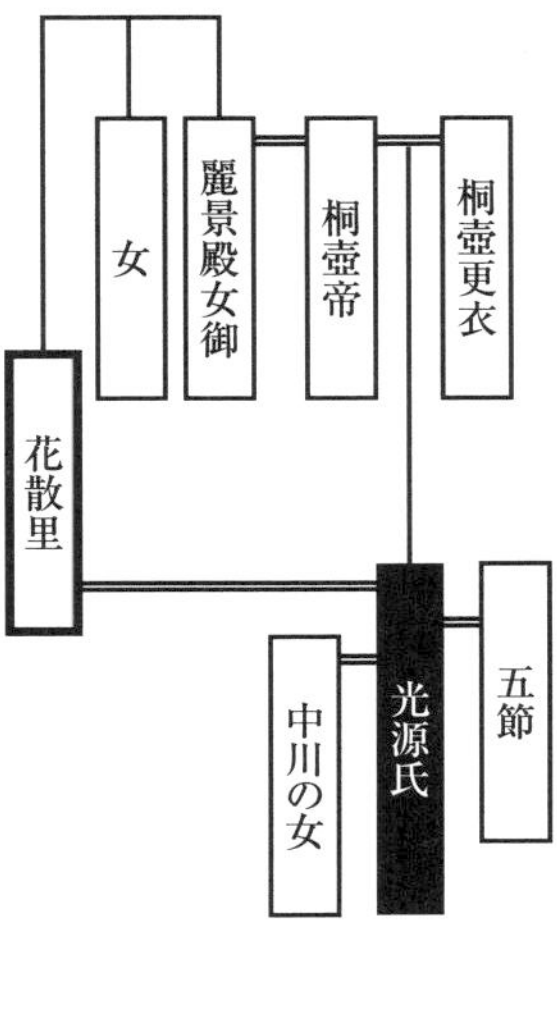

桐壺更衣
桐壺帝
麗景殿女御
女
花散里
光源氏
五節
中川の女

実は名門の花散里

地味な印象の花散里だが、姉は女御。つまり大臣以上の家の令嬢である。光源氏と惟光の強いきずなが、血縁はないため表せないのが残念だ。

第一部　其ノ壱
まとめ

「満たされなさ」が栄華をもたらす

光源氏、栄光の生涯の幕開け

平安前期の京を舞台にした、架空の歴史小説『源氏物語』。全てに完璧な、しかし虐げられた皇子を主人公として、華やかな宮廷ドラマが始まりました。

波乱に富む幼少～青春時代

桐壺帝《きりつぼてい》の御世のこと、不当な目に遭った皇子がいました。容貌、学問、才芸、人柄、全て及ぶ者のないありさまだったにも関わらず、臣下の身分に落とされたのです。このような措置の背景には、横暴な権力者・弘徽殿大后《こきでんのおおきさき》や右大臣などの存在がありました。

臣下となった光源氏は、左大臣の娘・葵《あおい》と結婚しましたが、気が合わずうまく行きません。光源氏は幼き日に出会った父帝の妃・藤壺《ふじつぼ》への憧れを強めていきます。

やがて憧れは恋情に変わり、光源氏はついに藤壺と罪の契りを交わしました。憂悶の日々を光源氏は、藤壺の姪・紫《むらさき》を引取って育てることで紛らわします。後に生まれた不義の子・冷泉《れいぜい》を、桐壺帝は我が子とかわいがるのでした。

一方やっと心が通じた妻・葵は一児を残して死んでしまい、恋人・六条《ろくじょうの》御息所《みやすんどころ》は愛執の鬼と化して別れていきます。やがて桐壺帝が譲位・死去し、弘徽殿大后が政治をほしいままにし始めました。公私ともに不幸が続く中、朧月《おぼろづき》夜《よ》との恋を謀反と解釈しようとする動きが起こり、光源氏は追いつめられていくのでした。

このような本筋に四人の女性との恋物語が、読み切り的に挟まれています。中流貴族の人妻・空蝉《うつせみ》とは心理合戦のような大人の恋、純真な夕顔《ゆうがお》とは刹那的な逢瀬、ぶさいくな末摘花《すえつむはな》とは喜劇的騒動、穏やかな花散里《はなちるさと》とは心休まるひとときを、光源氏はそれぞれ経験するのでした。

源氏物語の時代背景

『源氏物語』はさまざまな性格を持ちます。時代劇であり恋愛ものであり、子女教育の教科書でもあります。芸術論、政治論、政権批判でもあり、一方で太政大臣・道長のプロパガンダでもあります。どんな女性でも感情移入できるよう、あらゆるヒロインを備えるという娯楽性もあります。

　現代人なら物語が、このような性格を持っていても驚かないでしょう。しかし当時は「かぐや姫」が物語のカテゴリーに属していた時代。政治や恋をリアルに書く『源氏物語』は、衝撃的だったに違いありません。

『源氏物語』にはさらなる特色があります。主人公が横暴な権力者に勝つ話であり、藤原氏が皇族に負ける話なのです。当時は藤原氏の一部名門が、政界を私物のごとく牛耳っていました。読者たちは現実へのうっぷん晴らしに、光源氏を応援し、その成功を期待したのでしょう。

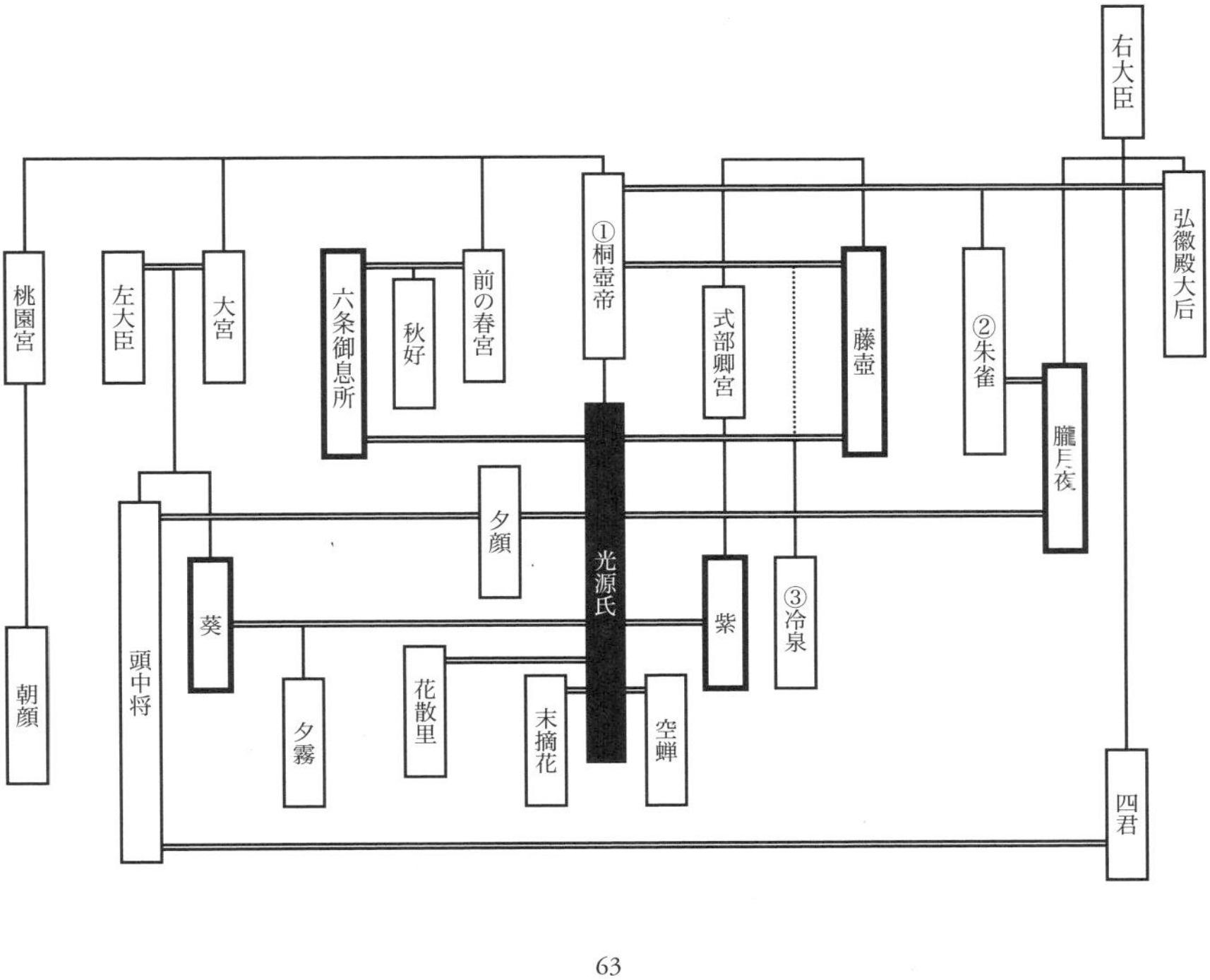

其ノ弐

謀反人に仕立てられて

絶望の浪人時代

光源氏と尚侍・朧月夜との恋を、
政敵は帝への謀反だと騒ぎました。
光源氏は須磨へ逃れ、謹慎生活を始めます。
無限に見える償いの日々、
しかし神霊の加護がついていました。
光源氏はこの流浪によって、
栄華の決定打・一人娘を授かるのです。

メインイベント
・須磨での謹慎生活
・明石との出会い
・赦免と帰京

巻

登場人物

光《ひかる》源《げん》氏《じ》（26〜28歳）
美貌と才能を兼ね備えた貴公子。現体制派に睨まれ、謹慎中。

明石《あかし》（17〜19歳）
富豪の娘。光源氏の妻。自尊心と劣等感を併せ持つ複雑な人。

明石入道《あかしのにゅうどう》
明石の父。前の播磨守。身分を捨てて蓄財に生きた変わり者。

頭中将《とうのちゅうじょう》
左大臣の息子。光源氏の親友。豪放で友情に篤い人情家。

須《す》磨《ま》

登場人物

光源氏
頭中将（親友）
惟光（従者）
良清（従者）

※用語解説

謀反…国家や政府に対して、その存立を脅かすこと。

光源氏（26〜27歳）

朧月夜《おぼろづきよ》との情事が弘徽殿大后《こきでんのおおきさき》によって、「謀反罪※」とされそうになっていました
光源氏は処断される前に自ら都を去り須磨に向かいます
これも藤壺との密通の報いかもしれない
日々勤行し罪滅ぼしに励みます
ざわざわ
しかし巻き込まれるのは……
光君の行為は謀反には当たらないのでは？
関わらないでおこう
そんな中
やあ
頭中将《とうのちゅうじょう》だけははるばる訪ねてくれたのでした

逆境の友こそ真の友？

光源氏が須磨で謹慎している時代を描く本編です。

光源氏側の旗色が悪いと見て取ったとたん、離れていく人たちが大勢いました。愛妻・紫《むらさき》の父、式部卿宮《しきぶきょうのみや》がそうです。かつて光源氏に引き立ててもらった小君《こぎみ》（空蝉《うつせみ》の弟）もそうです。同情して須磨へ手紙をくれた人々も、弘徽殿大后《こきでんのおおきさき》に睨まれたとたん、ぷつりと音信を断ちました。

そんな中一人だけ、はるばる須磨まで訪ねてきてくれた人がいます。親友・頭中将《とうのちゅうじょう》です。「弘徽殿大后に知れて罰されてもかまうものか」、突然京を出て船に乗り来訪して、夜もすがら漢詩を作って遊び、翌朝さっぱりと帰っていきました。

頭中将は、光源氏の亡き正妻・葵《あおい》の同母の兄弟です。母の大宮《おおみや》は内親王、父は左大臣なのでプライドが高く、「おれ様以外光源氏と競える男はいまい」、そう考えている男です。光源氏が何気なく舞ってみせれば、頭中将はがっちり練習した舞を披露し、光源氏が洒落た服を着こなせば頭中将は正装する、といった具合。恋を競ったこともありました。きっと頭中将はすなおに光源氏が好きなのです。

皆が保身に走る中、熱い友情を見せた頭中将。ですが、むじゃきに仲いいシーンはこの巻が最後です。二人の行く手には、それぞれの一族を背おって権力を奪い合う運命が待ちかまえているのでした。

豆知識 源氏物語の注釈者 源惟良《みなもとのこれよし》

1352年頃書かれた源氏物語の注釈書『河海抄』。登場人物のモデルを史上の人物の中から探し出すなど、後世の源氏学に多大な貢献をした。

この『河海抄』の作者、名を四辻善成という。だが河海抄では「源惟良」という筆名を使っている。源は光源氏、惟良は全てを捨てて須磨行きの伴をした忠実な従者・惟光と良清から採ったものらしい。『源氏物語』への愛が満ちたペンネームだ。

ここまでの人物相関図

頭中将の微妙な立場

頭中将は右大臣の四女、四君と政略結婚しているが、姉・弘徽殿大后に媚びないので冷遇されている。

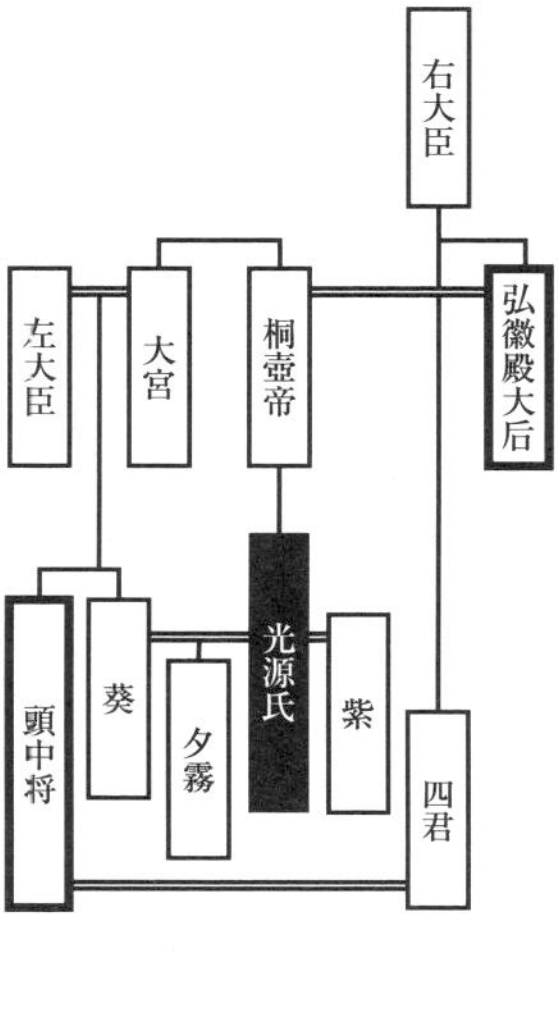

明石《あかし》

登場人物

光源氏
明石入道（味方）
明石（新妻♥）18〜23歳

光源氏（27〜28歳）

須磨の近く、明石《あかし》の浦に明石入道《あかしのにゅうどう》が住んでいました
ようこそお越しくださいました
高貴な生まれながら、田舎人になり果てた老人……
よいところですね
光栄です
このままでは我が一族はますます落ちていってしまう
光君
私には姫が一人いるのですが……
全財産をはたいてでもわが一人娘はこの方に嫁がせたい
明石《あかし》

光君、どうか……
私のことは
お捨ておきください
あなたはいずれ
京へ帰られるで
しょうから……
そんな……
「子は三人
一人は帝に
一人は中宮《ちゅうぐう》（皇后）に
最も劣る子は太政大臣《だじょうだいじん》になる
皇后は身分が低い女が産む」
以前見た夢
――これも運命だろうか
この方が私の子を――
……明石
私たちはきっと
運命で結ばれて
いるのですよ
そうして光君は
入道の娘明石を
めとりました

明石入道の敗者復活戦

都を追われた光源氏が明石に住んでいるころを描く本編です。嵐に遭って須磨を離れ、明石に移った光源氏は、土地の実力者・明石入道《あかしのにゅうどう》の元に身を寄せました。むろん、二人の身分は月とすっぽんほど違いますので、明石入道がうやうやしく光源氏のお世話をするという形です。やがて光源氏は明石入道の娘・明石《あかし》をめとったのでした。

この明石入道は個性的な人物です。元を正せば大臣の息子なのですが、都での出世は無理と悟るや否や、地方官に身を落として京を出ました。名より実を取って金もうけに走った訳です。貯めた金で明石の土地を買い占め、海上貿易にも手を出し、巨万の富を築きます。その金で何をしているかというと、娘の教育に注ぎ込んでいるのでした。

明石入道の考えはこうです。自分の出世は先が知れています。子の代孫の代にはさらに落ちていくはずです。しかし女の子なら玉の輿という手があるのです。明石入道は桁はずれの夢を描きました――孫娘を国母に押し上げようと。

実は明石入道は光源氏の母・桐壺更衣《きりつぼのこうい》のいとこです。桐壺更衣の、出世前に早死にした不運な父は、明石入道の叔父に当たるのです。だから光源氏と明石入道が手を組んで「家から中宮を！」という夢に燃えるのは、権力闘争に一度負けた男たちの悲願とも言える再戦なのです。

人物クローズアップ

清い俗人　明石入道

娘の出世ばかり祈っている俗な僧侶。だが金や権力には執着がない。出世願望は誇りのためなのだ。そういう所が清々しい。

苦労多い妻　明石尼君

片意地な夫に振り回され続けてきた苦労人。娘をあるときは優しく、あるときは厳しくサポートし続ける芯の強い母。

栄華へのイバラの道をゆく　明石

親が内親王なみに育て上げた淑女。我が身への自信と身分への卑屈さが内心でもつれ合っていて、性格に翳りを与えている。

深読み

宇治十帖の起点　八宮《はちのみや》

『源氏物語』終盤の主要キャラに「八宮」がいる。彼の不幸は実はこの頃、光源氏の謹慎時代に始まっている。

時の天皇は朱雀、春宮（皇太子）は冷泉。光源氏側の人である冷泉を、弘徽殿大后は排除しようとした。このとき春宮にしようとしたのが冷泉の兄・八宮だ。

この強引な計画はさすがに失敗した。担がれただけの八宮に罪はなかったが、光源氏側に警戒されてしまい、不幸な人生を送るはめになった。

知っておきたい!

追放の流儀　強制か自発か

14世紀の源氏物語研究家・四辻善成は、光源氏のモデルを「源高明」(914-982) だとした。

表の通り、源高明と光源氏には共通点が多い。だが相違点もある。それは都からの去り方である。

源高明は九州へ左遷（実質的には追放）された。一方、光源氏は追放される前に、自発的に都を去っている。

これは当時の常識からいって、追放されたら政治生命が終わりだったからだろう。紫式部が考えた「自発的な謹慎」は、リアリティとドラマ性を両立させたギリギリの不幸だったのだ。

源氏物語	史実	共通点
桐壺帝	醍醐帝	女御・更衣が大勢いた。
桐壺更衣	近江更衣	産んだ子が臣下に降りた。
光源氏	源高明	政治的に敗れ地方へ。
皇位継承順が桐壺帝→朱雀→冷泉	皇位継承順が醍醐帝→朱雀→村上	皇位継承順が父→子→弟の順、2代目が朱雀

ここまでの人物相関図

身内で争う権力闘争

数字は皇位継承順（予定含む）。左側に負け組、右側に勝ち組がいる。表向きは、桐壺帝の皇子4人が二手に分かれて争っている形である。

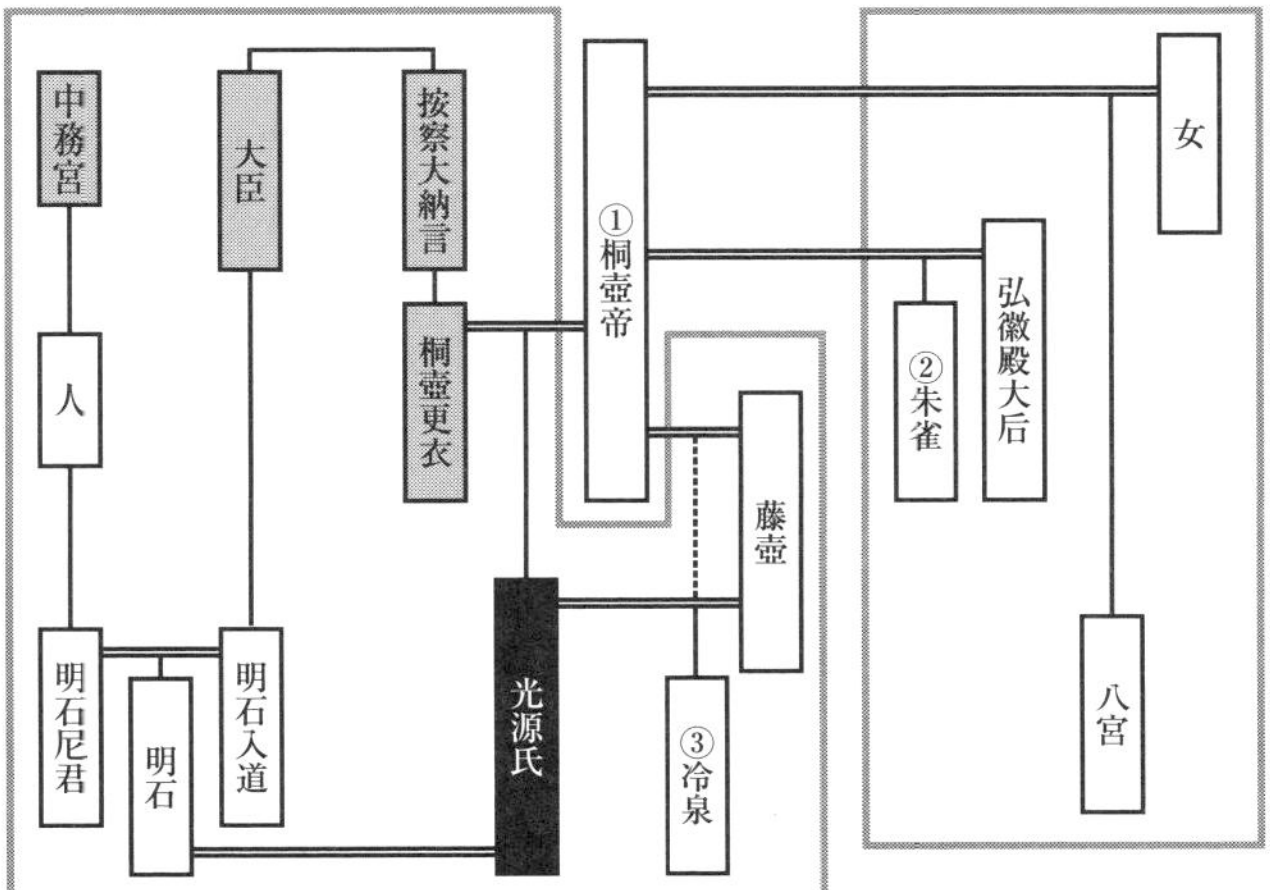

地理

**光源氏が隠棲した地、須磨・明石は、
京から見てどんな位置にあったのだろうか。
地図を見て確認してみよう。**

復活の希望がある須磨の地

光源氏は須磨を謹慎の地に選んだ。なぜか？　それは意外と近いからだ。

当時の都人にとっては京が世界の中心。あまりに遠方へ行くと世論から消えてしまい、カムバックできなくなる怖れがあった。須磨は程よい距離感だったのである。

史実では、九州へ左遷となった者（菅原道真《すがわらのみちざね》など）が復活した例はない。しかし須磨を流浪したと言われる在原行平《ありわらのゆきひら》は、最終的に公卿（当時の閣僚）になっている（ちなみに行平は光源氏のモデルの1人とされている。「立ち別れ　いなばの山の峰に生《お》ふる　まつとし聞かば　今帰り来む」の和歌で有名）。須磨は、出世への大打撃だがまだ望みはある、実にスリリングな流刑地なのだ。

京と地方の格差

平安時代は超格差社会。人は身分だけでなく、育った地によっても差別された。都人は地方を見下してはばからなかったのである。このような思想傾向の犠牲者が、明石や大君・中君といった地方育ちのヒロインだ。彼女たちは劣等感に苛まれ、恋において卑屈になっている。

さらに「地方」の中にも格差があった。例えば「玉鬘《たまかずら》」巻から登場する大宰府《だざいふ》育ちの玉鬘は「田舎者とは思えない」とほめられ、「東屋《あずまや》」巻から登場する東国《とうごく》に育った浮舟《うきふね》は「豪華だけど田舎《いなか》びた服」と見下されている。これは大陸の先進文化が、西からもたらされたためだろう。

『源氏物語』の霊現譚

『源氏物語』第一部のストーリーは、住吉明神の霊珉譚（人の祈祷に対して、神仏の不可思議な力が現れるという物語）でもある。不幸な貴公子（光源氏）と身分の低い女（明石）が、住吉明神を信仰したために幸せになった、というご利益の話なのだ。『源氏物語』には近代小説にも匹敵する成熟した部分もあるが、古代的な要素も含まれている。

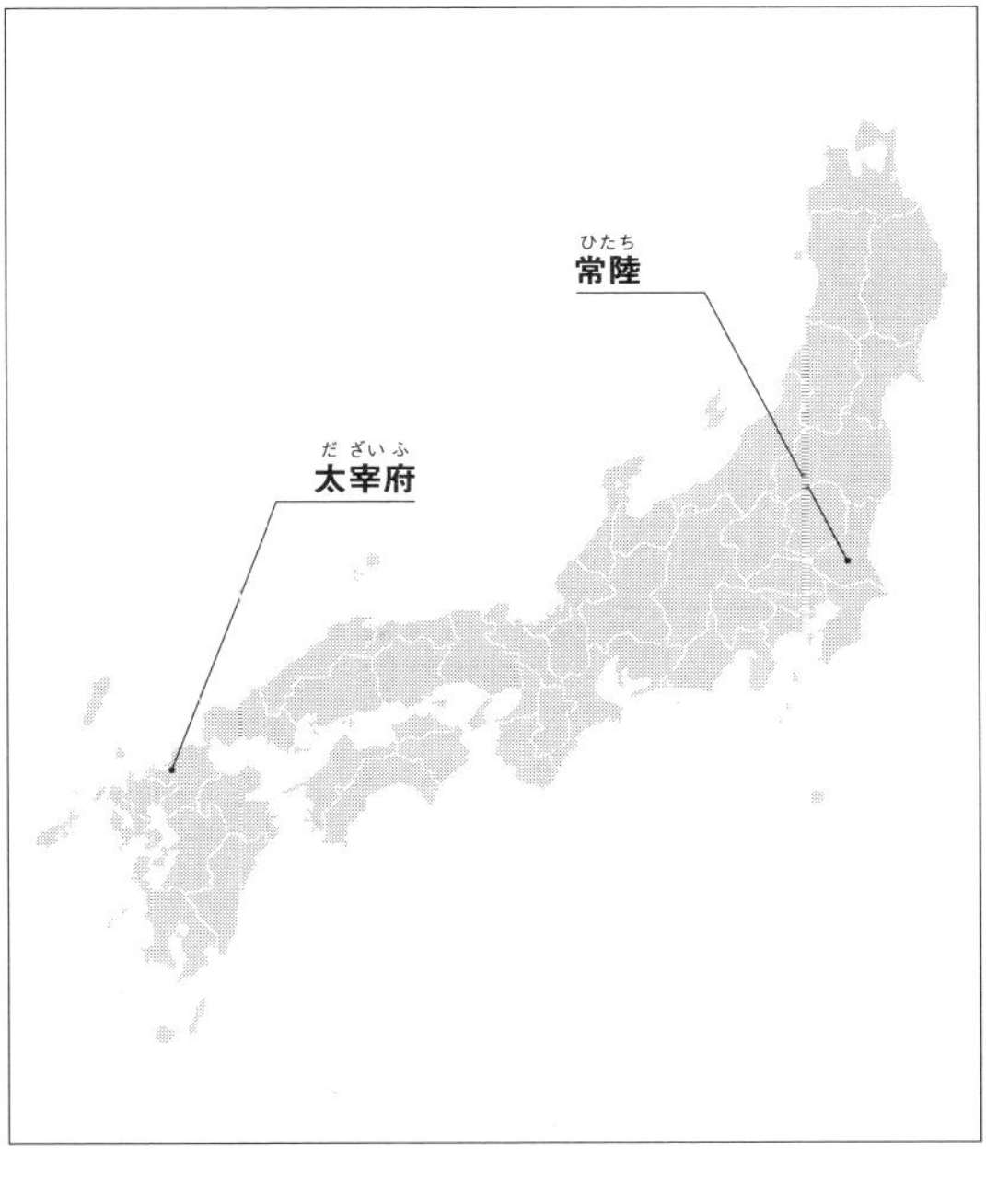

ふたりの「地方育ちのヒロイン」の明暗

P116～の「玉鬘十帖」のヒロイン玉鬘は大宰府育ち、幼名は「瑠璃君（るりぎみ）」。瑠璃とは舶来品のガラスのこと。玉鬘は大陸文化の香りを漂わせる姫君であり、玉の輿に乗って幸せになる。

P224～の「宇治十帖」のヒロイン浮舟は常陸育ち。東国は文化の後進地帯と見なされていた。浮舟はまともな姫君扱いされず、悲劇的な運命をたどる。

第一部其ノ弐
まとめ

後の飛躍のため堪え忍ぶ屈辱

光源氏、流浪の時代

光源氏は須磨で謹慎を始めました。そして地元の女性・明石と運命的にめぐり会います。人生で最も不幸な時代でしたが、ここから躍進が始まるのです。

自ら官位を返上し、先手を打つ

弘徽殿大后《こきでんのおおきさき》が牛耳る朝廷は、光源氏を謀反の罪に問おうとし始めました。公式に追放となれば、政界復帰は不可能です。光源氏は先手を打って官位を返上し、謹慎の意を示して須磨にこもりました。

人々は光源氏に同情しますが、とばっちりを恐れて見ぬふりです。中でも舅の式部《しきぶ》卿宮《きょうのみや》はおおっぴらに絶交し、娘の紫《むらさき》は孤軍奮闘、光源氏の留守宅を守るのでした。

須磨では光源氏が勤行に明け暮れています。小さな家に従者数名と身を寄せあって暮らすという、打って変わったわび住まい。知人からの音信も減っていきますが、ただ一人頭中将《とうのちゅうじょう》だけは、須磨まで訪ねてきてくれたのでした。

やがて光源氏は明石の浦に移住します。この地で、娘の玉の輿を夢みる老人・明石入道《あかしのにゅうどう》と出会い、娘の明石《あかし》をめとりました。明石は「中宮《ちゅうぐう》（最も位の高い妃《きさき》）になる」と予言された子を懐妊します。光源氏が運命の好転を感じる中、都からの赦免・召還が伝えられたのでした。

なぜ光源氏は謹慎しなければならなかったか

帝の愛人・朧月夜《おぼろづきよ》との恋が謀反《むほん》と解釈された結果です。

しかし妃でもない朧月夜との関係が謀反とは大げさなこと。人々は濡れ衣と捉え、光源氏も無実を主張しました。

一方で光源氏には、別の罪があります。父桐壺帝《きりつぼてい》の妃・藤壺《ふじつぼ》との不義です。平安人の感性では、栄華の道をきわめる前に、償いとみそぎが必要だったのでしょう。

藤壺との罪の重さ

後世、藤壺との不義は「天皇への不敬」「義母との関係」と罪悪視され、戦前は検閲の対象にもなりました。

しかし平安人の目で見てみましょう。光源氏は、三輪山の神を思わせる超人的人格です。従って藤壺との関係は、神と皇女（藤壺）が結ばれて、敵（藤原氏）を圧倒する子を成すという神話的な結合なのです。また古代社会で「父の妻」は結婚可能な相手でもありました。

むろん父がまだ生きているときの契りですので、「父上にすまない」ことではあります。しかし読者にとっての心理的ハードルは、それほど高くなかったと思われます。

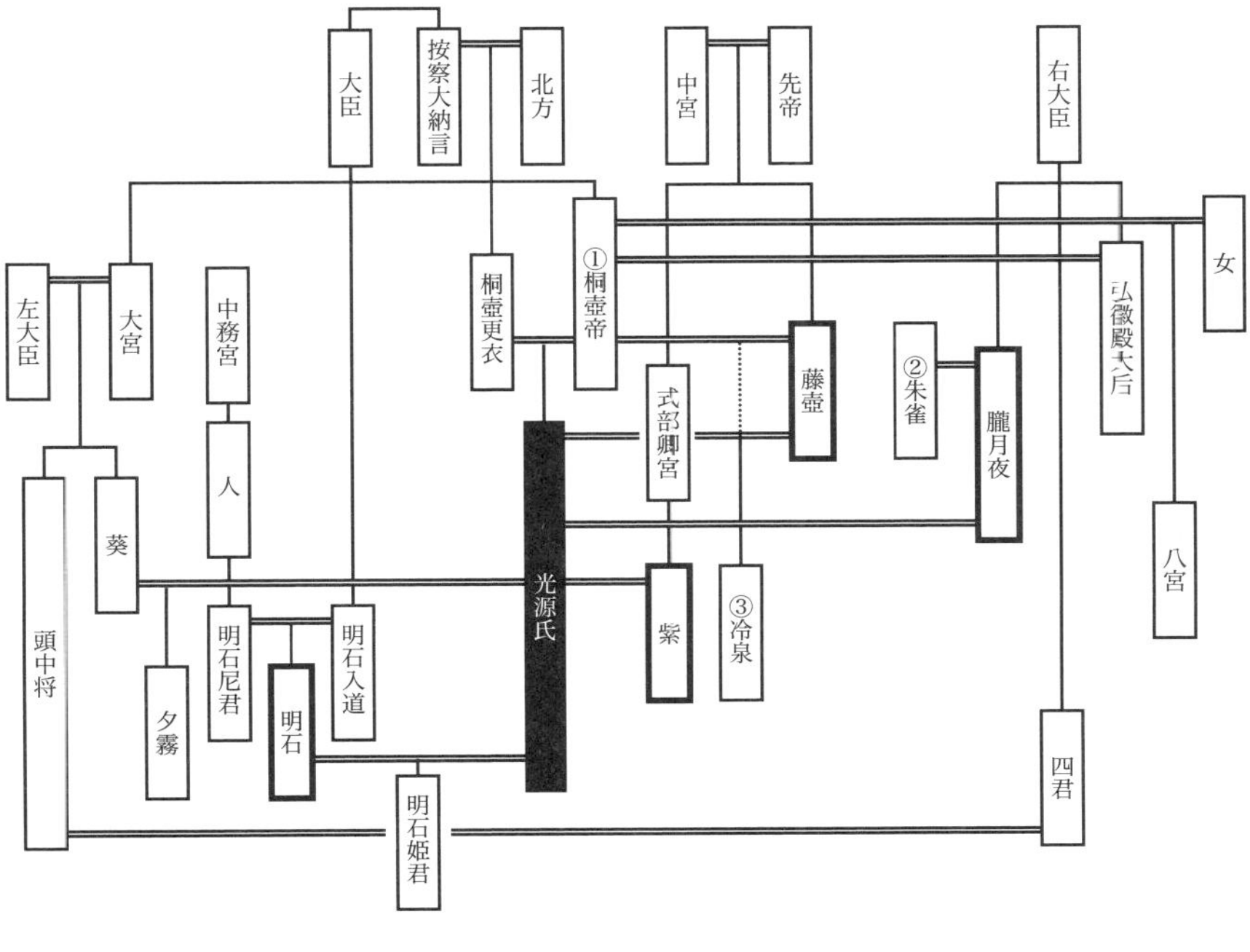

其ノ参

政権奪取の闘争時代

大逆転！の政界復帰

返り咲いた光源氏を待っていたのは、親友・頭中将との権力闘争でした。競り合う両者、そして光源氏は冷泉帝の支持を得て勝利をつかみます。すかさず次代への布石を打ちながら、光源氏は念願の邸宅・六条院を築いたのでした。

メインイベント
・絵合という形の権力闘争
・光源氏の勝利
・六条院の造営

巻

登場人物

光源氏《ひかるげんじ》（28〜35歳）
美貌と才能を兼ね備える主人公。

頭中将《とうのちゅうじょう》
光源氏の親友にしてライバル。人情家。

紫《むらさき》（18〜25歳）
光源氏の正妻。オールマイティな優等生。

明石《あかし》（19〜26歳）
光源氏の身分低い妻。劣等感を抱いている。

冷泉《れいぜい》（10〜17歳）
時の天皇。実は光源氏の子。

藤壺《ふじつぼ》（33〜37歳）
冷泉帝の母。光源氏の運命の人。

秋好《あきこのむ》（19〜26歳）
光源氏の養女。冷泉の妃。

弘徽殿女御《こきでんのにょうご》
頭中将の娘。冷泉の女御。

四 澪《みお》標《つくし》

登場人物

光源氏
紫（妻♥）18～19歳
藤壺（秘密の恋人♥）33～34歳
冷泉（秘密の子）10～11歳
明石（妻♥）19～23歳
六条御息所（元恋人）35～36歳
秋好（養女）19～20歳

※用語解説

春宮…皇太子。
元服…男子の成人式。
譲位…地位を譲ること。

光源氏（28～29歳）

やがて光源氏は京へ呼び戻されます
……本当に すまなかった
あなたのいない宮中は まるで魔に魅入られたかの ようだったよ
朱雀帝《すざくてい》
光源氏
主上……
春宮《とうぐう》※の 元服※も間近 私もこれでゆっくり 休むことができる
御譲位※ などとそんな…
どうか新帝の力に なってやってくれ
…もう 決めたのだ
その後冷泉帝《れいぜいてい》（光源氏と 藤壺《ふじつぼ》の子）が即位。光源氏に この世の春が訪れます

——明石
まぁ
明石姫君《あかしのひめぎみ》
なんてかわいらしい姫さまなんでしょう
明石は姫をさずかります
明石《あかし》
私が……京へ？
光の君がそれを望まれている……
そして京では六条御息所《ろくじょうのみやすんどころ》が息をひきとりました
六条御息所の娘・秋好《あきこのむ》
私をあなたの養女に？
ええ、あなたの亡き母君が私をあなたの親がわりにと……
……母上が
どうかあの子をたのみます……
……わかりました
この後秋好は冷泉帝に入内《じゅだい》して女御になります
2人の姫を手に入れた光源氏は出世の駒を進めるのです

光源氏と藤壺　移ろう関係

光源氏、政界カムバック後を描く本編です。朱雀《すざく》が病への不安から冷泉《れいぜい》に位を譲り、弘徽殿大后《こきでんのおおきさき》は一気に力をなくしました。代わって冷泉側の人・藤壺《ふじつぼ》や光源氏が日の目を見ます。となると藤壺や光源氏が考えることはただ一つ。この栄華を維持することです。

すでに頭中将《とうのちゅうじょう》が動き出しています。娘を冷泉の女御にしたのです。頭中将は「光源氏には娘もいないし、義兄弟だから協力してくれるだろう」と思っていたようですが、あいにくと光源氏はそんな男ではありません、逆境を越えてよりシビアになった冷たい男なのです。

光源氏は養女にできる娘をさがします。こういう時、過去の女性関係が活きてきます。別れた恋人・六条御息所《ろくじょうのみやすんどころ》が前の春宮（桐壺帝《きりつぼてい》の弟）との間にもうけた娘・秋好《あきこのむ》が候補に上がってきました。しかし一つ問題があります。秋好は朱雀に求愛されていたのです。

朱雀は前の天皇です。当然影響力はかなりのものです。困った光源氏は藤壺に助けを求めます。藤壺は国母の発言力で、朱雀の求愛を抑え込んだのでした。

光源氏と藤壺、昔を思うと隔世の感ある一コマです。光源氏はもはや恋に身を焼く青年ではなく、藤壺も優雅な妃ではありません。二人は結託して冷泉と、自分たちの権力を守ろうとしているのです。

人物クローズアップ

消せない愛執　六条御息所

光源氏ときれいに別れ、出家したのち他界する。娘を光源氏に託して安らかに逝ったように見えたがそうではない。死霊と化して祟り続けることになる。「死後の今は子のことは気にならない、ただあなただけが恨めしい」と源氏に言ったというエピソードもある。さまよい続ける彼女の霊は、生前は理性的な貴婦人だっただけに怖い。

深読み

本地垂迹《ほんじすいじゃく》

日本の土着の神々は仏や菩薩が形を変えて現れたものだという考えを、本地垂迹説と言う。仏教が日本に根づいていく中、発生してきた考えだ。

この巻で光源氏が参詣している住吉明神は海の守護神。今の大阪市住吉区にあり、須磨時代に海が荒れたとき、光源氏が「迹（あと）を垂れたまふ神、助け給へ（本当に現世に現れる神ならば私を助けてください）」と祈りを捧げていた神だ。神道と仏教が混在する当時の信仰がうかがえる。

知っておきたい!

朧月夜の変化の背景は?

朧月夜は情熱の人である。朱雀の愛人でありながら、光源氏との恋をつらぬき、破滅するまで愛し合った。

朱雀が退位した今、朧月夜は自由である。帰京した光源氏は、またアプローチを開始している。が、朧月夜は朱雀を選んだ。なぜだろう?

原典では、魅力的だが愛の薄い光源氏より、誠実な朱雀を選んだ、と語る。真相は、もう少し複雑だろう。

少し前に父・右大臣が亡くなっている。また姉・弘徽殿大后が病んでいる。そして朧月夜には子がいない。頼れる者がない状況だ。

一方、このとき光源氏のもとでは、紫の評価が急上昇している。

昔、朧月夜・光源氏が熱烈な恋をしていた頃、紫は妻の一人にすぎなかった。それも実家もない、養われ妻だ。裕福な朧月夜にとって紫など、ライバルにも見えなかっただろう。

しかし須磨時代に事態が変わった。紫は、父に捨てられた状況下で、光源氏家の財産を管理し、減らすことなく守り抜いた。それに引きかえ朧月夜の方は、父の庇護のもとで生きてきた。恋も、父がかばってくれたから出来たのだ。そしてその父ももういない。

朱雀の愛と光源氏の誘惑、今のわが立場と紫の存在。それらを考えて朱雀を取った彼女は、まちがいなく、大人の女だ。

ここまでの人物相関図

新たな対立の出現

数字は皇位継承順。頭中将が左大臣家と右大臣家をまとめて藤原氏の頂点に立った。皇族系を率いる光源氏と戦うことになる。

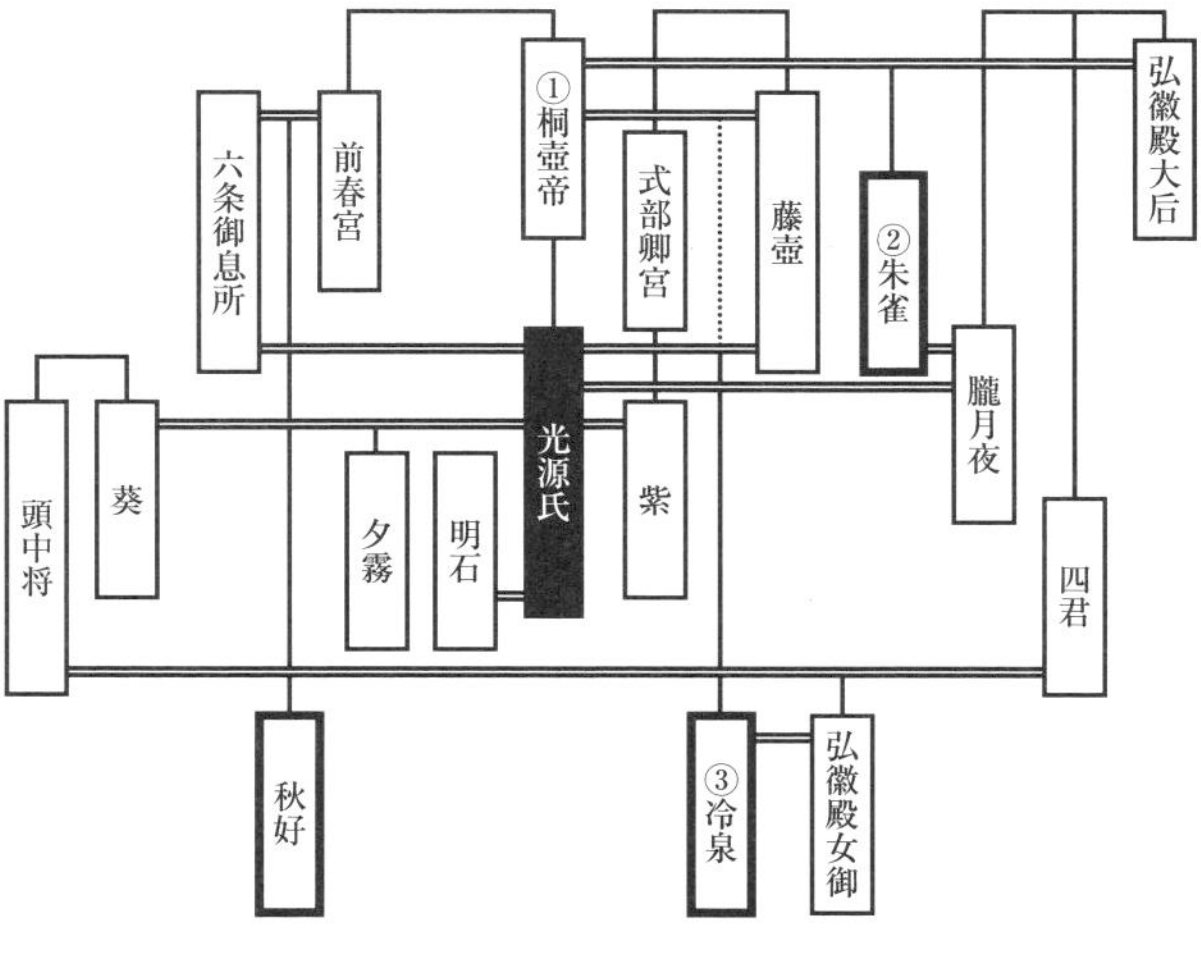

蓬生《よもぎう》

登場人物

光源氏（主人公）
末摘花（恋人♥）

光源氏（28〜29歳）
末摘花《すえつむはな》
まぁ…
私、夢でも見ているのかしら
あ…
末摘花の君！ずっと待っていてくださったのですか？
こんなボロボロの屋敷で…
え、ええ…
色々言う人もいたけれど…待っていて本当によかった
「立派な家具を売りませんか？」
「我が家の召使いになりませんか？」
もう一度あなたが訪ねてきてくださったんですもの
末摘花の君
ごめんねっっ
えっ!?
純情な姫に度肝を抜かれた光源氏以後、大切に姫の面倒をみるのでした

姫君たちの貧困

常陸宮《ひたちのみや》の姫君・末摘花《すえつむはな》のその後を描く外伝です。

末摘花は赤い鼻で有名な脇役で、たいていの場合道化役です。変な歌を詠んで笑い者になったり、古い服を贈って呆れられたりしています。

その末摘花が唯一輝くのがこの「蓬生」巻。貧しくとも家格を守るよう、光源氏を待ち続ける純真さが、痛ましくも気高く描かれます。

家は傷んで雨漏りし、庭は草が茂ってよその牛飼いが草を食わせに牛を連れてくるありさま。親戚は案じ顔にやってきて、ことば巧みに末摘花を連れだそうとします。仮にも宮家の姫ですから、女房なり愛人なりに欲しがる人は多いのです。

このような姫君たちの貧困は、当時よくあることでした。法律で弱者の財産を守る、貧しい人を福祉で保護するなどという観念は、この時代まだありません。文字どおり弱肉強食です。紫式部の同時代人・藤原伊周《ふじわらのこれちか》などは、死の床で号泣したと伝えられています。「女御・中宮にと思って育ててきた娘たちが、女房勤めに出たりつまらぬ男の妻になったりするのか、お前たちの方が先に死んでくれればよかった」と。紫式部の周りにも、落ちぶれて女房になった姫が大勢いました。

いつも道化役の末摘花がこの巻だけ美化されているのは、そのような哀れな姫君たちに作者が深く同情していたためでしょう。

豆知識　なつかしき薫衣香《くのえこう》

この時代、服を香らせるのは重要なたしなみだった。方法は二種類、一つは練り香をたいている上に籠を伏せ、その上に衣をかけておく、というもの。もう一つは匂い袋を衣の収納場所に入れておく方法。これら服の香を薫衣香と言う。

末摘花も今は貧しいが、旧家なので昔の名香を所持している。彼女の衣は「なつかしき香」がして、金では買えぬ高貴さを漂わすのだった。

ここまでの人物相関図

末摘花の成金親族

大弐北方は金目あてで身分低い男と結婚した俗物。末摘花と対比されて描かれている。

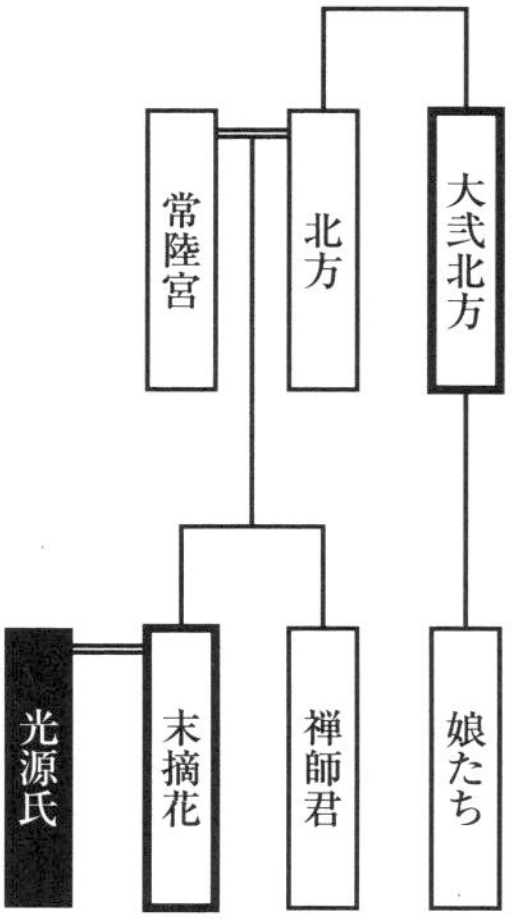

関《せき》屋《や》

光源氏（29歳）
おや
あの車※は
あちらは常陸《ひたち》介が
上洛※するところで
ございます
常陸介……
昔の
伊予介か
ではあの車に
空蝉《うつせみ》の君も――？
……
姉上
これを
…まぁ
覚えていて
くださったのね
その後、空蝉の、
父ほども年上の夫が死去
出家して困窮していた彼女を
光源氏はひそかに引き取り
生活の面倒をみたのでした

登場人物

光源氏
空蝉（昔の恋人）
小君（空蝉の弟）

※用語解説

車…平安時代は牛車をさすことが多い。
上洛…都に行くこと。

心をあやつる光源氏

昔、一夜だけの恋をした女性・空蝉《うつせみ》のその後を描く外伝です。その後接点のなかった二人がたまたま会い、歌をやりとりした、というだけの話ですが、光源氏の人心掌握術がうかがえる巻です。

空蝉一家は光源氏に恩があるのですが、須磨《すま》時代は縁を断っていました。ただ一人、空蝉の義理の息子・右近丞《うこんのじょう》だけが光源氏に従って須磨へ下っています。この一家に対し、復帰後の光源氏は、何の仕返しもしませんでした。その代わり、右近丞には手厚く報いたのです。

空蝉一家以外の人々も、光源氏によっておとしめられることはありませんでした。裏切った者は罰さず、忠実だった者を賞する、それが光源氏のやり方だったのです。平穏を愛する平安貴族にとって、理想的な為政者だったと言えましょう。かつて右大臣家は、権力を握るや否や懲罰人事を行ったので、反面教師であることがわかります。

とは言え裏切った小君（空蝉の弟）は恥ずかしくて参上できません。察した光源氏は優しく呼び寄せ、空蝉への秘密の文を託したのです。

怯えている部下を安心させた上で、ちいさな秘密を共有する。一度会ったきりの女にも「覚えていますよ」と手紙を送る。光源氏の態度は、「懐かしき（慕い寄りたくなる）」とよく形容される通り、やんわりと人の心を絡め取るのです。

豆知識　逢坂の関

逢坂の関は7〜8世紀、山城国（京都府）と近江国（滋賀県）の国境の逢坂山にあった関所。「逢ふ」という意味を持つ有名な歌枕で、小倉百人一首の蝉丸の歌「これやこの行くも帰るも別れては 知るも知らぬも逢坂の関」にも出てくる。「逢ふ」が「男女が夜を共にする」意味であるため、恋の歌によく詠み込まれる。空蝉から光源氏宛の和歌、

逢坂の関やいかなる関なれば
しげきなげきの中を分くらむ
（逢坂の関なのに会うことができず、草の茂みのなかで嘆いています）

にも登場している。

ここまでの人物相関図

空蝉を出家に追い込んだ子

空蝉は紀伊守の求愛に困って出家した。後に光源氏に引取られ、平和に勤行生活をした。

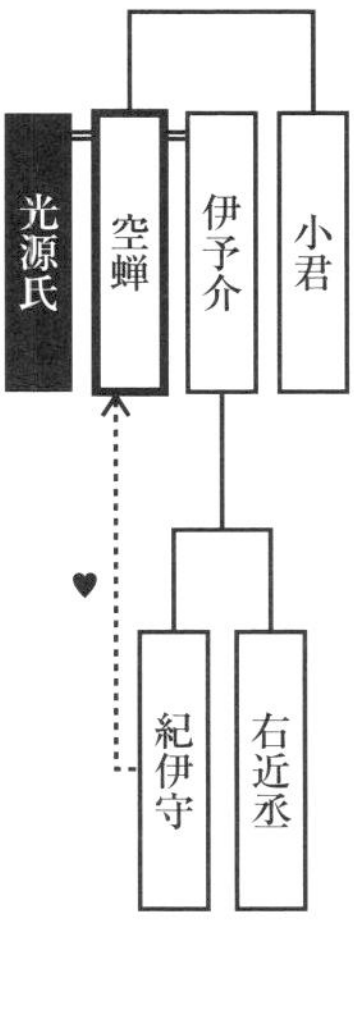

絵《え》合《あわせ》

登場人物

光源氏（主人公）
藤壺（初恋♥）36歳
秋好（養女）22歳
冷泉（秘密の子）13歳

用語解説

絵合…持っている絵を比べて優劣を競うこと。

光源氏（31歳）
冷泉帝《れいぜいてい》
……かつての親友と
秋好《あきこのむ》
光源氏
頭中将《とうのちゅうじょう》
弘徽殿女御《こきでんのにょうご》
権力闘争とはな……
冷泉帝の妻（中宮《ちゅうぐう》）を選ぶため

二人の女御は絵合《えあわせ》※を行います
秋好
光源氏
弘徽殿女御
頭中将
どちらもすばらしい！
まこと
……これは？
私の日記にございます
素人技で恥ずかしくございますが
このような機会なので
いやいやいや！
あまりにお上手すぎて絵師も恥じるでしょう！
いやてっきりお遊びだと伺っていたもので……
恐れ入ります
こうして光源氏側は勝利を収めたのでした

心の侵略者――光源氏の後宮戦略

光源氏と頭中将《とうのちゅうじょう》の権力闘争、第一戦を描く本編です。

この時代の政治は天皇との〝コネ〟の強さで決まるので、二人の闘争は後宮で行われます。つまり、光源氏が支持する秋好《あきこのむ》と、頭中将がバックアップする弘徽殿女御《こきでんのにょうご》の、どちらが天皇に愛されるかを競う訳です。そして天皇が絵を好むことから、御前で絵合（持ち絵を比べて優劣を競う行事）が行われることになりました。

ちゃんと政治しろよ、といいたくなるところですが、当時の人にとってはこれが〝政治《まつりごと》〟でした。豊作を祈って神々をまつり、病がはやれば鎮静を祈り、月食が起きれば占った時代です。芸術の力で人々を、ひいては神々を感動させることは、宮廷のだいじな仕事でした。

さて、絵合が始まりました。秋好側と弘徽殿女御側、それぞれから絵が提出され、その優劣が競われます。判定基準は今とだいぶ違います。いわばディベート大会で、秋好側と弘徽殿女御側、それぞれのサポーターが自分の絵をほめ、相手の絵をけなして、言い負かした方が勝ちです。光源氏は終盤、自分が須磨で描いた絵を出品し、当時の不幸を皆に思い出させて同情の雰囲気をかき立て、秋好側を勝利させました。

今ふうにいえば世論を操作するのが上手い、とでもいいましょうか。光源氏はかつての不幸をも餌にして、人望を吸い上げていくのです。

人物クローズアップ

姉のような妃　秋好

夫・冷泉との年の差は9歳。だが小柄で優美な外見と、繊細な性格が幸いしたらしい。仲むつまじい夫婦となれた。

穏やかな二代目　弘徽殿女御

あの弘徽殿大后の姪で、同じ建物・弘徽殿を引き継いだ人。だが先代とは全く似ていない。温和で良識のある娘だ。

ほんものの貴族　蛍宮《ほたるのみや》

光源氏のいちばん仲がいい異母弟。政治に興味がなく、風雅の世界を生きている。全てに鷹揚で芸はほどほどに上手い。原典でも光源氏の絵を絶賛している。

深読み

盈虚思想《えいきょしそう》

この「絵合」巻のラストで光源氏は出家を考え始めている。その理由の一つが盈虚思想、幸運と長命は両立しないという考えだ。

これは当時一般的な思想だった。美しすぎると鬼神に魅入られるし、出世すれば人にそねまれるという考えだ。光源氏も「早く出世しすぎた、危ない」と考えている。幸せになればなったで不安感も増す、それが人間なのだろう。

知っておきたい!

天徳歌合と源氏物語の絵合

『源氏物語』の絵合では双方が服・品の色調を統一している。

●左方（秋好側）：赤系
紫檀の箱、紫の敷物、衣装は桜

●右方（弘徽殿女御側）青系
青丹の打敷、青色に柳の衣装

このイベントのモデルは960年、村上帝（むらかみてい）の時代に行われた天徳歌合（てんとくうたあわせ）だと言われている。小倉百人一首の、

忍ぶれど色に出でにけりわが恋は
物や思ふと人の問ふまで

恋すてふわが名はまだき立ちにけり
人知れずこそ思ひそめしか

の2首が戦わされ、負けた壬生忠見（みぶのただみ）が嘆き死にしたことで有名な歌合だ。

この歌合は以後の歌合の模範とされ、村上帝の時代は聖代と称えられることになった。紫式部は似たイベントを創作することで、光源氏の時代を華やかに演出しようとしたのだろう。

なお、当時の感覚では赤がもっとも格の高い色である。秋好側が赤であることは、その優位を暗示している。

ここまでの人物相関図

帝を挟んで妃たちが競う

妃それぞれに後援者がつき、権力を競っている。

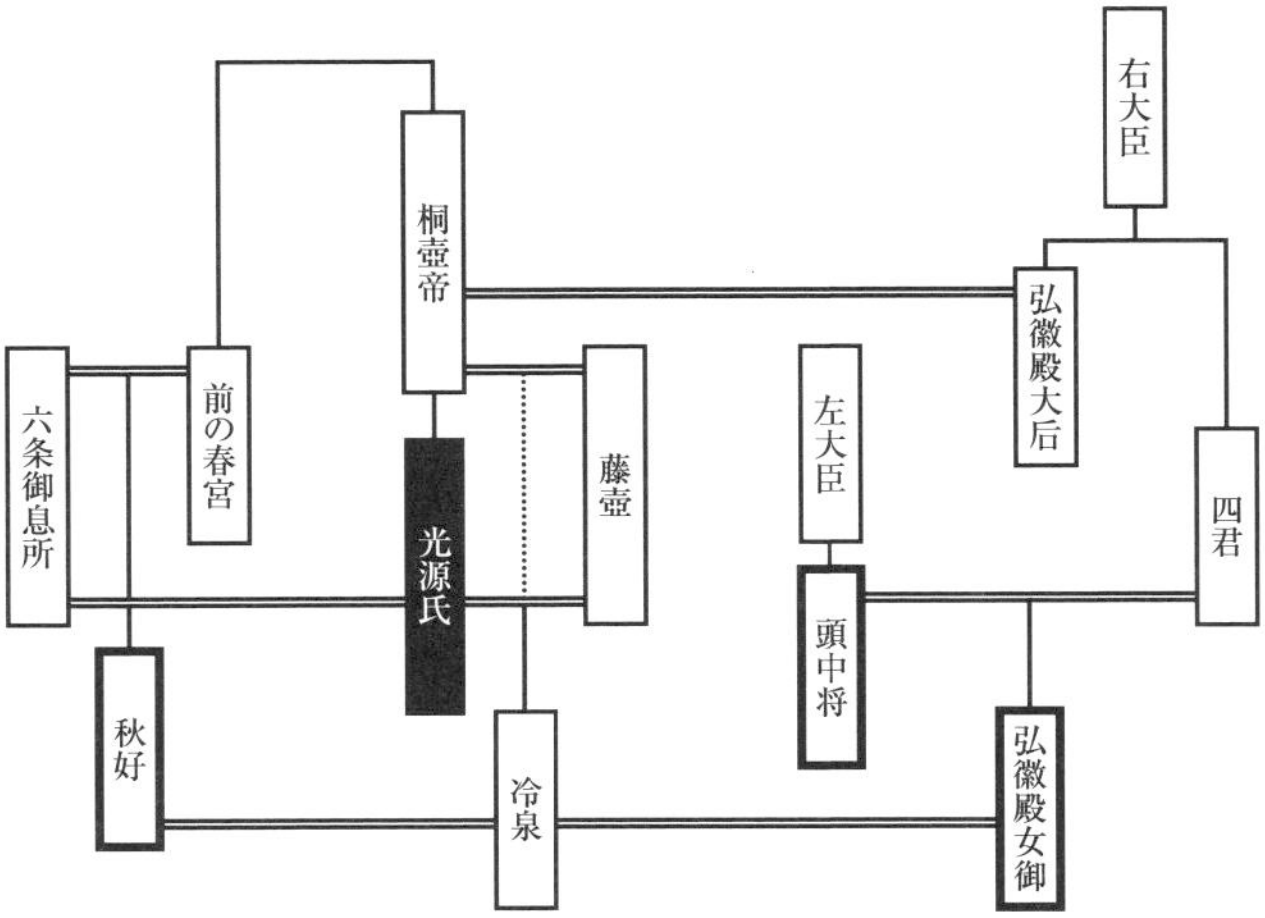

絵画

『源氏物語』には絵画に関する描写が多い。
登場人物が絵を描くシーンや、
絵が重要な意味を持つエピソードがある。
『源氏物語』を絵画という面から見てみよう。

物語に登場する絵画

『源氏物語』と絵画の関係は深い。第一に、登場人物が絵を描くシーンや、絵が重要な意味を持つエピソードが源氏物語全体を彩っているし、第二に、このような物語中の描写が、日本絵画史の重要な資料となっている。第三に、「源氏絵《げんじえ》」という『源氏物語』をテーマにした絵画は、連綿九百年、日本画の一ジャンルを成してきた。

特に源氏絵については、近年海外で優品の発見が相次いでおり、研究の進展が期待されている所である。

絵合巻と皇族の血筋

「絵合《えあわせ》」巻は、二人の女御が冷泉帝《れいぜいてい》の愛を競い、絵描きの上手な秋好女御《あきこのむにょうご》が冷泉の心を射止めるという筋である。冷泉自身が絵画好き・絵画上手だったからである。

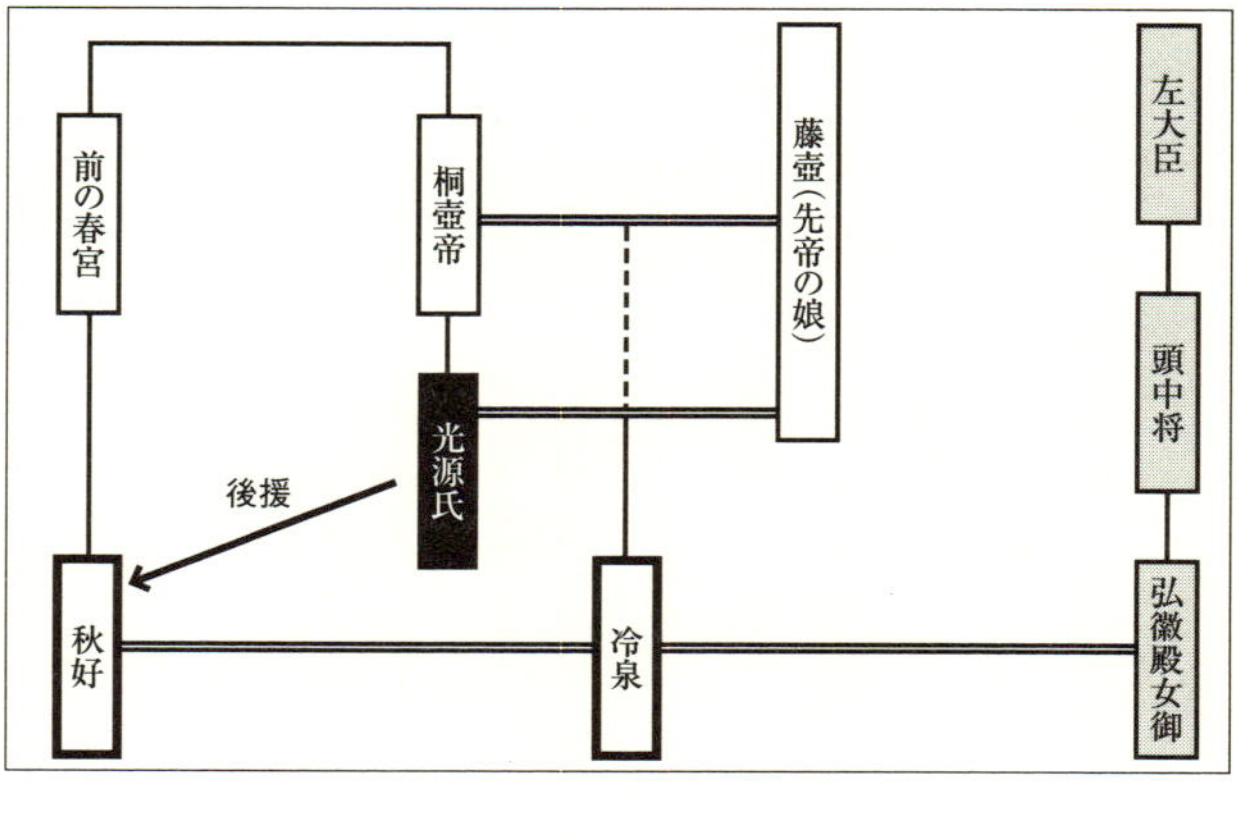

この系図の中で、絵が上手・好きとされる人物は光源氏、藤壺《ふじつぼ》、冷泉、

秋好の四人である。それに対し頭中将《とうのちゅうじょう》や弘徽殿女御《こきでんのにょうご》は、絵を描くのが不得手であるのか、財力で絵を集めて冷泉の気を引こうとしている。

すなわち、絵を描ける人間は皇族なのである。『源氏物語』は皇族が藤原氏、つまり左大臣家に勝つ話という側面を持っており、このようなエピソードで皇族の文化的優位性を示しているのである。

のちの宇治十帖では、匂宮《におうみや》（光源氏の孫）と薫《かおる》（頭中将の孫）が浮舟《うきふね》という女性をめぐって争う。匂宮は浮舟の前で絵を描いてみせ、浮舟は薫にすまないと思いつつも、匂宮の魅力にのめりこんでいく。

このエピソードからも、光源氏の絵の才能が匂宮に引き継がれ、藤原氏を圧倒していることがうかがえる。

家具としての絵

当時、ふすま絵や屏風絵は、いわば家具として重要視されていた。

薫は浮舟のために新居を用意した。その家のために薫が「絵師を選りすぐっている」と聞いた匂宮は、「薫も惚れているのだな」と激しく嫉妬し浮舟を奪おうと計画した。

日本画に源氏物語が与えた影響

源氏物語の絵画化は、物語成立後間もなく始まったと考えられる。十二世紀には、白河院《しらかわいん》の後援で絵巻が作られたこと、紀《き》の局《つぼね》、長門《ながと》の局《つぼね》といった女性画家が活躍したことが記録に見える。

その後鎌倉・室町時代にも描き継がれた源氏絵は、十七世紀以降、土《と》佐《さ》派、住吉《すみよし》派、狩野《かのう》派、宗達《そうたつ》派、又《また》兵《べ》衛《え》派などによって一大盛期を現出した。現在に残る絵を比較すると各派の競い合いが見えて興味ぶかい。

江戸時代には浮世絵の源氏絵も多く現れた。登場人物を若衆《わかしゅ》や遊女など、時代の好みに合った姿で描いているのが特徴だ。

光源氏（31歳）
行けません！都へなど……
身分の低い私なんて相手にされないわ！
バカを言うな！姫の将来を考えぬか！
娘よ…孫よ…幸せを祈っている
光源氏が追放中に結婚した女性明石《あかし》の
上京が決まります
明石の方が…
紫《むらさき》
不愉快だろうね
あなた
だが考えてほしい我が家の未来は姫の出世しだいなのだ
紫《あなた》の協力が要る！

松《まつ》風《かぜ》

登場人物

光源氏（主人公）
紫（正妻♥）21歳
明石（身分の低い妻♥）22〜27歳
明石姫君3才

※用語解説

中宮…天皇の妻の中でも高い身分。

ああ！
案外遠いな
都に貴女用の家を
建てたのにどうして
大井なんかに？
明石
本当は私の
ことなんか……
……
怒っている？
すまない
なかなか
来られなくて……
いいえ……
内大臣が下手に
外出すると
公式行事に
なってしまうのだ
父《と》
父《とと》ちゃま
！
貴人の相だ…
この姫は
中宮《ちゅうぐう》※になる…！
明石姫君《あかしのひめぎみ》は
高貴な妻・紫の
養女として
引き取られました

恋する女　明石

光源氏が流離中に出会った明石《あかし》の上京を描く本編です。この「松風《まつかぜ》」巻から次の「薄雲《うすぐも》」巻にかけて、明石の揺れる女心、娘・明石姫君《あかしのひめぎみ》を手放す決意、いざ別れる日の悲しみなどが、哀切な筆致で述べられます。

後年、光源氏の妻たちの中でも屈指の賢夫人になる明石ですが、最初から大人だった訳ではありません。この「松風」巻前後では、劣等感と情念のはざまで錐《きり》もみに悩む生々しいさまが描かれます。

上京に当たって、明石が京の中でなく大井に居を構えたのには訳があります。地方で育った明石には強烈なコンプレックスがあり、自分のような女が愛されるはずはないと思っているのです。京に住めば〝すぐ来られるはずの夫が来てくれない〟という辛い思いをする、だから〝なかなか来られない〟遠方に住もう、という訳ですが、その結果は当然めったに来てもらえないという苦悩に悶えることとなります。

娘にとっては出世の第一歩である養女の話が持ち込まれたとき、「この子を手放したらもう訪ねてもらえなくなる」とふっと思う明石は、まさに母であるより生身の女です。作中、藤壺《ふじつぼ》や紫《むらさき》はこのような情念を見せたことがありません。光源氏は明石に初めて会ったとき、「六条御息《ろくじょうのみやすん》所《どころ》に似た人だな」と愛執の鬼と化した元恋人を思い出しましたが、きっと明石の内なる情炎を感じたのでしょう。

人物クローズアップ

できすぎの妻　紫

「帚木」巻で男たちが「嫉妬する妻は困るがしない妻も味気ない」と勝手なことを言っていた。紫は彼らの文字通り理想の妻。ちょっといい子すぎる感じもする。

良識と愛情の人　明石尼君

明石の入道の妻、明石の母。とっぴな夫に戸惑いつつも共に生きる肝っ玉ワイフである。娘の苦悩に寄り添いながらも、ときに活を入れる良識の人。

深読み

妻の敬称

『源氏物語』では紫を「紫の上」、明石を「明石の御方」と呼んでいる。

上は貴人の妻につける敬称で、それ相応の女性にしか使われない。明石に対しては「御方」「おもと」という敬称がつかわれており、その身分の低さを反映している。源氏物語の中で、明石に「上」が使われることは、残酷なようだが一度もない。

知っておきたい!

光源氏はなぜモテる?

光源氏は現代の女性読者に評判が悪い。どうやら、鼻の下を伸ばしているだけの男に見えるらしい。しかし、1000年前の紫式部にとっては光源氏こそ理想の男性だったのだ。何が魅力なのか。それがわかるエピソードを見てみよう。

この「松風」巻には示唆的な描写がある。光源氏はくつろいで、つまりだらしない格好で、庭の手入れを監督していた。だが、明石御方の母・明石尼君がそばにいるのに気づくと、急いで服装を改め、敬意を込めて挨拶した。

このように「私は尊重されている」と相手に思わせるのが上手い。それに相手のオンリーワンな部分を見つける名手でもある。相手が恋愛対象外であっても気を引こうとするのは、母なし子だったためだろうか。

全編を見渡すと光源氏のライバル達は周囲への配慮を怠り、その結果だいじなときに足を引っ張られて負けることが多い。光源氏の勝利の要因は、誰にでもモテようと心がけるマメさにあるといえる。それが彼の魅力になっているのだろう。

ここまでの人物相関図

系図に見る明石の血筋の良さ

明石一族の話はサクセス・ストーリーというより、地位回復物語というべきだ。

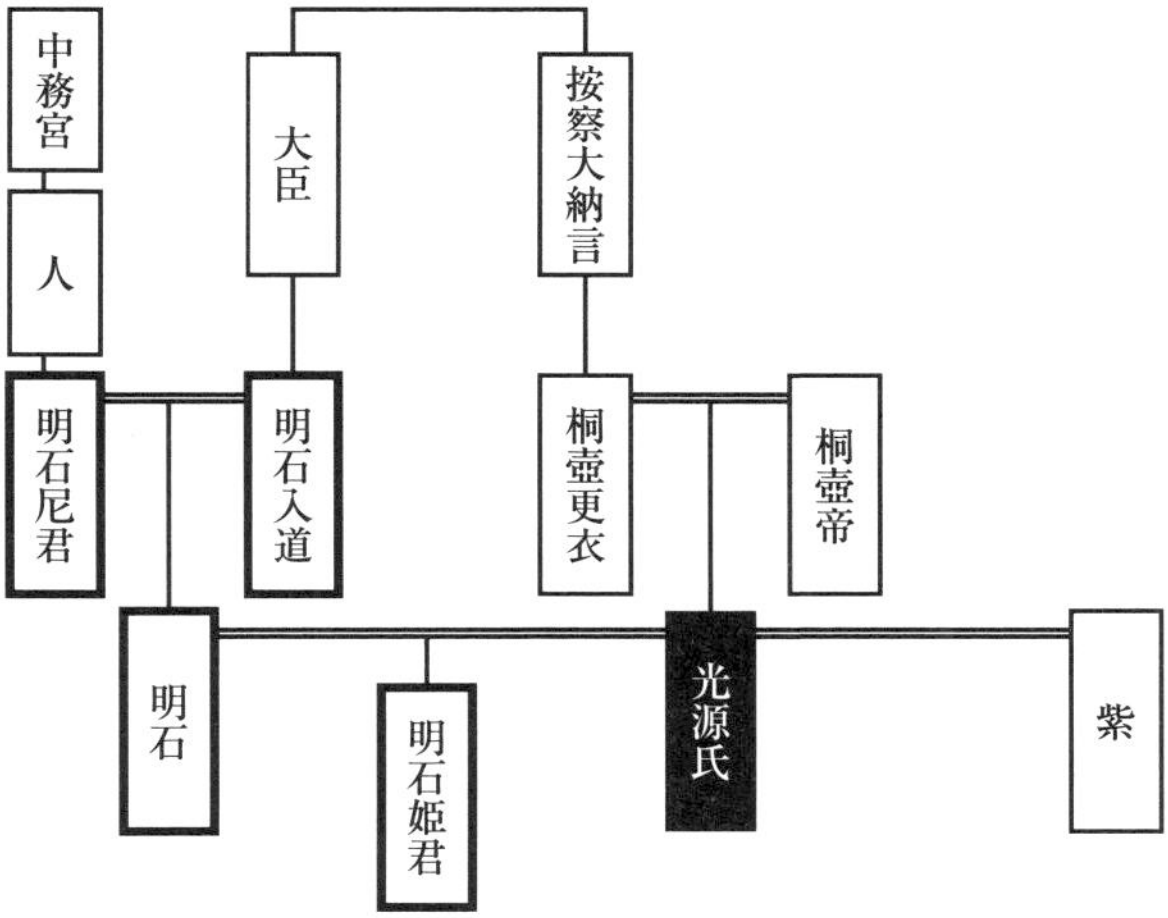

中務宮
人
大臣
按察大納言
明石尼君
明石入道
桐壺更衣
桐壺帝
明石
明石姫君
光源氏
紫

通過儀礼

現代にも出産祝い、七五三、成人式などがあるように、
平安時代にも産養・袴着・元服・裳着など、
子供の誕生や成長を寿ぎ、成人を祝う儀式があった。

産養《うぶやしない》

子供が生まれたあと、三日目、五日目というように奇数日に祝宴が張られた。人を招いて飲食し、和歌や管弦を楽しむのである。特に七日目の祝宴は盛大だった。

祝宴を主催するのは縁者の有力者であり、列席者は親戚や知人である。従って産養は産婦や、赤子の父である男性の社会的地位が明快に示される場であった。

「宿《やどり》木《ぎ》」巻の産養

中君が男児を産んだときは、三日目は夫・匂宮《におうのみや》、五日目は薫《かおる》、七日目は明石姫君《あかしのひめぎみ》（匂宮の母、中宮《ちゅうぐう》）と格別の人によって産養が行われた。この成り行きを見て、匂宮に娘・六君《ろくのきみ》を嫁がせている夕霧《ゆうぎり》が、不承不承九日目を贈ったのが興味ぶかい。

袴着《はかまぎ》

三歳〜七歳で行われる、初めて袴を着る儀式。子供のお披露目という意味を持つ。「松風《まつかぜ》」巻では明石姫君が、身分低い生母でなく高貴な養母・紫《むらさき》のもとで袴着をし、皇后候補への道を歩みだしている。

元服《げんぷく》

男の子の成人式。宮廷貴族への正式な加入式である。上流貴族の子弟はたいてい同時に五位の位をもらった。光源氏の身分からすれば、息子夕霧に四位を与えても許されたが、あえて六位にして大学で勉強させた。

裳着《もぎ》

女の子の成人式。男子の元服は十二歳前後に行われたが、女子は出仕しないので裳着の定年齢がなく、十一〜二十三歳に行われた。結婚が決まると行うことが多い。

薄《うす》雲《ぐも》

登場人物

光源氏（主人公）
藤壺（初恋♥）36～37歳
紫（正妻♥）21～22歳
冷泉13～14歳

光源氏（31～32歳）
冷泉帝《れいぜいてい》の即位後
冷泉帝
藤壺《ふじつぼ》
帝の御代が平安であるように
宮さま!!
うっ
藤壺さま……
光君
光源氏
帝をご後見くださいますこと長い間感謝しておりました
藤壺は37歳で光君に看取られて逝去した

光源氏は人目を避けて
お堂にこもり
喪の色の夕焼け雲に
心をなぐさめるのでした
一方、藤壺に
長年仕えていた
僧が……
冷泉帝
陛下に
申し上げたい
ことが……
申してみよ
実は
光君は……
陛下の
実の父上です
なんと！
そういえば……
あの暖かいまなざし
帝は今後は光源氏に
孝行しようと
決意するのでした

もっとも高貴な人の苦悩

光源氏の生涯を左右した女性・藤壺《ふじつぼ》の死を描く本編です。この「薄《うす》雲《ぐも》」巻では光源氏と藤壺、それぞれの超人的な資質とその運命的なきずなが語られます。神話的な雰囲気が強い巻といえるかもしれません。

藤壺は37の厄年。病に臥して息子・冷泉帝《れいぜいてい》が見舞いに行幸《ぎょうこう》します。また世の中の人がこぞって心配している様子、藤壺の人徳などが書かれ、いかに理想的な中宮《ちゅうぐう》であったかが強調されます。これは藤壺の不義を知っていたり政治に対する観念が違ったりする我らには、いささか唐突な描写ですが、当時の人はこう思ったのだと押さえて読むべきでしょう。そしてこのような中で藤壺は、自分の生涯をこう振り返ります。「栄華も物思いも人に勝る身だった」と。

くしくもこれとまったく同じことを、のちに光源氏がわが人生を省みて言っています。もちろん生前の藤壺と光源氏が、このような感想を語り合う機会はありませんでした。打ち合わせた訳でなく同じ思いを抱く二人━まさに運命的な一対なのです。

そして藤壺は光源氏が見舞いに来たとき身まかります。人目の中で二人があたりさわりなく交わすことば、それにこもる万感の思いは、読者だけがわかります。藤壺の死は「灯火の消えるよう」と釈迦の死と同じ形容で表現され、荘重なものとなっています。

人物クローズアップ

秘密を知る人　王命婦《おうみょうぶ》

「若紫」巻で光源氏と藤壺の仲をとりもった女房。その後出家したはずだったが、この巻では女房勤めをしている。源氏物語にはめずらしい矛盾の一つ。

親孝行な冷泉

すなおで心にくまが無い人。光源氏を父と知ってより慕うようになる。桐壺帝が崩御したときわずか5歳だったため、光源氏を慕う気持ちが強いのかもしれない。

深読み

おほけなし

〝身の程をわきまえない〟という、『源氏物語』の重要ワードだが、この「薄雲」巻では光源氏が痴話ゲンカ的につかっている。

「京には移らない」と言うくせに、遠方の住まいに「貴方はめったに来てくれない」と恨む明石。彼女のために屋敷を新築した光源氏は不愉快で「おほけなし」と内心思う。しかし「かわいそうに」とも思ってできるだけ慰めようとする彼は、昔よりはるかに練れた男だ。

知っておきたい!

桐壺帝・光源氏・冷泉の関係

冷泉の出生の秘密。表面上の父であり、光源氏の父でもある桐壺帝は知っていたのだろうか。

知っていた、と考える人の根拠は、

- 光源氏に向かって「冷泉はお前によく似ている」と言っている。
- 光源氏を冷泉の後見人にしている。

知らなかった説の根拠は

- 光源氏に対する態度に変化がまるでない。
- 桐壺帝は死後も霊魂となって光源氏を助けに来ている。

どちらもあり得るが、仮に知っていたとしても、桐壺帝は知らぬふりをしただろう。なぜなら。

- 光源氏を春宮(皇太子)にできなかったことを、桐壺帝は生涯残念に思っていた。
- 藤壺は結婚後１０年子がなかった。帝の死後困窮する怖れがあった。
- 桐壺帝にとって光源氏と藤壺は、最も愛しい者たちだった。

なお戦前はこの件が不敬とされ、谷崎潤一郎訳の源氏物語は検閲で大幅に削られるなどの憂き目を見た。

ここまでの人物相関図

実はシンプルな人間関係

この巻の登場人物はかなり多いが、極限まで削るとこうなる。説明不要に単純だ。

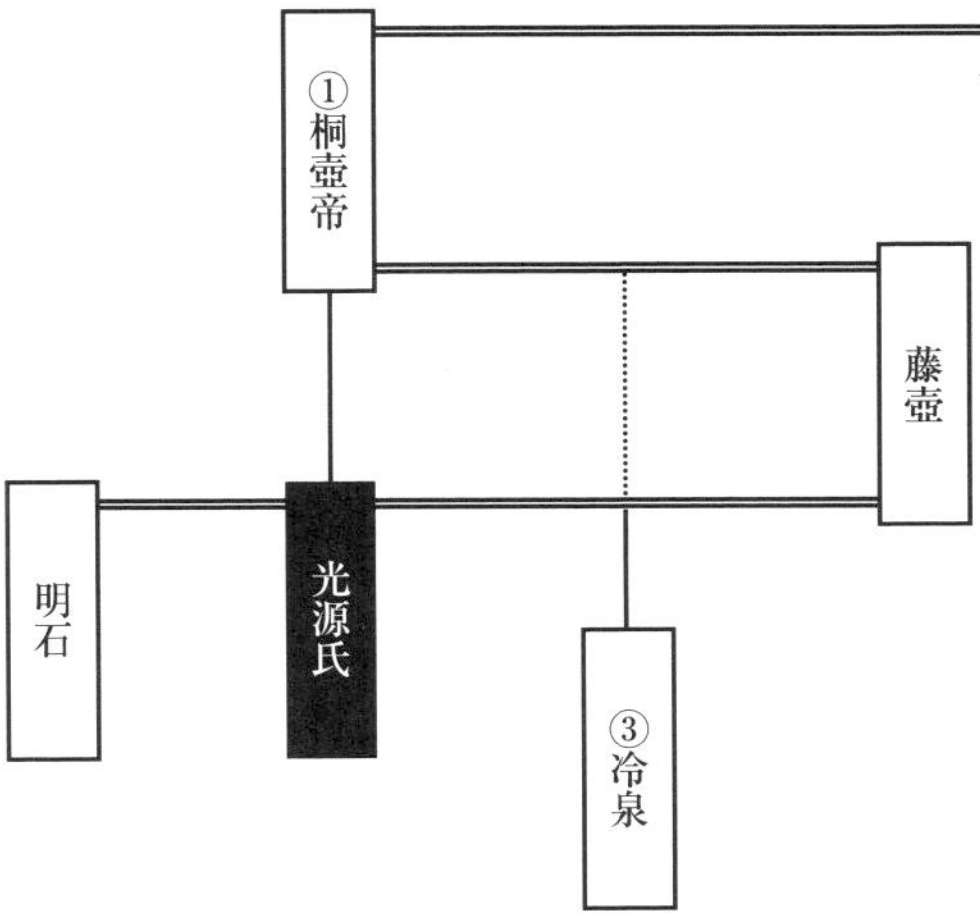
①桐壺帝
弘徽殿大后
藤壺
明石
光源氏
③冷泉

三 朝《あさ》顔《がお》

光源氏（32歳）
光源氏の従妹に朝顔《あさがお》の宮がいます斎院《さいいん》※に就いていましたが、父が亡くなって辞職
光源氏
朝顔
つまり結婚できる身となったのです
光源氏は昔この姫に文※を送っていましたがこの機会にまた送るようになりました
ある夜光君は朝顔を訪問して
気持ちは変わっていません応えてくださってもいいではないですか
恋など似合わぬ年になっておりますから

登場人物

光源氏（主人公）
朝顔（求愛中♥）
紫（正妻♥）22歳

※用語解説

斎院…賀茂神社に奉仕した未婚の皇女または女王。
文…手紙のこと。

紫はこの噂を聞いて悩みます
紫《むらさき》
かの姫君は私よりも格の高い方……
私に隠しごとをなさらない殿が私に何も話してくださらないなんて……！
雪の夜
涙する紫を光源氏はなぐさめます
やはり紫は藤壺《ふじつぼ》に似てるなぁ……
朝顔はあきらめよう

紫は秘密を知っていたのか

光源氏の、朝顔《あさがお》への求愛を語る本編です。藤壺《ふじつぼ》の死去後、光源氏は秋《あき》好《このむ》と朝顔に、前者は秘密裡《ひみつり》に後者は公然と思いを打ち明け迫っていますが、これは不可思議な展開です。このあと本筋に絡むことなく、宙に浮いたように消えていくからです。これを「作者が当初は別の構想を持っていたのではないか」、または「藤壺を亡くした光源氏の喪失感の現れではないか」等々、どう解釈するのも自由ですが、ここでは別の問題を考えてみましょう。「紫《むらさき》は光源氏と藤壺の仲を知っていたのか」です。

「かこつべき故を知らねばおぼつかな　いかなる草のゆかりなるらん」

これは紫が8歳（通説10歳）のとき詠んだ和歌ですが、これは「どうしてあなたが嘆くのかわからないので不安です　私はだれの縁者だというのですか」という意味です。つまり自分と藤壺の関係を、この時点ではまったく知らないのです。しかし、大人になってからも気づかずにいたでしょうか？　この「朝顔」巻には、光源氏が紫に向かって藤壺の思い出をしみじみと語るシーンがあります。しかもそのあと、光源氏は藤壺の夢を見てうなされ、紫に起こされるのです。

残念ながら『源氏物語』中に、その答えは書かれていません。ただ紫ほど頭のいい人が、気づかなかったとは思えないという気はします。

人物クローズアップ

聡明で落ち着いた人　朝顔

皇族・宮家の姫で父に大切に育てられた。女王なのに賀茂の斎院に任命されるほど世間の評判が高い女性。昔から独身主義で、光源氏とは文通友達に徹している。

理性の人　紫

光源氏が自分に通知せず朝顔に求愛しているこ とを知ってショックを受ける。初めて正妻の座を脅かされたからだ。だが聡明に振舞って夫の愛を取り戻す。

深読み

斎宮と斎院

斎宮は、伊勢神宮に奉仕した未婚の皇族女子（内親王）または女王。天皇の代替わりに交替する。源氏物語では秋好が経験者。

斎院は、賀茂神社に奉仕した未婚の内親王または女王。源氏物語では朝顔が経験者。光源氏の須磨流離は、斎院であり未婚でなければならない朝顔に文を送ったことも罪の一つに数えられた。

知っておきたい!

紫式部と清少納言

　この「朝顔」巻で光源氏は冬の月を眺めて、こんなセリフを吐く。

「花・紅葉の盛りより冬の月がいい。すさまじき例に挙げた人の、なんと心浅いことだ」。

　この「心浅いことだ」という罵倒は、文脈から浮いて見えるほど激しい。光源氏はなぜ怒っているのか？　そしてすさまじき例とは何のことだろうか。

　一説には、清少納言が書いた枕草子「すさまじきもの」の段に、「おうなの化粧、師走の月（老女のけしょうと12月の月）」という記述があったからだ、といわれている（現存する枕草子にこの文章はないが、1000年が経過していることを考えると、短文が脱落してもふしぎはない）。

　紫式部と清少納言は、p.17のとおりライバル関係にあった。

　清少納言は紫式部が勤めに出る以前に辞職したと思われるので、二人が対面したことはなかったろうが、

- 『枕草子』…紫式部の夫・宣孝をあざける逸話が書かれている。
- 『紫式部日記』…「清少納言って、したり顔でひどい人！」と悪口。

　このように、仲は悪かったようだ。

　紫式部は光源氏の口を借りて、清少納言に仕返ししたのかもしれない。

ここまでの人物相関図

父からの待遇で世間の評価が決まる

　紫と朝顔の家格は同じだが境遇は逆。朝顔が父に大切に育てられた一方で、紫はないがしろにされていた。当時重要なのは父からの待遇であり、それに基づく世間の評価だった。

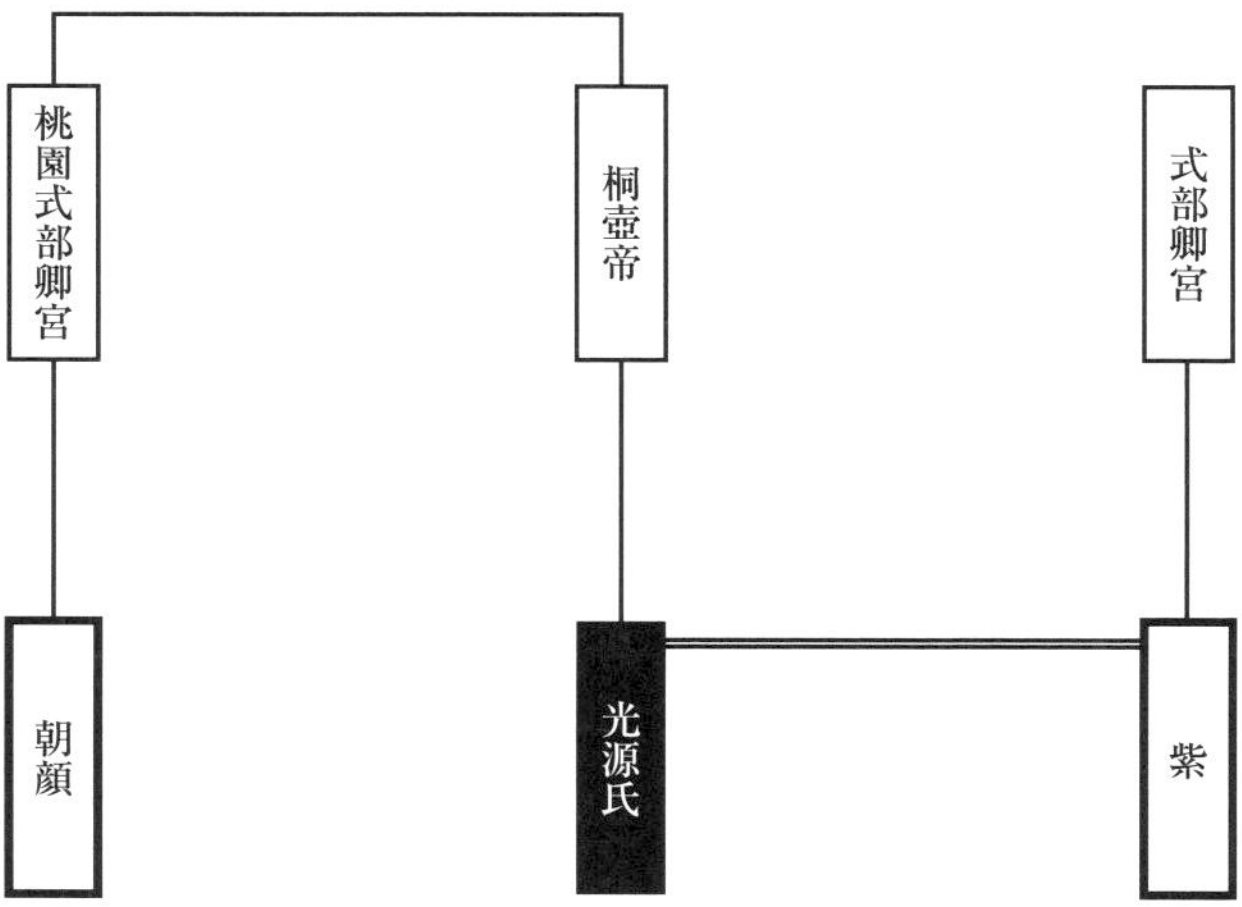

桃園式部卿宮
桐壺帝
式部卿宮
朝顔
光源氏
紫

少女《おとめ》

登場人物

光源氏（主人公）
紫（正妻♥）23～25歳
明石（妻）24～29歳
明石姫君（娘）5～7歳
秋好（養女）24～26歳
夕霧（息子）12～14歳
雲居雁（頭中将の娘）14～16歳

※用語解説

元服…男子の成人式。
四位、六位…官位を表す。

光源氏（33～35歳）

光源氏と葵の子・夕霧《ゆうぎり》は祖母・大宮《おおみや》に育てられ元服※しました
夕霧
夕霧は六位にしようと思う
そんな、苦労しなくてもいい身分なのに
光源氏
親の死後に苦労します
親の威光で出世すると
四位※だと思っていたのに六位だなんて……
まじめな夕霧は言われた通り勉学に励みます

ただひとつ心残りなのは
幼なじみの雲居雁《くもいのかり》……
雲居雁
頭中将《とうのちゅうじょう》の娘……
彼女は本妻の子ではなかったので
夕霧と同様大宮に養育されました
ところが「絵合《えあわせ》」で弘徽殿女御《こきでんのにょうご》が秋好《あきこのむ》に負けたので
負けるものか!
頭中将は雲居雁を次代の妃《きさき》にと考えていました
しかし

夕霧と雲居雁は
密かに想い合っていたのでした
なにいいいいいいい!!
頭中将
光君の息子と恋だと!!
待ってお父様
話など聞きたくない!
来なさい!
まったく六位風情が
憎たらしい!
雁……
傷心の夕霧は孤独に勉学に励むのでした

光源氏
一方、光君は壮大な邸宅を建設します
紫
秋好《あきこのむ》
明石《あかし》
花散里《はなちるさと》
四季を支配する六条院……
女性たちに町をひとつずつ与え、光君は事実上の皇居を手にするのでした

栄華の器　六条院

光源氏の政界における勝利を語る本編です。冷泉帝《れいぜいてい》の妻（中宮）を決めるときが来ました。有力候補は秋好《あきこのむ》と弘徽殿女御《こきでんのにょうご》、式部卿宮《しきぶきょうのみや》の娘・王女御《おうにょうご》もいます。有利なのは古参の弘徽殿女御でしたが、光源氏は秋好を推して譲りません。そして冷泉は秋好を選んだのです。

秋好の勝利にともなって、後見の光源氏も昇進します。太政大臣という最高の位を手に入れたのです。権力を固めた光源氏は頭中将《とうのちゅうじょう》を内大臣に上げ、政務の大半を譲ります。弘徽殿女御の後見である頭中将の反発を体よく封じ、なだめた訳です。さらに念願だった自分の宮殿・六条院の建設に乗り出すのでした。

この六条院は紫式部が夢に描いた理想の和風内裏かと思われます。知られているとおり、京と内裏は中国の都城に倣って造られており、日本の実情と合わないところもありました。紫式部は河原院など有名な建築をモデルに、四季を統べる六条院を創ったのです。

この宮殿で光源氏が最初に催したのは、式部卿宮の50歳の祝いでした。式部卿宮は紫《むらさき》、王女御の父で、須磨時代光源氏を裏切った人間です。見せしめに彼にだけは長年冷や飯を食わせておいたのですが、ここに至って和解の手を差し述べ、同時に自分の圧倒的優位を見せつけた訳です。光源氏が勝利を確定した瞬間でした。

人物クローズアップ

野心家だがお人よし　式部卿宮

冷泉帝の伯父である立場を活かしていい目を見ようとしているが、世間知らず過ぎて光源氏の敵ではない。

いまいち要領の悪い　夕霧

祖母大宮の元で育ったせいかいまいち覇気がない。命じられたとおりに真面目に励む子。プライドが妙に高い面もある。

年の割には幼い　雲居雁《くもいのかり》

すなおな子。夕霧より年上とは思えない無垢さが魅力。深く考えない性格なのだろうか。

豆知識　大学寮

この巻で光源氏は息子・夕霧に学問をさせようと考え、大学に入学させている。この大学とは律令制にもとづく官吏養成機関。紫式部の父・為時、弟・惟規も大学で学んでいた。

この時代、出世は家柄で決まり、大学は中下流貴族の子弟のための機関になりはてていた。大学出身者が日の目を見るというこの巻の描写には、紫式部の願望が反映されているようだ。

知っておきたい!

光源氏の腹心の家来　藤原惟光と源良清

　この「少女」巻では新嘗祭（にいなめさい、稲の収穫を祝う祭り）が行われ、五節の舞姫が舞を披露している。このときの舞姫たちの中には、光源氏長年の従者・惟光（これみつ）と良清（よしきよ）の娘達もいた。惟光と良清、共に光源氏アバンチュール時代の必須メンバーで、「花宴」巻で朧月夜の正体をさぐるべく敵陣の偵察に行ったのも彼らである。光源氏が失脚したときには共に須磨へ下った、文字通り苦楽を共にしてきた家来。この「少女」巻では彼らの出世した、幸せそうな姿を見ることができる。

　なお、彼らの本名がわかっているのは偶然ではない。身分の高い人は「光るようにきれいだから光源氏」などとニックネームで呼ばれるが、身分が低いものは名指しで書かれるためである。

　また、惟光の名のいわれは、「惟＝従う。光＝光源氏、すなわち「光源氏に従う」とであろうと思われる。

ここまでの人物相関図

夕霧の恋の意味

光源氏と葵、夕霧と雲居雁はいとこカップル。夕霧が藤典侍にも恋したため惟光が系図に入った。

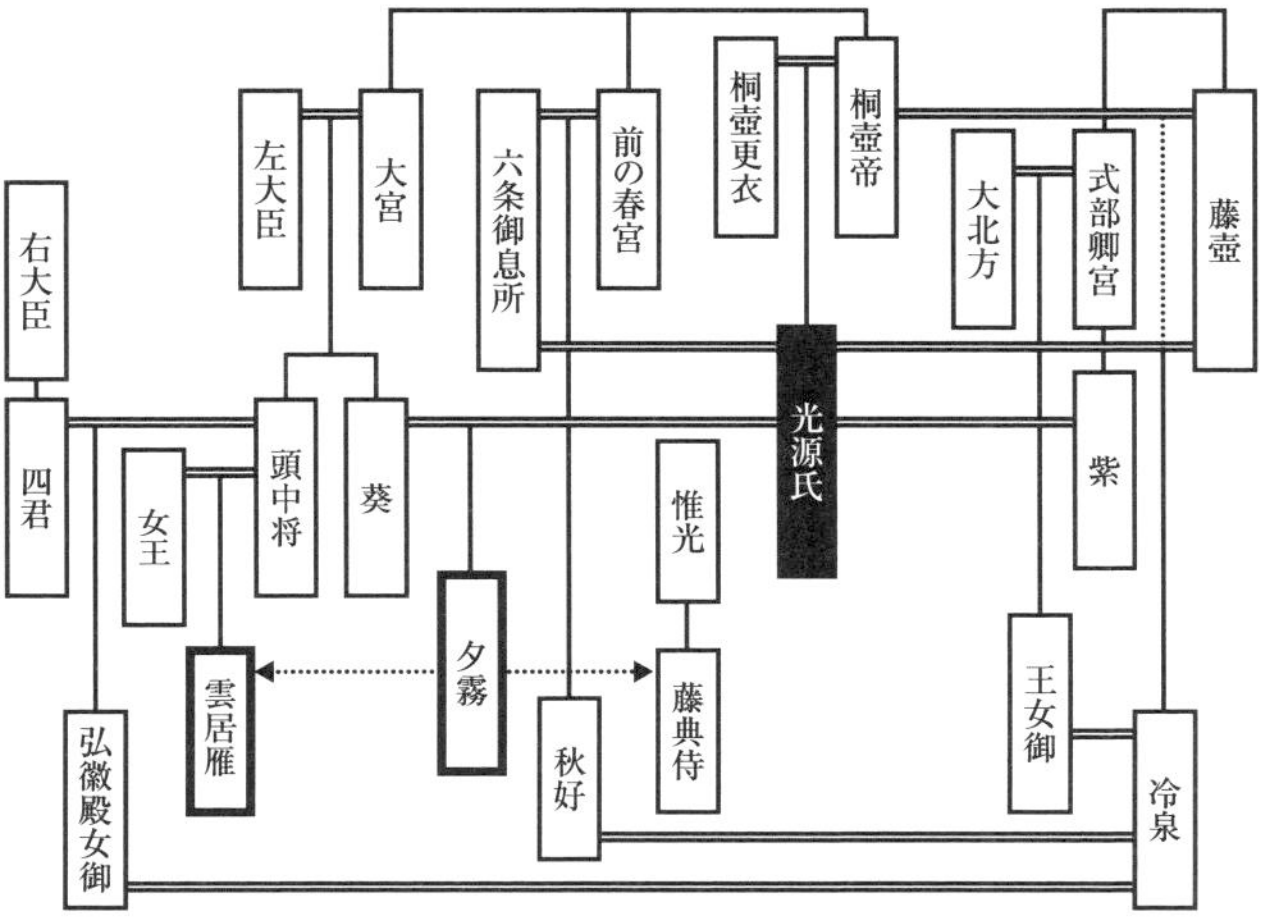

第一部 其ノ参
まとめ

栄華への快調な第一歩

光源氏、奇跡のカムバック

**光源氏は政界に復帰し、栄華の階段を昇っていきます。
待っていたのは親友・頭中将との権力闘争。
勝利した光源氏は
理想の大邸宅・六条院を築くのでした。**

激しい勢力争いの始まり

光源氏が帰京して間もなく新しい帝・冷泉《れいぜい》が即位しました。だれが新しい妃（中宮）の後援者となるか。政権を賭けた争いが始まり、光源氏も養女・秋好《あきこのむ》を推して参戦しました。立ちはだかったのは頭中将《とうのちゅうじょう》です。藤原氏のトップとなった頭中将と、皇族系のリーダー光源氏、親友どうしが氏族の命運を背負って戦う時が来たのです。

後宮の戦いは文化力の勝負です。絵が好きな冷泉は趣味を同じくする秋好に心惹かれました。頭中将は娘・弘徽殿《こきでん》女御《にょうご》のもとに絵を持ち込み、冷泉の気を惹こうとします。光源氏も対抗して絵を比べる行事を行い、秋好を盛りたてて勝利させました。

一方で光源氏は次代へ向けて、子どもたちの教育に取り掛かります。息子・夕霧《ゆうぎり》はあえて低い身分にし、学問に励むよう大学へ入れました。娘・明石姫君《あかしのひめぎみ》は身分低い生母から引き離し、正妻・紫《むらさき》の養女にして、未来の中宮となれるように徹底したお妃教育を施しました。

やがて頭中将との競争が決着する時が来ました。光源氏の運命の恋人・藤壺《ふじつぼ》が逝去し、藤壺と光源氏の子・冷泉が自分の出生の秘密を知ったのです。実父・光源氏の庇護と愛情が身に沁みた冷泉は、秋好を中宮にし、光源氏に臣下として最高の位・太政大臣を与えました。

このような本筋に、昔の恋人、空蝉《うつせみ》と末摘花《すえつむはな》のその後を語る短編、朝顔《あさがお》への求婚話などが挿入されています。

朝顔への求婚は第二部のさきがけ

光源氏の朝顔への求婚は、この章では一エピソードに過ぎません。しかしのちの第二部に関わってくる話です。

ひと言で言うと、紫は光源氏の正妻たり得るのか、これがテーマです。一般論化すれば、愛情のみで結ばれた男女関係は成り立つのか、という話です。

紫は結ばれえぬ恋人・藤壺に似ているために光源氏が引取った少女です。親の後援はなく、実子もおらず、しかし光源氏の正妻となってむつまじく暮らしています。当時は、実家の勢力や子どもの多さが大きな意味を持った時代ですから、紫の現況はきれいごと過ぎます。

純粋な愛は、どれほど世俗の試練に耐えられるのか。このテーマは第二部でさらに掘り下げられ、徹底的につきつめられていきます。その前触れとして、藤壺が死んだ直後、朝顔の存在が紫を脅かしたのです。

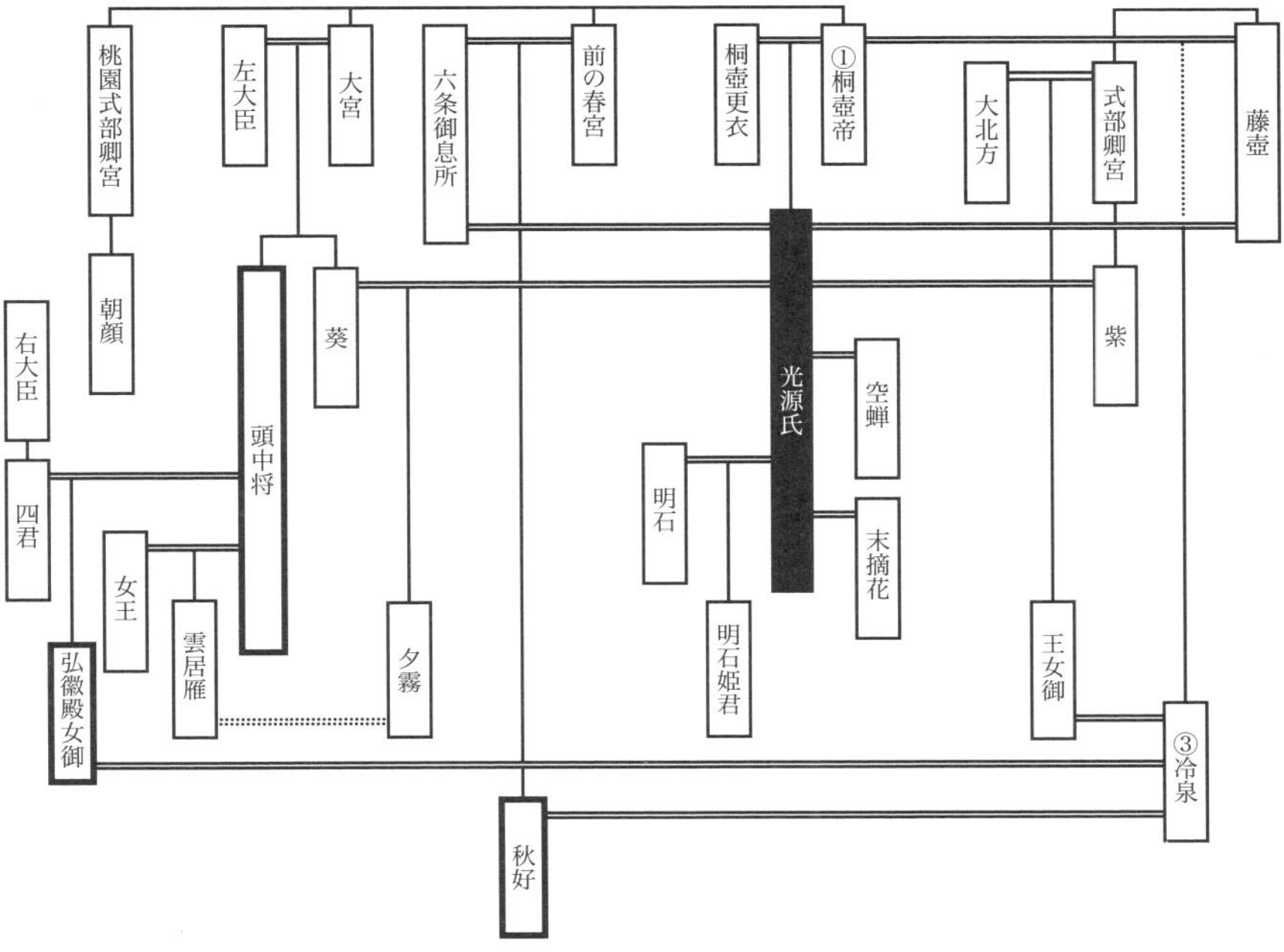

其ノ四

もし〝普通の女の子〟がお姫さまになったら

平安朝の少女小説 玉鬘十帖

ひょんなことから光源氏に引き取られた娘・玉鬘をヒロインとする十巻です。六条院の素晴らしさと住人たちの雅やかさ、玉鬘と貴公子たちの恋模様が、優艶に濃厚に描かれます。上流貴族の生活ぶりが知れる、文化史的にも価値ある章です。

メインイベント
・玉鬘、光源氏に引取られる
・華やかな行事が各種催される
・玉鬘の結婚とその波紋

巻

登場人物

光源氏《ひかるげんじ》（35～38歳）
太政大臣。美貌・教養・財産・権力・身分全てで一番の男。

紫《むらさき》（24～28歳）
光源氏の正妻。オールマイティな貴婦人。

玉鬘《たまかずら》（21～24歳）
この章のヒロイン。貴婦人になっていく娘。

頭中将《とうのちゅうじょう》
内大臣。玉鬘の実父。光源氏の親友にしてライバル。

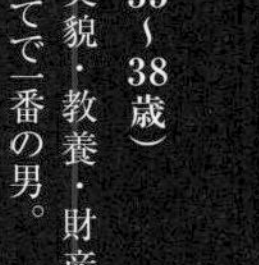

夕霧（14～17歳）
光源氏の息子。まじめな堅物。頭中将の娘に片恋中。

螢宮《ほたるのみや》
光源氏の異母弟。風流な趣味人。玉鬘に恋する。

鬚黒《ひげくろ》
右大将。春宮の伯父に当たる権力者。玉鬘に恋する。

花散里《はなちるさと》
光源氏の妻。夕霧と玉鬘の養母。

明石《あかし》（26～29歳）
光源氏の身分低い妻。娘・明石姫君を紫の養女にしている。

玉鬘《たまかずら》

光源氏（35歳）
頭中将《とうのちゅうじょう》と夕顔《ゆうがお》の娘・玉鬘《たまかずら》
母が光源氏と行方知れずになったのち放浪して九州へ
田舎者に求婚されるなど苦労するなかなんとか帰京
しかし身よりも当てもなく神頼みにお寺参りをしていたら知人に会い
実は姫様は光君とご縁のある方なのです！
え―――っ
と突然この世の極楽「六条院」の住人に
超美形の「義父」光源氏 イケメンの「義弟」夕霧 しかも贅沢し放題
夕霧《ゆうぎり》
ね～さん
光源氏
さらにトップレディの紫《むらさき》、秋好《あきこのむ》たちとのお付き合い 平民だった女の子は突然セレブになったのでした
紫《むらさき》
ひぇ～！
秋好《あきこのむ》

登場人物

光源氏（主人公）
紫（正妻♥）24～25歳
玉鬘（ヒロイン）21歳
秋好（養女）

文化の精髄　六条院

外伝的な性格を持つ十巻「玉鬘十帖」の第一巻です。

この玉鬘十帖に筋はありません。すでに光源氏は最高の位・太政大臣《だじょうだいじん》になっているので、政治的なドラマは終結しているのです。そこで代わって玉鬘《たまかずら》が出てきます。田舎育ちのヒロイン・玉鬘が、六条院の養女となってレディ教育を受け、ついには帝にお目にかかるという、サクセス・プロセスが見どころとなります。

さて、この「玉鬘」巻だけを見ると、ラストの「衣配《きぬくば》り」が注目ポイントです。年末、六条院で多量の衣装が新調され、関係者一同に配られたという場面です。日本の服飾・染色史上の貴重な資料でもあります。

紫《むらさき》のために選ばれたのは赤系のコーディネート、格式の高い色で織りの技巧を駆使した高級品です。玉鬘には山吹の衣装と紫より一段下がる扱いです。明石には唐ふうの格式ある衣装が与えられ、紫を嫉妬させました。高貴な品が中流出身の明石のために選ばれたからです。

この衣配りの重みは、現代の「お洋服買ってあげた」とは比較になりません。まだ貨幣経済でさえなかった時代です。糸を調達し織らせることができる、染色・縫製ができる優れた女房を大勢雇用している、統括ができる優秀な妻を持っている等々、総合的な文化力が無ければできません。ゆえにこのシーンは光源氏の威勢を如実に語る場面なのです。

豆知識　壺装束《つぼしょうぞく》

壺装束は当時の女性が外出するときの服装。薄い衣を頭からかぶり、笠を戴いて、服のすそは短く着付けた。

玉鬘は『源氏物語』の中で外を歩くという稀有な体験をしたヒロインだ。初瀬詣でのとき御利益が増すようわざわざ徒歩で参詣したとあって、困窮ぶりがうかがえる。室内さえめったに歩かない貴族女性にとっては、文字通り苦行だったに違いない。

ここまでの人物相関図

新しいドラマの始まり

今はまだシンプル。このあと複雑化していく。

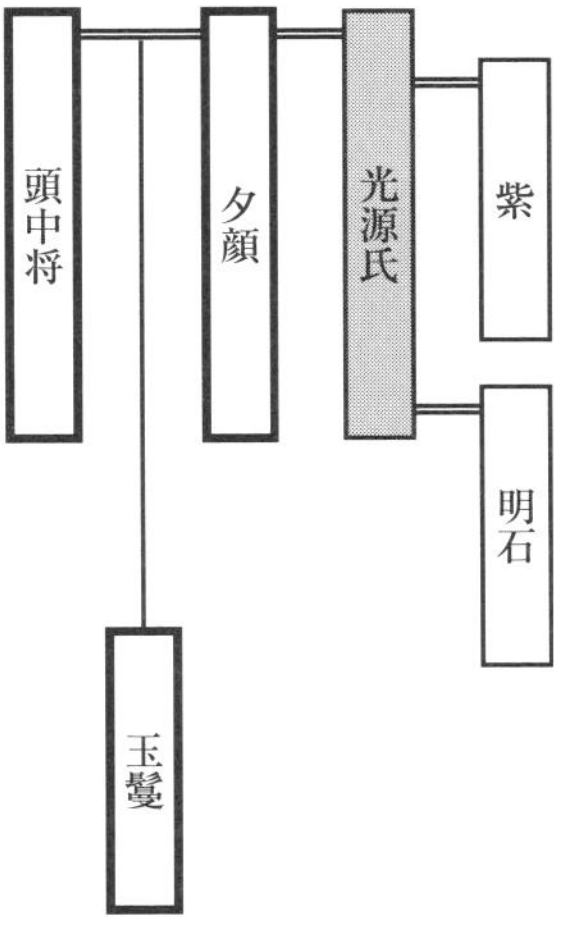

衣服

平安時代の衣服は、官位や身分による規制があり、色合いや着こなし、季節感の表し方によって着用者の品格が測られるものでもあった。

男性の衣服

男性貴族の衣服は身分によって色や紋様の規定があった。たとえば須《す》磨《ま》流離中の光源氏。位を返上して謹慎しているので、紋様がない服を着ている。また父・光源氏の教育方針で、六位という低い身分からスタートした夕霧《ゆうぎり》。浅葱色の服が恥ずかしくてたまらない。

女性の衣服

俗に言う十二単は正装で、ふだんは女房など目下の者が着用していた。主人である姫君たちは裳《も》・唐衣《からぎぬ》を省略したもっとリラックスした服装であり、夏にはシースルーの服一枚、ということもあった。

女性の能力と衣服

外出や発言が不自由、立場が不安定など、不遇だった当時の女性たちだが、衣服に関しては彼女たちの独擅場だった。適切な色・縫製の服は仕事の必需品であり、しかも金で服を買える時代ではないのである。

従って男性にとって能力ある女性は、なくてはならぬ存在だった。

文化の精華 六条院の女性たち

光源氏の邸宅・六条院に住む夫人は紫《むらさき》、花散里《はなちるさと》、明石《あかし》の三人。いわば「光源氏の妻ベスト3」である彼女らは、みな衣服製作の達人である。不器量な花散里、身分低い明石がランクインしていることから、身分や容貌より衣服製作力が重要だったとわかる。

身分や境遇を語る衣服

貴人の前に出るとき目下の女性は、裳と唐衣を着けねばならない。源氏物語の中では出身階層の低い明石が、光源氏の妻となった今も「裳だけは着けている」姿が描かれる。

反対に、高貴な姫だった女性が、親の死後女房に落ちぶれて、裳を着けていることもある。衣服で示される悲しさだ。

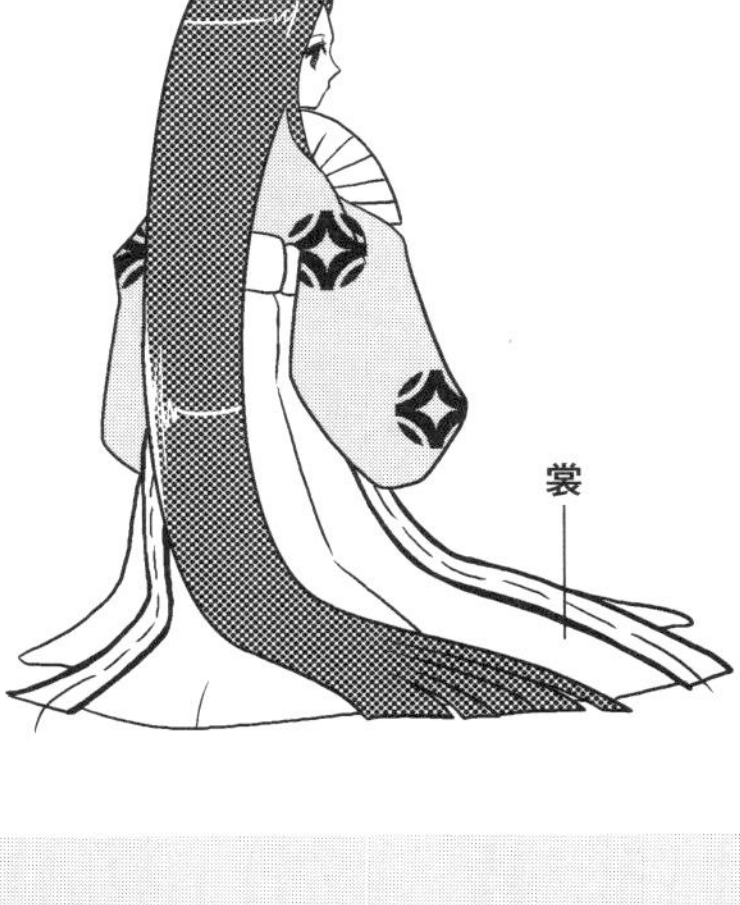

初《はつ》音《ね》

登場人物

光源氏（主人公）
紫（正妻♥）26歳
明石（妻）27～32歳
花散里（妻）
玉鬘（ヒロイン）21～22歳

末摘花（二条東院居住の妻）
空蝉（二条東院居住の妻）
夕霧（息子）15歳
明石姫君（娘）8歳

光源氏（36歳）

六条院のお正月は
玉鬘《たまかずら》
と～っても華やかなんですよ♥

ピンクが可愛い明石姫君《あかしのひめぎみ》
紅のご衣裳は紫《むらさき》さま
そして私は山吹の衣裳
唐ふう衣裳の明石《あかし》さま

紅梅
貴公子たちのイベント男踏歌《おとこどうか》では義弟の夕霧《ゆうぎり》くんもワタシの兄弟の柏木《かしわぎ》、紅梅《こうばい》もと～ってもステキでした！
柏木
夕霧

玉鬘十帖の存在意義

外伝的な性格を持つ十巻「玉鬘十帖」の第二巻です。特に筋らしい筋はありません。正月に光源氏が家族に挨拶して回り、男踏歌《おとこどうか》という行事を見物し、さてせっかくだから名器を出して管弦の催しをしようか、と言っているシーンで終わります。

現代人から見ると意味のない巻ですが、これが玉鬘十帖の特徴です。とりたてて事件らしい事件はなく、ただ優雅な行事、豪華な暮らしぶりなどが細かな描写で語られます。

おそらく作者が望んでいるのは、理想の世界である六条院を筆の力だけで表すことです。当時最高水準の家具や衣装、雅びにふるまう美男美女、洗練された文や会話。モノがいいだけではいけません、四季の特長を引き出す庭を作り、咲く花に合わせた香や服をまとい、人と会うときは衣《きぬ》ずれの音から席につくタイミングまで演出する、全てが「をかし」い六条院、生きた芸術を表現したいと作者は思っているのです。今風に例えれば玉鬘十帖は、筋がドラマチックなテレビドラマではなく、美形俳優と衣装、夢のような雰囲気が売りの芸術的な映画なのです。

紫式部は当時最高の権力者・藤原道長《ふじわらのみちなが》の屋敷に出入りしていました。読者は、今の私たちが女優の服のブランドをチェックするように、玉鬘十帖の衣装や香に注目し、道長邸の豪華さに憧れたことでしょう。

豆知識 国宝「千代姫婚礼調度」

徳川幕府三代将軍家光の娘・千代姫は婚礼に際し金銀蒔絵の調度を持参した。当時最高の漆工技法を駆使した名品で、「見とれていると日が暮れてしまう」ことから「日暮の調度」とあだ名された。

この道具類の装飾は源氏物語「初音」巻の意匠で統一されている。源氏物語は当時、姫君たち必須の教養書だったからだ。「初音」が選ばれたのはめでたい正月場面であるためだろう。

ここまでの人物相関図

光源氏を囲む女性たち

光源氏中心の体制が成立。空蝉・末摘花は二条東院に住み、光源氏に庇護されている女性たち。

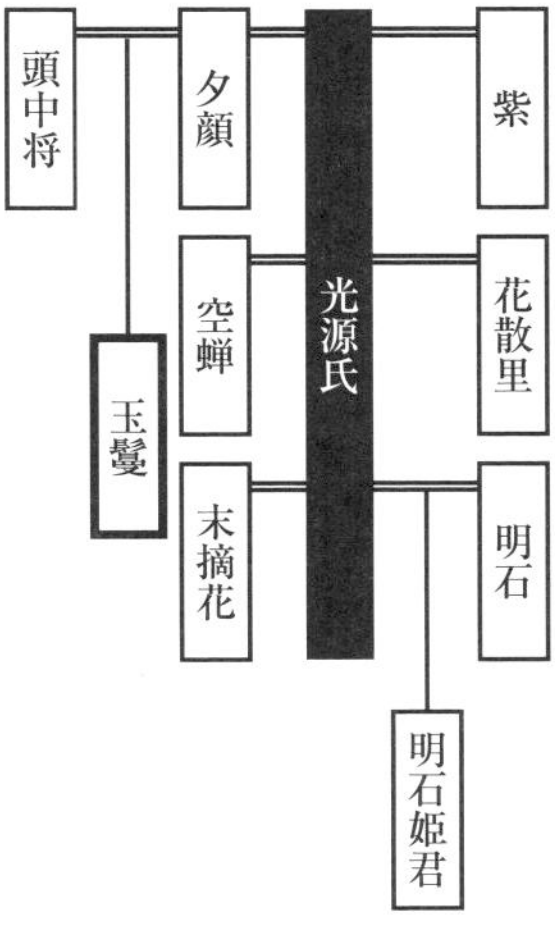

胡《こ》蝶《ちょう》

登場人物

光源氏（主人公）
紫（正妻♥）26歳
玉鬘（ヒロイン）22歳
秋好（養女）
螢宮（異母弟）
鬚黒（玉鬘の求婚者）
柏木（玉鬘の兄弟）

※用語解説

法会…仏教行事。

光源氏（36歳の三～四月）

春
女房たちは
邸内で船遊び
玉鬘《たまかずら》
秋好《あきこのむ》さまは立派な
法会《ほうえ》※を催しました
そのための
紫《むらさき》さまの贈り物も
素晴らしかったの！
そして……
私には
求婚の手紙が
続々ときました
螢宮《ほたるのみや》、髭黒《ひげくろ》や
実の兄弟の柏木《かしわぎ》まで！
どうしましょう？
どっさり

六条院に巣くう怨霊

外伝的な性格を持つ十巻「玉鬘十帖」の第三巻です。前半では養女・秋好《あきこのむ》がらみの豪華なイベント、後半では玉鬘《たまかずら》の話が語られます。

秋好と光源氏の関係をおさらいしましょう。秋好は光源氏の愛人・六《ろく》条御息所《じょうのみやすんどころ》の娘で、光源氏の後援により中宮《ちゅうぐう》（最高位の妃）となりました。光源氏はさらに、秋好が相続した六条御息所邸を基盤に、自分の小宇宙・六条院を造っています。

なぜ光源氏は六条を根拠地にしたのでしょう。それは内裏《だいり》から離れた場所だからです。主な貴族は出勤しやすい内裏周辺に住んでいて、いわば内裏を囲む衛星になっています。光源氏にはもはや出勤の必要がなく、内裏の衛星になる気もありません。それであえて遠い地に居を構え、内裏と並ぶ存在であることを天下に誇示しているのです。

また六条御息所が生前生霊《いきりょう》となって、光源氏の正妻・葵《あおい》を取り殺したからでもあります。光源氏は遺児と旧居を大事にすることによって六条御息所を鎮魂し、同時にそのパワーをとりこもうとしたのです。平安時代には、恨んで死んだ人の魂「怨霊《おんりょう》」をまつることによって「御霊《みたま》」に変えようとする信仰がありました。左遷されて死んだ菅原道真《すがわらのみちざね》をまつる天満宮がその例です。紫式部は理性的な人でしたが、やはり平安時代の人であり、御霊を信じていたのでしょう。

深読み　「あな心疾《こころと》」

ある日光源氏は紫の前で玉鬘のことをほめちぎる。紫はにこっと笑って「好きなんでしょ」と言う。このときの光源氏の感想が「あな心疾」だ。「あな」は現代語で言えば「ワッ」驚きを表す語。「心疾」は形容詞「心疾し」で、「カンがいい」。驚いたとき形容詞の語尾が落ちるのは、現代語でも「痛い」が「痛ッ」になるのと同じだ。紫のカンの良さに参った光源氏が見えてくる。

ここまでの人物相関図

光源氏を支える女性パワー

光源氏の強みは女性を味方につけたことだ。妻や恋人、養女によって六条院は支えられている。

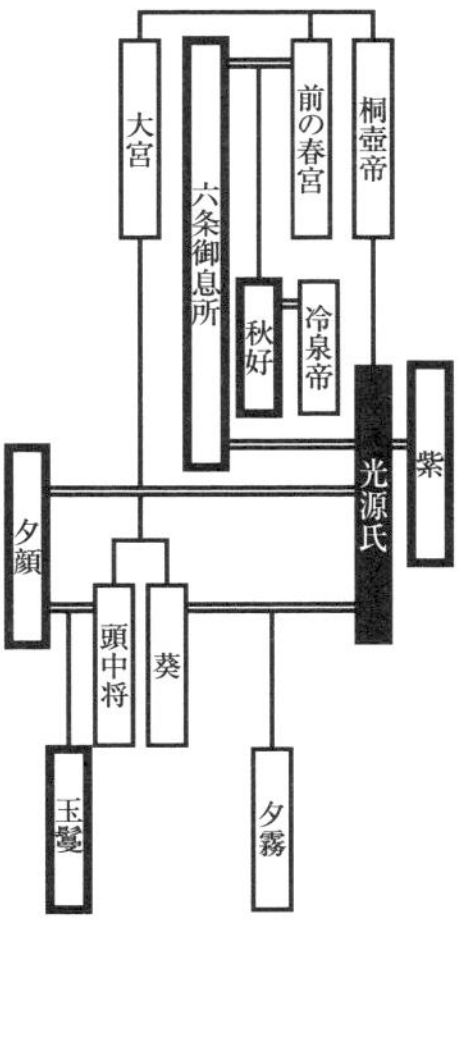
桐壺帝
前の春宮
大宮
六条御息所
冷泉帝
秋好
紫
光源氏
夕顔
頭中将
葵
玉鬘
夕霧

螢《ほたる》

光源氏（36歳の五月）

螢宮《ほたるのみや》様がいらっしゃっているのですが……
軽々しく応対なんかしません！
玉鬘《たまかずら》
そうは言わず会ってみてくれないか？
お義父さま……
そんなにおっしゃるなら……
姫君！
螢……？
玉鬘殿こそ…
なんと美しい
螢宮

登場人物

光源氏（主人公）
玉鬘（ヒロイン）22歳
蛍宮（光源氏の異母弟）

姫の一生を左右する小細工

外伝的な性格を持つ十巻「玉鬘十帖」の第四巻です。当時の貴族の求婚事情がうかがえて興味ぶかい巻です。

螢宮《ほたるのみや》は玉鬘《たまかずら》に手紙を送っていますが、品行方正な玉鬘は見ようともしません。光源氏が女房に命令して、ときどき代筆の返事を送っています。ある日螢宮は、代筆ではありますが、訪問を誘う手紙をもらい、どきどきしながらやって来ました。たいている香の質や量から螢宮は「予想よりも優れた姫」と感じます。そこへやや明るい灯が点り、玉鬘の姿が一瞬見えて、螢宮をとりこにしてしまったのでした。

さてこの灯は光源氏のしわざです。玉鬘に「声は聞かせるな、もう少し出ろ」と指示しておいた上で、几帳の布を一枚あげ一度に螢を放ったのです。さらに女房たちが控えていて、螢を追い払ってすぐに灯を消します。優雅な一夜の背後では、親が灯を点けたり女房が扇で煽いだりしていた訳で、現代に例えれば映画の撮影現場、美人女優の陰でスタッフが反射板を持っているようなものでしょう。

一見笑える姿ですがこれは真剣な演出でした。妻問い婚の時代ですから、婿の恋心が冷めたら縁が切れてしまうのです。後のほうでは真木柱《まきばしら》という姫の、演出のまずさ故に失敗した結婚も描かれます。作者は真木柱のケースと対比させて、光源氏の手腕をたたえているのです。

豆知識　五月の習俗

5月5日には邪気払いに薬玉（くすだま）を飾る習慣があった。薬玉とは麝香（じゃこう）や丁子など香料（当時の人にとっては薬）を玉にして五色の糸などを結びつけた物でよく贈答された。この巻では玉鬘が多く贈られている。

また5月3～6日にかけては近衛府の官人たちが騎射競技をした。夕霧が左近中将であるため、六条院の馬場でも騎射が行われている。

ここまでの人物相関図

兄弟愛の背景にあるもの

光源氏の兄弟の中で一番親しいのが螢宮だ。政治に無関心な宮なので警戒が要らぬからだろう。

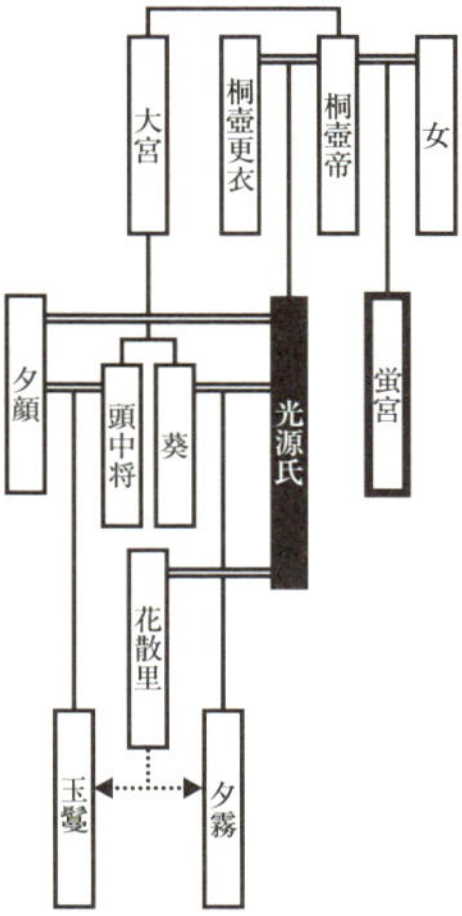

平安時代の物語

『源氏物語』に代表されるように、
平安時代にもすでに物語は存在していた。
当時の人々はどのように物語を楽しんだのだろうか。

読むものではなく「聞く」もの

当時の物語は絵と本文が別々に綴じられていた。女房が本文の冊子を朗読し、姫君は絵の冊子を眺めながら聞く、これが一般的な楽しみ方。

そして姫君が一人でいることはほとんどない。通常、母や姉妹、女房たちなどがそばにいる。だから皆で耳を傾け、思い思いに感想を言っては楽しんだことだろう。

のちの「東屋《あずまや》」巻では、こんな一場面がある。当時、文化の中心は京。田舎育ちの浮舟《うきふね》には物語が珍しく、ついさっき匂宮《におうみや》に突然迫られたショックも、物語を見ると吹き飛んでしまう。浮舟の不幸な行く末を思うとこのあどけなさが痛々しい。

高級品だった物語

紙を始め、筆や墨、絵の具などが高価だった時代である。しかもすべて手で書写・作画しなければならなかった。製本も手作業である。当然、良質の物語を入手できるのは上流貴族だけだった。中流貴族の娘、菅原《すがわらの》孝標女《たかすえのむすめ》は、継母《ままはは》や姉などが、記憶を頼りに物語を語ってくれたり、物語が欲しくて仏に祈願したりしていた。またおばに物語を贈られて大喜びしたともいう。

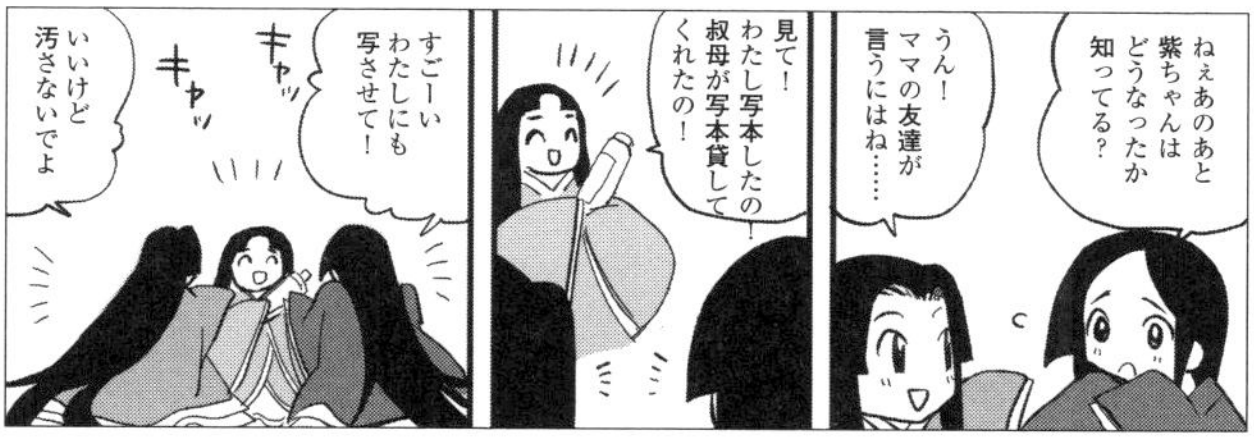

ねぇあのあと紫ちゃんはどうなったか知ってる？
うん！ママの友達が言うにはね……
見て！わたし写本したの！叔母が写本貸してくれたの！
キャッ
キャッ
すごーいわたしにも写させて！
いいけど汚さないでよ

読者層は子供？

「帚木《ははきぎ》」巻で、馬頭《うまのかみ》が「子供のころ、女房が悲恋物語を読むのを聞いて泣いたが……」と思い出話をしている。この描写からもわかるように、物語は子供に読み聞かせるテキストであり、社会勉強をするためのものだった。

実は大人も読んでいた

女性たちは物語を愛し、男性も、一条天皇《いちじょうてんのう》や藤原公任《ふじわらのきんとう》といった一流の文化人が『源氏物語』を読んでいた。しかし漢詩や和歌に比べ低級な文学とされていた。

そのような時代に紫式部はあえて物語という表現手段を選んだ。「蛍《ほたる》」巻には物語について述べた「物語論」と呼ばれる場面があり、光源氏が「歴史書が描くのは社会の一部だけ。物語こそ真実を表しているのだ」と気を吐いている。紫式部の意気込みが感じられるせりふだ。

残らなかった物語も多い

清少納言《せいしょうなごん》がほめた「埋もれ木」「月待つ女」。「更級《さらしな》日記」に出てくる「とほぎみ」「せりかは」「あさうづ」。『源氏物語』、『狭衣《さごろも》物語』に次ぐ出来、と言われながらも一部しか残っていない「夜半の寝覚」。多くの物語が時の経過や戦乱の中で失われた。

今日まで残っている古典は、「この話を後世に伝えたい」と思い、書写した熱烈な読者を、おおぜい、長年にわたって持ち続けた、「愛された」物語たちなのだ。

常夏《とこなつ》

登場人物

光源氏（主人公）
玉鬘（ヒロイン）22歳
夕霧（息子）15歳
雲居雁（夕霧の初恋♥）17歳
頭中将（ライバル）

光源氏（36歳の夏）

光源氏は玉鬘《たまかずら》に和琴を教えることにします
すてきなお父様……
だけど私は本当のお父様に魅かれるの
早くお目にかかりたい
頭中将《とうのちゅうじょう》
その頃、頭中将は娘ふたり・近江《おうみ》と雲居雁《くもいのかり》のだらしなさに
うんざりしておりました
Zzz
キャッ
キャッ

光源氏と頭中将

外伝的な性格を持つ十巻「玉鬘十帖」の第五巻です。光源氏と頭中将《とうのちゅうじょう》の子どもたちが、青春時代を迎えている様子が描かれます。

光源氏と頭中将は若いころ、好敵手と噂されました。内実は頭中将がライバル心を燃やし、光源氏を追いかけたというところです。頭中将は情が厚い人ですが、光源氏は情に薄いのです。頭中将は光源氏に好意を持っていますが、光源氏は手に入らないものを欲しがるタイプで、慕い寄ってくる人に関心を持ちません。頭中将は情にほだされると損な役も引き受けてしまうタイプですが、光源氏は実利をもぎとる男です。そんな二人の微妙な関係が、玉鬘十帖では活写されています。

娘だと名乗る女性を喜んで引き取ってあとでその不出来さにうんざりする頭中将。実の娘でない玉鬘《たまかずら》を審査した上で引き取り、六条院の花にしている光源氏。怒りに任せて娘・雲居雁《くもいのかり》と光源氏の息子・夕霧《ゆうぎり》の仲を割いてしまい、後悔する頭中将と、静観する光源氏。頭中将の娘・近江《おうみ》の不出来さを当てこする光源氏と、当てこすられて嬉しげな頭中将。

のちの「行幸」巻で、光源氏は頭脳的に攻めて頭中将に玉鬘を認知させ、しかし親権は自分が握るというおいしい形に持ち込みます。総じて光源氏の方が冷徹で、権力闘争に勝利したのも当然といえますが、頭中将のほうが人間的です。

豆知識 貴族たちの夏

この巻では当時の上流貴族の納涼生活を見ることができる。暑い日は釣殿（泉水の上に張り出した部屋）に移動し、水の上を吹く風を浴びた。

さらに氷室という、冬の間に氷をためておいた施設から氷を取り寄せ、砕いた破氷（わりひ）、削った削氷（けずりひ）にして、飯を冷やしたり甘味料の甘葛（あまづら）を加えたりして食べた。冷凍庫など無かった時代の高級グルメである。

ここまでの人物相関図

光源氏に迫る老いの足音

夕霧と雲居雁は現在、文通のみの恋愛中。光源氏と頭中将は、老年（40歳）に近づきつつある。

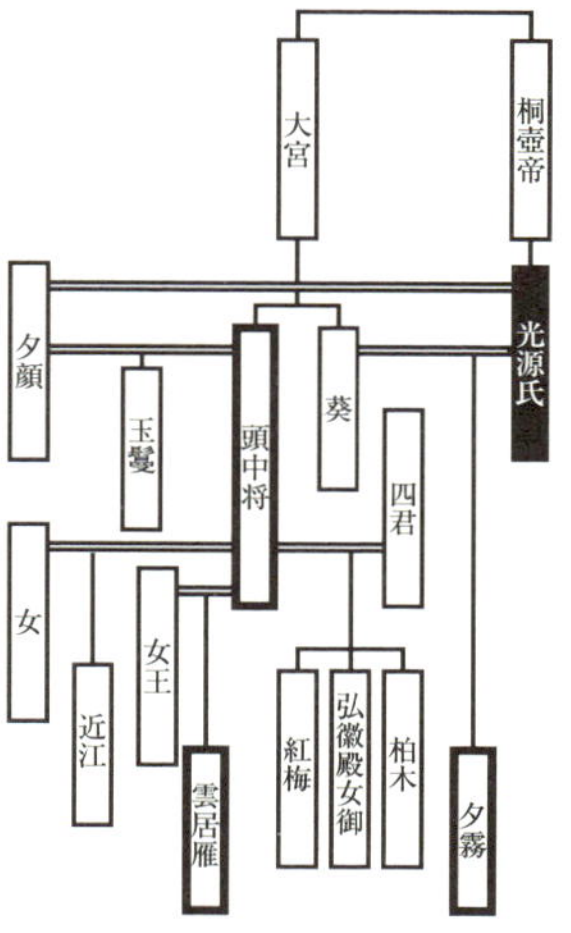

篝《かがり》火《び》

光源氏（36歳の7月）
玉鬘《たまかずら》
頭中将《とうのちゅうじょう》
近江《おうみ》
父上が引き取った近江が悪い噂になって……
それに比べて私は光のお父様に引き取られてよかった！
光源氏
夜が更けたね……
おいで今夜は一緒に寝よう
ええっ!?
和琴を枕にすれば大丈夫
ごろん
わ……
私はどうしたら……！

登場人物

光源氏（主人公）
玉鬘（ヒロイン）22歳
近江（頭中将の娘）

女子教育のテキスト　源氏物語

外伝的な性格を持つ十巻「玉鬘十帖」の第六巻です。光源氏が玉鬘《たまかずら》に音楽教育を施す姿が、夏の夜の情緒と共に描かれます。

女の子にはどんな教育が必要か、理想的な女性はどうあるべきなのか。源氏物語はしばしば読者に説教しています。これは当時の「物語」が、そもそも女子教育の道具だったからです。また紫式部自身が娘の母だったこと、中宮彰子《しょうし》の家庭教師だったことも理由でしょう。

玉鬘十帖では立場の似た娘、玉鬘と近江《おうみ》が比較され、なぜ玉鬘がよくて近江が悪いのか、細かく描写されています。二人とも頭中将《とうのちゅうじょう》の娘で生母の身分は低く、大人になってから認知されたのですが、その人となりはまるで違います。玉鬘は出すぎず控えめで、向学心のある娘です。近江は早口で目立ちたがり屋、自分では才があると思っていて恥をさらします。そして玉鬘は立派なレディになり、近江は姉の女房になります。近江も素質は悪くないのだから、物静かに話す術さえ身につければいいのに、と『源氏物語』は訓戒を垂れます。

語り手が「女はこうするべきだ」「こんな女はよくない」としばしば口にするのも教育上の理由です。また『源氏物語』を概観すると、不義を働いた女性は必ず出家しています。現代では恋愛小説のイメージが強い『源氏物語』ですが、中身はかなり教訓的なのです。

豆知識　照明

油を入れた皿に灯心を入れて火をつける燈台「大殿油（おおとなぶら）」が一般的な照明だった。

簡易な室内用灯火には「紙燭（しそく）」があった。松の木などの先に火をつけ、手元に紙を巻いて持つ物だ。「螢」巻では玉鬘が螢の灯りを紙燭と勘違いしているので、それほど明るくなかったらしい。軒先に吊るす燈籠（とうろ）や庭先に灯す篝火は夏の暑いときに好まれた。

ここまでの人物相関図

無理をしてでも欲しい「娘」

光源氏の弱点は子の少なさである。頭中将から玉鬘をもぎとったのもそのせいだ。

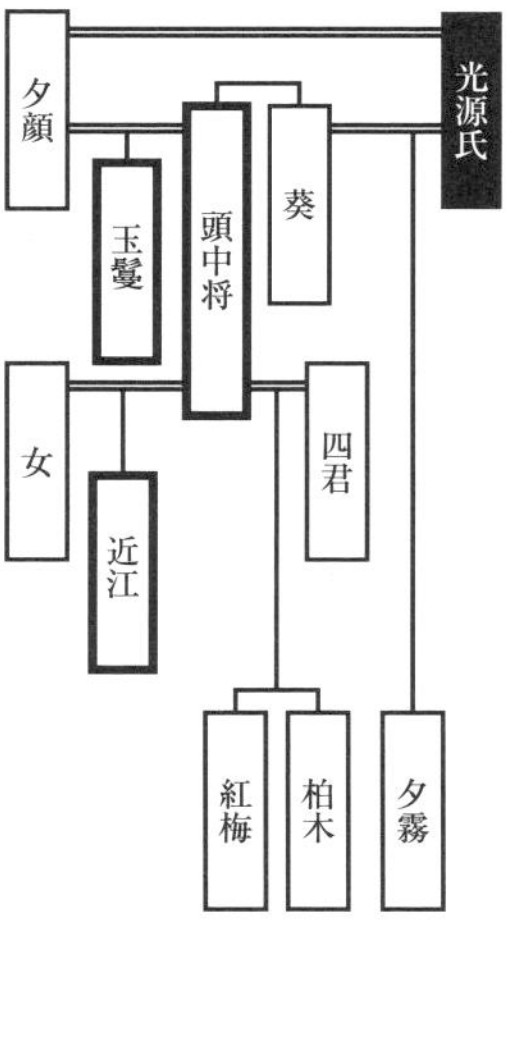

野《の》分《わき》

光源氏（36歳の8月）

登場人物

光源氏（主人公）
紫（正妻♥）26歳
玉鬘（ヒロイン）22歳
夕霧（息子）15
明石姫君（娘）8歳

六条院を荒らす風

外伝的な性格を持つ十巻「玉鬘十帖」の第七巻です。野分《のわき》（台風）に荒らされる六条院が、光源氏の息子・夕霧《ゆうぎり》の目を通して描かれます。

作者の目的は台風を口実として六条院の美女たちを描くことでしょう。六条院の女性たちはみな淑女です。ふつうなら人に見られるなどという不始末はしでかすはずないので、大風という天災が襲った直後、主人の息子である夕霧が見たという設定にしたのでしょう。

ここで面白いのが非常にまじめな青年・夕霧の紫《むらさき》への片恋です。初めて紫を見た夕霧は、初恋の雲居雁《くもいのかり》への思いもどこへやら、魂が抜かれたようになってしまいます。春の曙に咲き乱れた樺桜のような美女だった、と夕霧は紫を評しています。次に夕霧が訪れるのは秋好《あきこのむ》のところです。さすがに中宮・秋好の姿は描かれませんが、お付きの美少女たちが虫籠の虫たちに露を与えている絵のような場面が見られます。玉鬘のようすは八重山吹が夕どき咲き乱れたような、と評されます。明石姫君《あかしのひめぎみ》はまだ幼く小柄で、しかし藤の花が風に揺れるような高雅さ、と描写されます。

注目すべきは夕霧が正確、かつ批判的な観察者として育ってきていることです。光源氏はもはや完璧な巨人ではなく、追い上げられる壮年者となりつつあるのです。やがて老いたとき光源氏体制はどうなるのか……このテーマは第二部へ引き継がれます。

深読み

光源氏と紫のゆるびなき関係

現代語の「緩み」とほぼ同義。この「野分」巻では夕霧がたまたま光源氏・紫の会話を漏れ聞くシーンがある。とは言え、たしなみ深い紫が声を聞かれるような話し方をするはずはない。話している〝気配〟がするのである。すると光源氏が笑い「暁の別れは辛い？」とからかう。結婚後14年経つ二人のこの会話を聞いて、夕霧は「ゆるびなき御仲」と感じ入るのだった。

ここまでの人物相関図

子の少なさを女性関係で補う

実子の少ない光源氏は、恋人の子を養女にして子ども不足を補っている。

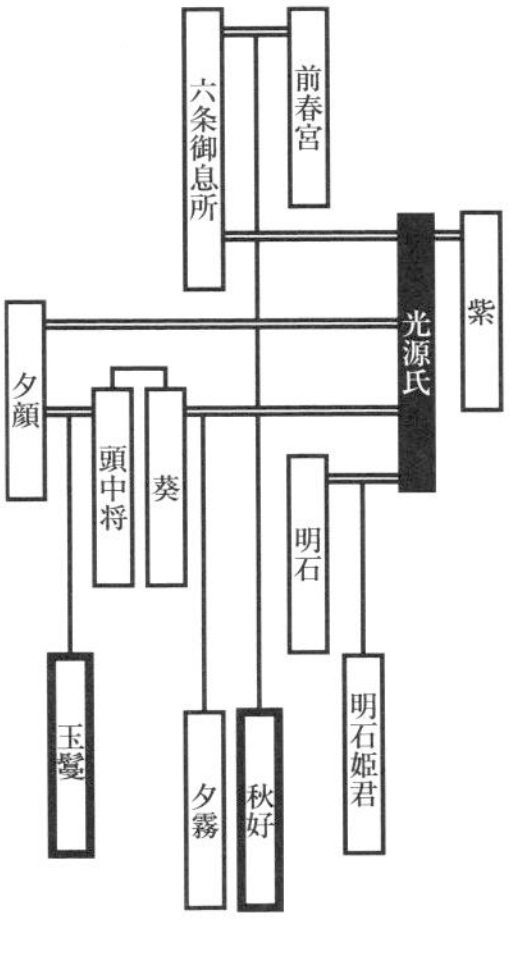

擬音語・擬態語

日本語は擬音語・擬態語が豊富なことばである。
『源氏物語』にも多くの擬音語・擬態語が使われている。

ねうねう

猫の鳴き声。「若菜《わかな》」下巻で柏木《かしわぎ》が、恋人の飼っていた猫を抱きしめ、その鳴き声を「ねうねう」（寝よう寝よう）と錯覚し、うっとりしている。猫の艶めかしい声が不倫の恋をかきたてていく。

つぶつぶ

現代では緊張したときの胸の鼓動を「どきどき」と擬音語表記するが、平安時代は「つぶつぶ」と捉えた。また、豊満なようすを「円円（つぶつぶ）」と表した。平安時代には、飢餓の危険が身近だったため肥満は美の一つと感じられていた（ただし、やや品のない美）。

筆跡の途切れ途切れなさまは「粒《つぶ》粒《つぶ》」と表記した。

女性の美しさ

紫《むらさき》は「あざあざ」…鮮やかなり、に由来する表現。玉鬘《たまかずら》は「けざけざ」…けざやかなり（はっきりしている）、に由来する表現。

女三宮《おんなさんのみや》・夕顔《ゆうがお》は「やはやは」「なよなよ」。この二人は共に頼りない女性。

ほろほろ

物を食べるようす。食べるという行為は品がないと感じられていたらしい。『源氏物語』では上流貴族が物を「参らぬ」（召し上がらない）優雅さが、下々の者の「物を食ふ」ようすと対比されることが多い。

濁点の有無

「宿木《やどりぎ》」巻などで見られる、大勢が集まって騒いでいる様子を「かやかや」と表している。今ふうに書けば「がやがや」だろう。このように、当時は濁点の表記があいまいだった。

行幸《みゆき》

登場人物

光源氏（主人公）
玉鬘（ヒロイン）22～23歳
大宮（姑）
頭中将（玉鬘の父）

※用語解説

行幸…天皇がでかけること。
裳着…女の子の成人の儀式。男の子は「元服」。

光源氏（36歳の12月～37歳2月）

冷泉帝《れいぜいてい》の行幸※の日
あの方が帝
まぁ……
光のおとうさまにそっくり
玉鬘《たまかずら》
ぼー…
なぁ帝にお仕えしてみないかね？
出仕のあかつきには実の父上（頭中将《とうのちゅうじょう》）に裳着《もぎ》※の式に立ち会ってもらおう
ええっ
こうして光源氏、頭中将二人の協力のもと
裳着の式を行った玉鬘は尚侍《ないしのかみ》という高級女官になることに

健在　光源氏の人心コントロール

外伝的な性格を持つ十巻「玉鬘十帖」の第八巻です。光源氏は玉鬘の裳着《もぎ》（女性の成人式）をきっかけに、頭中将《とうのちゅうじょう》に玉鬘の存在を明かそうと考えました。ことはなかなか微妙です。この時代の上流貴族にとって、天皇の妃にできる娘は最大の武器だからです。光源氏としては玉鬘を、頭中将に認知させつつも、わが養女として引き留めておかねばなりません。レディに育て上げた玉鬘をあっさり「ありがとう」で引取られては、虎に翼を付けてやるようなものなのです。

光源氏はまず順当に「裳着の腰結い役になってくれ」と頭中将に依頼しました。裳着の腰結い役とはいわば後見人で、玉鬘のこの状況だったら実父・頭中将が適任です。が、案の定頭中将は理由をつけて断ってきました。光源氏の武器・玉鬘の後見人になる義理はないからです。

予期していた光源氏は搦《から》め手に出ました。自分にとっては姑であり頭中将にとっては母である大宮を訪ねます。そして例のおばあさまキラーぶりを発揮して大宮を喜ばせ、その席に頭中将を呼び出して内々の宴会、身内ムードを高めておいて玉鬘の件を持ち出したのです。

基本的に人が良い頭中将は断れず、いわれるままに玉鬘を認めます。しかし落ち着けば、「割の悪い取引をしたな」そう思わないはずがありません。光源氏への反撃を考え始めたのです。

深読み　しほしほと泣く尼

この巻には大宮が娘の葵を思い出して「しほしほ」と泣くシーンがある。現代語でも「めそめそ泣く」というように、これは平安時代の泣き方を形容する擬態語である。

古典では尼の泣き方を「しほしほ」と表現する。これは海女（海に入って貝などを採る女性）と尼が同音であることに拠る。尼→海女→海の汐→しほ、という連想だ。掛詞や縁語といった技法が使われているが、率直に言えばダジャレである。

実は影響力ある人　大宮

大宮は実は内親王であり光源氏の叔母でもある。このコネを光源氏が見逃す筈はなかった。

ここまでの人物相関図

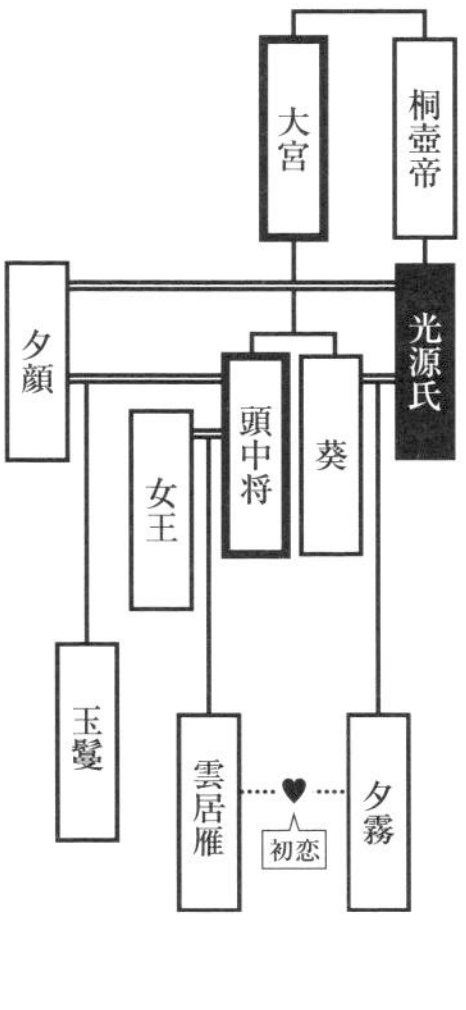

卌

藤袴《ふじばかま》

登場人物

光源氏（主人公）
玉鬘（ヒロイン）23歳
夕霧（息子）
柏木（頭中将の息子。玉鬘の求婚者）
螢宮（光源氏の異母弟。玉鬘の求婚者）

光源氏（37歳）
私の素性が世の中に知れ渡って
玉鬘《たまかずら》
姉上でいらしたとは……
柏木《かしわぎ》
帝のお側にいってしまわれるのですか!?
夕霧《ゆうぎり》
みんな悲しそうな文を送ってくるの
螢宮《ほたるのみや》様はさすがにお気の毒
短いけどお返事を
でも髭黒《ひげくろ》の大将は
しつこい～～！しかもオジサン！

玉鬘姫のモテる訳

外伝的な性格を持つ十巻「玉鬘十帖」の第九巻。玉鬘《たまかずら》の素性が公開され、尚侍《ないしのかみ》（天皇の近くに仕える女官）になる日が近づいて、求婚者たちの動きがあわただしくなるさまを描いています。

玉鬘十帖では光源氏始め、登場する男性皆が玉鬘に惹かれます。その中に、雲居雁《くもいのかり》にいちずなはずの夕霧《ゆうぎり》や、第二部で光源氏の妻に恋焦がれる柏木《かしわぎ》が含まれているのは、不自然なことではありません。玉鬘は貴公子全員に愛されるヒロインとして造られているのです。

玉鬘の人生を振り返ってみましょう。父こそ高貴の人ですが中流貴族の家で育ちます。四歳で地方へ下り、二十一歳で帰京します。苦しい生活も経験し、神仏にすがりつくほどの絶望感も味わっています。

これは六条院の女性たちの中で際立って庶民的な経歴です。つまり玉鬘の物語は、「ふつうの女の子が上流社会に入り、御曹司たちに求愛される」という、現代の少女マンガやライトノベルにとても似た構造を持っているのです。

宮家の姫・紫《むらさき》や、富豪の明石《あかし》とは違い、玉鬘はとても親しみやすいヒロイン。その玉鬘が六条院の水で磨かれ、あの光源氏の心まで悩ませたり、帝にも求愛されたりするレディになっていくのです。中流貴族の女の子たちに玉鬘十帖はさぞや人気だったことでしょう。

豆知識 服喪

当時の服喪期間は死者との関係により差があった。父母・夫が死んだ場合は一年、祖父母は五ヶ月、妻・兄弟は三ヶ月である。

この巻では玉鬘と夕霧が祖母・大宮の喪に服している。玉鬘が灰色に近い薄にび色の服を着ているのに対し、大宮に育てられた夕霧はもう少し濃い色を着ている。男性は冠の一部を巻くのも服喪の印だ。服喪明けには川原へ出て禊（みそぎ）をする。

ここまでの人物相関図

親戚・姻戚の求婚者たち

玉鬘の求婚者は柏木、螢宮、鬚黒。姉と知った柏木が去り、夕霧が接近する。皆親戚か姻戚だ。

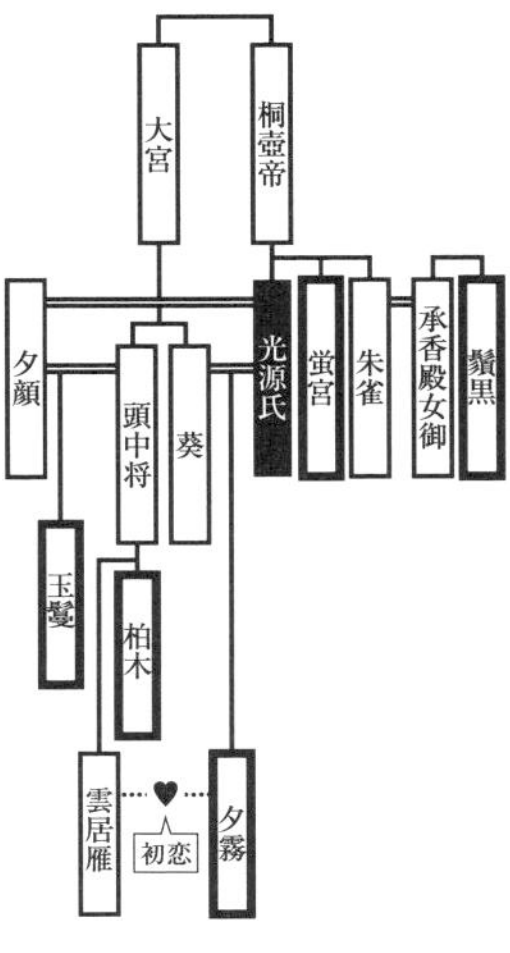

真木柱《まきばしら》

登場人物

光源氏（主人公）
玉鬘（ヒロイン）23～24歳
鬚黒（玉鬘の夫）
頭中将（玉鬘の父）

※用語解説

物の怪（もののけ）…人にとりついて病気や不幸をもたらすもの。
香炉…香をたく道具。

光源氏（37～38歳）

わたくし涙にくれて過ごしています
あのむさくるしい鬚黒《ひげくろ》が……
し…
忍びこんできて
むりやり私を
わーーん
光のお父さまも
私たちは結ばれない定めだったのだね……
とおっしゃって
あんなに優雅なお父様に対して
この夫のむさくるしさ！

一方髭黒は
自宅で
もめている
本妻は
品のいい女性
でもときどき
「物《もの》の怪《け》※」が
ついて
狂乱する病に
かかっている
新しく妻は
めとったけど
貴女も
大事だよ！
そのお気持ち
だけで
うれしゅう
ございます
しかし
玉鬘のために
屋敷を増築し
さぁ今夜も
玉鬘ちゃんの
もとへ♪
この
浮気者
発作が起きて
香炉※を投げつけ
辺り一面
煙だらけ
灰だらけに……

これに懲りた
鬚黒は
玉鬘のもとに
入り浸り
鬚黒め！
いい年してデレデレと！
本妻の父
式部卿宮《しきぶきょうのみや》
わしの娘を
バカにしおって
腹をたてた
式部卿宮は
鬚黒のいない間に
娘と孫を
引き取りました
ただ孫娘の
真木柱《まきばしら》は
父を慕い
柱にすがって
泣いていたのですが…
連れられていきました
別れの歌を残して…

そして新年
玉鬘は宮中で……
なんと美しい
冷泉帝
会いたい会いたいと思っていたが
人の妻になってしまったなんてね
う〜う…
優雅!!
玉鬘退出しようか
えっ!は、はい
あぁ
どうしてあんな素敵な方々とはすれちがって
こんなヒゲの妻になってしまったの!!
しかし玉鬘はそののちすぐ子供を次々と産み太政大臣《だじょうだいじん》になった鬚黒の本妻として幸せになったのです

光源氏危うし！　藤原氏の反撃

外伝的な性格を持つ十巻「玉鬘十帖」の最終巻です。鬚黒《ひげくろ》という男性が玉鬘《たまかずら》を奪ったことと、その後の顛末が語られます。

ふつうなら太政大臣《だじょうだいじん》・光源氏の養女にこんな真似をした男は政治的に抹殺されます。が鬚黒には二つの強みがありました。春宮《とうぐう》の伯父という立場と玉鬘の実父・頭中将《とうのちゅうじょう》の内諾です。

なぜ頭中将は内諾したのでしょう。実は鬚黒と手を組んで、光源氏を打倒しようとしたのです。すでに頭中将は冷泉帝《れいぜいてい》の中宮決定において、光源氏に敗北しました。次の春宮妃で挽回したいのですが武器になる娘がいません。近江《おうみ》は不出来、雲居雁《くもいのかり》は光源氏の息子によって傷物、玉鬘は光源氏に乗っ取られた形です。しかも光源氏は玉鬘を尚侍（非公式の妃）にして世継ぎを産ませようと図っています。この負けっぱなしの状況を見て、頭中将は一手を案じました。同じ藤原氏で、最高の武器（真《ま》木柱《きばしら》という娘）を持つ鬚黒と手を組もうというのです。

窮地に立たされた光源氏ですが、幸い鬚黒が自滅してくれました。堅物の鬚黒は玉鬘にのぼせてしまい、周囲の反感も馬耳東風《ばじとうふう》、ついに妻一族を怒らせて最大の宝・真木柱を奪われてしまったのです。

このの ち鬚黒は頭中将と組むどころか、玉鬘に引かれて光源氏に与《くみ》します。光源氏は「でかした玉鬘！」といった、かもしれません。

人物クローズアップ

高望みしない玉鬘

逆境に慣れている人。現実的判断をするので嫌いな夫にも妻として尽くす。悲観的にならず常に前向きで、与えられた環境の中で最も幸せになろうとする人。

まじめすぎた人　鬚黒の北方《きたのかた》

病で衰え、家事もできない自分は妻失格と考える。それでも義務を果たさなくてはと夫の服を整えようとし、却って自制心をなくしてしまった彼女は誠実すぎた。

豆知識　出衣《いだしぎぬ》

女房たちの衣装は色のグラデーションに、本人や主人のセンスが現れるものだった。だから御簾の下から押し出されている女房たちの袖口は、「出衣（いだしぎぬ）」と呼ばれて注目された。

この「真木柱」巻では宮中に伺った玉鬘一行の出衣が女御・更衣たちよりモダンで華やかだった、とある。田舎育ちだった玉鬘のマイ・フェア・レディぶりがわかる。

知っておきたい!

姫君たちの身の守り方

品行方正な玉鬘でも身を守れなかったことからわかるように、当時の女性は踏み込まれたらどうしようもなかった。大声をあげたり激しく動いたり、ということ自体が姫君らしからぬと考えられていたからである。

そのような時代に、女性が身を守る手段と言えば……。

1．男を刺激しない。

姿を見せず声も聞かせず、のぞき見されても見えないくらい扇・袖・几帳で顔や身を隠す。

2．信頼できる女房たちに囲まれる。

女房はたいてい代々仕えている者か、身内から採る縁故採用だった。玉鬘の場合は田舎育ちのためツテがなく、市場の女を頼って女房を集めた、とある。男を引き入れるような女房が混じってしまったゆえんだろう。

3．雰囲気で圧倒する

姫君本人の威厳で男性に「この姫君に失礼はできない」と思わせること。玉鬘はこの点申し分ない姫だった。螢宮や冷泉帝は玉鬘に会っているが、魅惑されつつも節度を保っている。が、このような節制は同じ価値観の上に成り立つもの。異端児・鬚黒には通用しなかった。

深読み

鬚黒という男 貴族社会の異分子

色黒・鬚面で弓矢を携え、率直にしゃべり思いを即実行に移す。このような鬚黒には当時台頭しつつあった武士のイメージがある。

徳と調和を重んじる貴族から見ると、武士は得体の知れない、危険で野蛮な存在だった。作中の鬚黒やその家族の行く末が不幸なのは、貴族の嫌悪や願望の反映かもしれない。

ここまでの人物相関図

真木柱の高貴な血筋

真木柱は、現天皇（冷泉）の従妹を母に持ち、かつ春宮のいとこ。春宮と結婚したなら明石姫君最大のライバルになっていたはずだった。

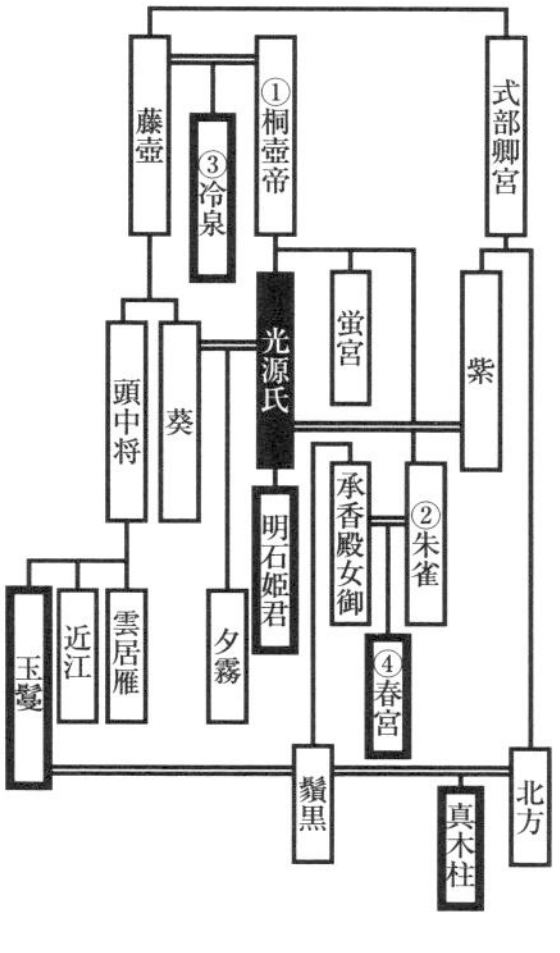

第一部　其ノ四
まとめ

ニューヒロインの誕生
平安朝の少女小説

玉鬘という新ヒロインの成長を通じて、光源氏の魅力、六条院の素晴らしさ、雅やかな行事を知らしめる章。玉鬘の結婚を通じては、家庭悲劇も描かれます。

玉鬘のシンデレラストーリー

光源氏が若き日、溺れるように愛した夕顔《ゆうがお》は、前夫・頭《とうの》中将《ちゅうじょう》との間に女児・玉鬘《たまかずら》を設けていました。夕顔の死ののち玉鬘は乳母夫婦に養われて九州で育ち、二十一歳でやっと帰京します。そして昔の女房の手づるによって、光源氏の養女になりました。

光源氏は玉鬘のすぐれた素質に、育て甲斐を感じて喜び、貴婦人教育を施します。すぐ、玉鬘に惹かれる男たちが求愛の手紙を送ってくるようになり、六条院はさらに華やぎました。玉鬘はこの空気を吸って、洗練された美女に育っていきます。

螢宮《ほたるのみや》、柏木《かしわぎ》、鬚黒《ひげくろ》といった男性たちが玉鬘に恋焦がれ、やがて光源氏自身、玉鬘に魅せられてしまいました。光源氏は想いを処理するため、同時に政治的なメリットを得るために、玉鬘を尚侍（女性公務員）にします。尚侍になれば帝の愛を受けることになる、と思われましたが、その直前、鬚黒が強引に玉鬘を我がものにしてしまいました。

鬚黒の正妻は、鬚黒が玉鬘に夢中なのを見て、娘を連れ実家に帰ってしまいます。玉鬘は運命を受け入れて鬚黒の妻として生きる決意を固め、光源氏は実らなかった恋を思って一人玉鬘をしのぶのでした。

このような本筋に、夕霧《ゆうぎり》が紫《むらさき》を見て心奪われる話や、頭中将の不出来な娘・近江《おうみ》の逸話が挟まれています。

光源氏と玉鬘と
文化人類学者レヴィ・ストロース

光源氏は二人の女性を養女に迎えています。秋好《あきこのむ》と玉鬘です。ふたりとも、亡き母が光源氏の恋人でした。

光源氏はふたりの結婚を政略的に役立てましたが、一方でふたりに恋心を持っている、と書かれています。現代人から見ればただの浮気ですが、平安人の見方は違ったでしょう。美や愛に対する豊かな感性は、多くの子宝を恵む力、貴公子の理想とされていた時代ですから。

しかし、光源氏と養女との恋は、結局実ることがありません。これはタブー意識が働いたためでしょう。古代日本で「母と娘、双方と関係をもつ罪」は大罪でした。その意識が平安時代にも残っているのだと思われます。

フランスの文化人類学者レヴィ・ストロースは源氏物語を検討し、このような結婚意識を発見しました。外国人の学者が源氏学に、新たな地平を切り拓いたのです。

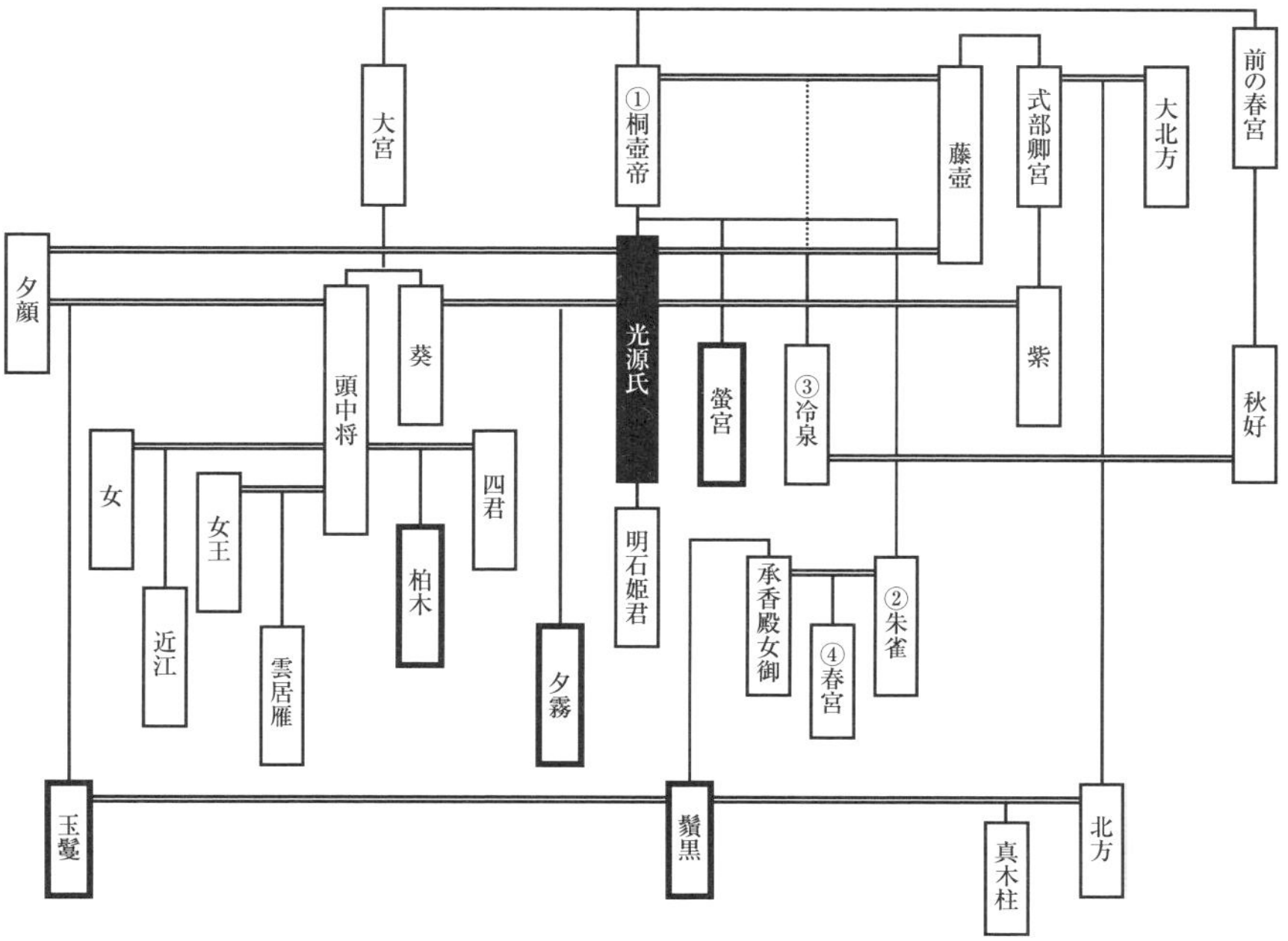

第五部

其ノ五

栄華と幸福をきわめた時代

予言の成就　最高の地位へ

巻

光源氏は娘・明石姫君を、万全の体勢で春宮に嫁がせました。息子の夕霧は恋人と結婚。光源氏本人は準太上天皇という、臣下を超えた位を頂き、天皇と上皇そろっての訪問という最高の栄誉を賜りました。光源氏は頂点をきわめたのです。

メインイベント
・明石姫君の嫁入り仕度と結婚
・夕霧と積年の恋人・雲井雁が成婚
・準太上天皇となり、行幸を賜る

登場人物

光源氏《ひかるげんじ》（39歳）

全てにおいて群を抜いた男。臣下を超えた身分に復帰する。

紫《むらさき》（29歳）

光源氏の正妻。オールマイティな貴婦人。明石姫君の養母。

夕霧《ゆうぎり》（18歳）

光源氏の息子。まじめな堅物。雲井雁と長く忍ぶ仲。

頭中将《とうのちゅうじょう》

内大臣。雲井雁の父。光源氏の親友にしてライバル。

雲居雁《くもいのかり》（20歳）

夕霧の幼なじみにして恋人。頭中将の娘。

明石《あかし》（30歳）

光源氏の身分低い妻。明石姫君の生母。

螢宮《ほたるのみや》

光源氏の異母弟。風雅の道に詳しい趣味人。

朝顔《あさがお》

光源氏の従妹で、友人以上恋人未満。当代屈指の貴婦人。

光源氏（39歳）
明石姫君《あかしのひめぎみ》
とうとう姫も11歳 裳着《もぎ》※の準備を進めなければ
殿、荷物が沢山届いています
人脈フル活用
どっさり
姫君のための最高の品だ大切に扱ってくれ
腰結いは秋好《あきこのむ》にお願いするのよ
裳着《もぎ》をしたら大人の仲間入りだ
まぁっ
秋好は女性として最高の身分の人
ご幸運をわけていただくのだぞ！

梅《うめが》枝《え》

登場人物

光源氏（主人公）
紫（正妻♥）29歳
明石姫君（娘）11歳
螢宮（異母弟）
朝顔（いとこ以上恋人未満）
明石（身分低い妻♥）30歳
花散里（妻♥）

※用語解説

裳着…女の子の成人の儀式。男の子は「元服」。
腰結い…裳着などの儀式の際、袴や裳の腰のひもを結ぶ衣紋奉仕の人。

平安文化のレベルの高さ

長い外伝「玉鬘十帖」が終わり、話が本筋に戻ってきました。物語の大団円が近づいています。中宮となる宿命を持つ娘・明石姫君《あかしのひめぎみ》の裳着（成人式）が盛大に行われるのです。

娘の嫁入り道具にと光源氏が香を整えるこの「梅枝」巻は、日本香道史の第一級資料です。推古《すいこ》三年（５９５年）淡路島《あわじしま》に沈《じん》という香木《こうぼく》が漂着した、とあるのが日本における最古の香の記録ですが、その後約４００年経った平安時代、すでに高度な香文化が定着していたことがわかるのです。

光源氏、紫《むらさき》、朝顔《あさがお》、花散里《はなちるさと》、明石《あかし》が調えた香の詳細を見てみましょう。12世紀に書かれた香の書『薫集類抄《くんじゅうるいしょう》』によると、原材料は沈香《じんこう》、麝香《じゃこう》、白檀《びゃくだん》、丁子《ちょうじ》等々で輸入品です。このような高価な原材料を各自が継承した秘密のレシピに従って、さらに自分の創意工夫を加えて砕き、ふるいにかけ、蜜で練って練香《ねりこう》に仕上げるのです。光源氏は男性ならふつうは知らないはずの秘法をつかい、紫は少しぴりっと新しさを利かせた香を、朝顔は古典的で格式高いものを、花散里は控えめでしめやかな香を、明石は知性を見せた香を作りました。現代人の目から見ると明石姫君の実母である明石が、出自の低さを意識してか格式ある「六種の香」を避け、薫衣香《くぬえこう》（衣類に焚くお香）を作っているのが痛々しく感じられます。

豆知識　香の秘方

当時、香のレシピは秘密にされていた。光源氏のレシピは「承和の御誡の秘方」つまり仁明天皇由来のもの、紫のレシピは「八条宮の秘方」つまり仁明天皇の第七皇子で合香の名人だった人のもの。おしどり夫婦の光源氏・紫だがレシピは非常に隠し合った、と書かれている。明石が作った薫衣香は朱雀院（醍醐帝皇子）と合香の名人源公忠の方を参考にしたとあり、秘方の伝わり方がしのばれる。

ここまでの人物相関図

嫁入り支度を手伝う親戚

香の製作を担当したのは皆、光源氏の身内。

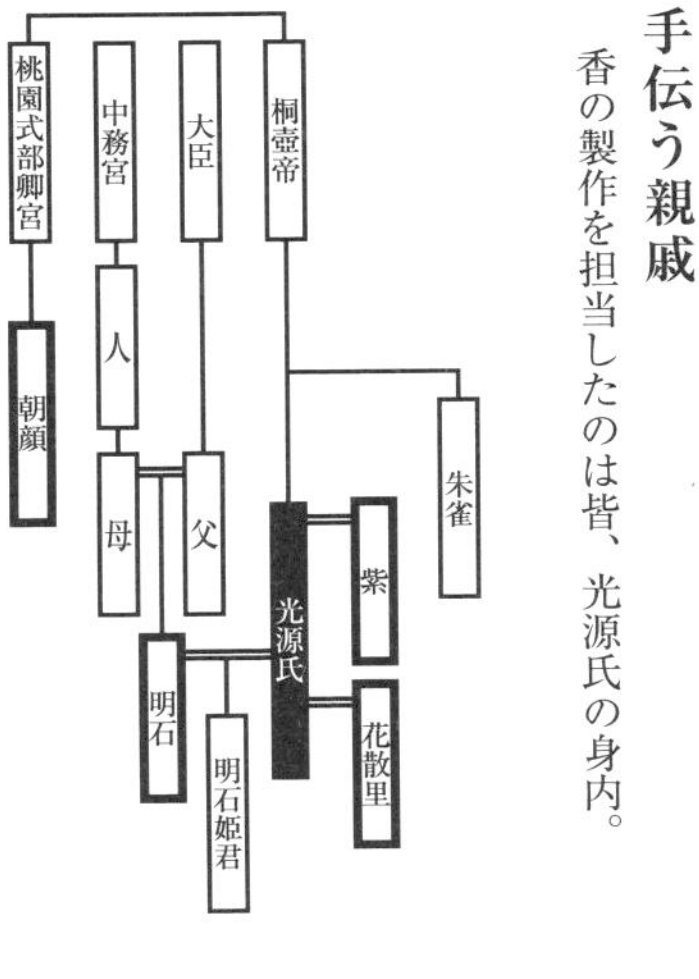

香

香は、各時代において重要な役割を果たしてきた。
もちろん『源氏物語』においても重要なファクターになっている。
その歴史や使い方などを知っておこう。

香の歴史

飛鳥・奈良時代

薬として、また仏教のツールとして香を輸入・使用するようになった。

平安時代

源氏物語の時代。香木《こうぼく》を砕いて布の袋に入れる匂い袋と、原料を砕いて蜜で練って丸める練香《ねりこう》が中心。

室町・江戸時代

香木そのものをたく、香りを当てる、など香道《こうどう》となっていく。

練香の作り方

原料

●沈香《じんこう》、丁子《ちょうじ》（東南アジア産）、白檀《びゃくだん》（東南アジア、インド産）、
●貝香《かいこう》（中国南海産）、
●麝香《じゃこう》（雲南～ヒマラヤ生息の麝香鹿の分泌物）

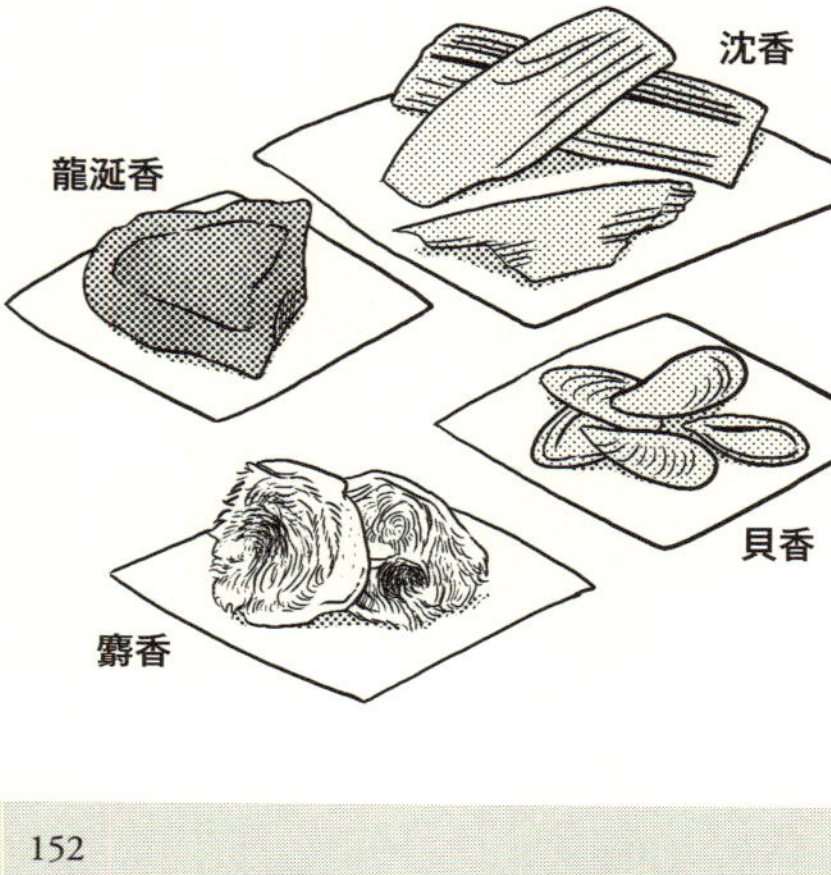

●龍涎香《りゅうぜんこう》（抹香鯨の体内生成物）など。

国内では産しない稀少品ばかりだ。

作り方は原料を鉄臼《かなうす》で細かく搗《ひ》き、篩《ふるい》にかけてから、方《ほう》（レシピ）に従って混ぜ合わせ、甘葛《あまずら》でまとめる。

水辺に埋めて湿り気を与え、香りを落ち着かせることもあった。

ちなみに「沈《じん》の箱」など、木材としての沈が古典には出てくるが、これは紫檀《したん》や黒檀《こくたん》のことと思われる。

練香のたき方

香は、火取という道具を使ってたく。服にたきしめる方法は、火取の上に大きな籠を伏せ、衣装を上に載せる。「真木柱《まきばしら》」巻や「若菜《わかな》」上巻に場面がある。

また、空気中に漂わせる香を、空だきという。女房が扇いで香煙《こうえん》を広げた。

空だきは控えめなのが奥ゆかしいとされた。「花宴《はなのえん》」巻では右大臣家の煙たさが「派手で品がない」、「鈴虫《すずむし》」巻では女三宮《おんなさんのみや》の部屋が「富士山の噴火のよう」と非難されている。

「香」にまつわる単語

●追い風…よい香りをまとった人が通り過ぎるときに起こるかぐわしい風。

●移《うつ》り香《が》…よい香りをまとった人に接触してついた香り。

●残《のこ》り香《が》…よい香りをまとった人が去った後に残っている香り。

●源氏香《げんじこう》…江戸時代に生じた香の遊びで、源氏物語の巻名をつけた香を、独得の幾何学模様で表す。本書でも各巻頭にこの源氏香の模様をつけた。

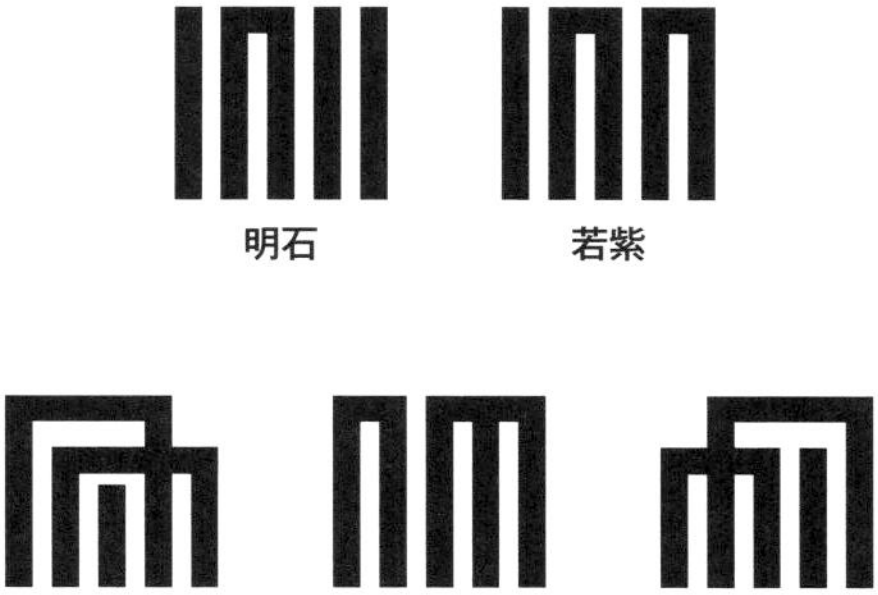

藤《ふじの》裏《うら》葉《は》

登場人物

光源氏（主人公）
紫（正妻♥）29歳
頭中将（親友・ライバル✕）
夕霧（息子）18歳
雲井雁（頭中将の娘）20歳
明石姫君（娘）11歳
冷泉（秘密の子）
朱雀（兄）

用語解説

入内…皇后、中宮、女御になる人が、内裏に入ること。
行幸…天皇が出かけること。

光源氏（39歳）
夕霧《ゆうぎり》と雲居雁《くもいのかり》が引き裂かれて六年……
頭中将《とうのちゅうじょう》
今更別の相手というのも……
夕霧はいまだに怒っているようだし……
雲居雁
私が折れるべきか
頭中将殿が？
自邸で藤の花の宴を行うので
夕霧殿にもぜひいらしてほしいと父上が
柏木《かしわぎ》
夕霧
光源氏
私の衣裳から服を選んで着て行きなさい
父上
よかろう行っておいで

藤の花の宴
二人の結婚を認めよう
ありがとうございます！
夕霧！
夕霧……耐えたかいがあったな
妃にして競争に巻き込むより幸せだろう
頭中将も心から夕霧を迎え二人は昔大宮と暮らしていた屋敷を改修し住むことに

一方明石姫君《あかしのひめぎみ》も
春宮《とうぐう》と結婚
姫…
大きくなって！
明石《あかし》
お久しゅう
ございます
長年会えずにいた
実の母に再会
明石の御方、
紫です。
む…紫さま！
そ、そんな
わたしのような
身分の者に…
お会いできて
うれしく思いますわ
いいのよ！
一緒に姫君を
支えて
いきましょう！
…ええ！

そして光源氏は
冷泉帝《れいぜいてい》
40の祝賀に光君に最高の名誉を与えたい
二人で六条院を訪ねましょう
ふむ……
朱雀上皇《すざくじょうこう》
その年の冬天皇と上皇は六条院に行幸する
光源氏は栄華の絶頂に立ったのです

予言の成就　めでた尽くしのハッピーエンド

第一部を締めくくる本編です。これまでの懸案がすべて解決され、慶事が目白押し、大団円となります。まず光源氏の息子・夕霧《ゆうぎり》が結婚。初恋の雲居雁《くもいのかり》と長年引き裂かれていたのですが、ついに純愛の実るときが来たのです。ついで娘・明石姫君《あかしのひめぎみ》が春宮（のちの今上帝）の妃として入内。美しく理想的な妃として宮中の花形となります。明石姫君に付き添った養母・紫《むらさき》は、女御《にょうご》と同等に遇されるという名誉を得ました。実母の明石《あかし》は念願かなって明石姫君と再会、ついでに紫ともすっかり親しくなります。加えて光源氏がさらに昇進、准太上天皇《じゅんだじょうてんのう》という位につきます。極めつけは天皇と上皇そろっての光源氏邸への訪問。光源氏は天皇・上皇と同じ列に座ることを許され、盛大な宴を楽しむのでした。

思い出してください、光源氏の物語は、彼が臣下に下ろされたとき動き出しました。今、光源氏は復権を果たしたのです。時に三十九歳。四十歳から老人とされる時代ですから、長い道のりでした。

これで光源氏のサクセス・ストーリーは終わります。雇われ作家・紫式部としても役目は果たしたはずなのです。しかし紫式部の胸のうちには、これだけで終われないという思いが生まれていたのでしょう。身分が高くなれば成功なのか。幸せそうな人々は本当に幸せなのか。作者は人の暗部をのぞきこむ旅を始めます。第二部の始まりです。

人物クローズアップ

あまのじゃくな頭中将《とうのちゅうじょう》

理性と感情が戦うタイプの人。冷静に考えれば雲居雁は夕霧に許すしかなかったのだが、そう認めることができず今に至った。少年の心を残した人なのだろう。

聡明な藤典侍《とうのないし》

「少女」巻で夕霧と出会ったあと、忍ぶ仲となっていたようだ。処世術にかけては夕霧に勝る。夕霧と割り切った関係を、しかし長く続け得たキャリアウーマン。

豆知識　催馬楽《さいばら》

夕霧の婚礼のとき、美声の紅梅が歌ったのが催馬楽という古代歌謡。元は民謡だったが平安時代には雅楽の調べに乗せて宮廷や宴で歌われた。歌詞は素朴な恋愛ものが多い。この巻で歌われる「葦垣」は男が女を盗む歌、夕霧が引用する「河口」は「親は禁じたが二人は既に寝た」という歌である。はるか昔「紅葉賀」巻では好色な老女・源典侍が催馬楽を歌って光源氏を誘っていた。

知っておきたい!

准太上天皇

原典には「太上天皇に准（なずら）ふる御位」とある。「太上天皇」とは譲位後の天皇、つまり上皇のこと。「准」は「準優勝」などの「準」と同じ。つまり上皇に準じる位ということになる。光源氏は皇族に復し「六条院」と院号をつけて呼ばれる身となった。

光源氏は「桐壺」巻で「天皇にもならず臣下にもならない」と摩訶不思議な予言をされている。「光源氏は何になるのだろう？」当時の読者たちは興味しんしんで読み進んだはずだ。

そしてこの巻で光源氏は准太上天皇になった。確かに天皇でも臣下でもない。かくして予言は果たされた。

実は、源氏物語の中にもう一人、「准太上天皇」扱いをされた人がいる。光源氏の運命の恋人、冷泉帝の母である藤壺だ。光源氏と藤壺が共に、というのも運命的ではある。

この「准太上天皇」、史実と照らし合わせると興味深い。女性では藤原道長の姉が991年に得たのが最初。男性では「小一条院」1017年の事例しかない。そのため、「源氏物語の執筆は1017年以降だ」「准太上天皇に関する記述はあとで書き加えられたのだ」等々、さまざまな説がある。

ここまでの人物相関図

珍しくないいとこどうしの結婚

夕霧と雲居雁、明石姫君とその夫春宮はいとこ。光源氏、冷泉、夕霧3人の顔がそっくりだと書かれているが、血筋を見れば驚くことではない。

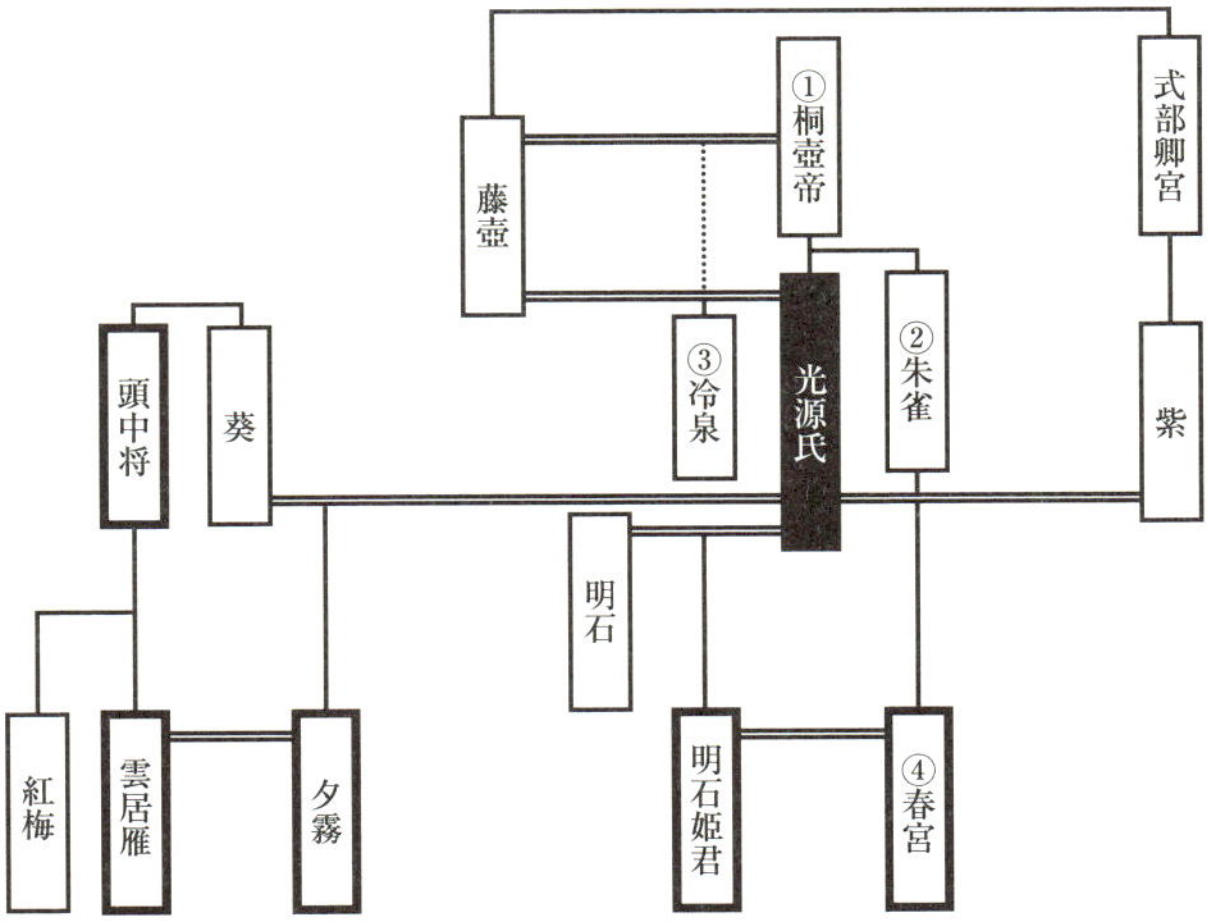

第一部　其ノ伍
まとめ

幸せの絶頂を迎える大団円

光源氏、最高の栄誉を得る

長い外伝だった玉鬘十帖が終わり、話は本筋へ回帰します。光源氏の子どもたちが華やかに結婚、光源氏自身も准太上天皇となり、大団円となるのでした。

財と人脈の粋を尽くし慶事を祝う

光源氏の一人娘、明石姫君《あかしのひめぎみ》の裳着《もぎ》（成人式）が近づきました。ふだんは全て「簡略に」と贅を戒める光源氏も、このときばかりは財と人脈の粋を尽くします。

まず、貴重な香木を屈指の貴婦人方に送って調香を依頼。能筆の知人たちには揮毫《きごう》を頼み、光源氏自身も腕をふるいます。集まってきた香や書道は、当代一の趣味人・螢宮《ほたるのみや》に審査され、絶賛つきの折り紙を得ました。

一方で嫡男・夕霧《ゆうぎり》には、長く辛い恋の成就が近づいていました。ついに相手の父・頭中将《とうのちゅうじょう》に許され、盛大に婿入りしたのです。

明石姫君は春宮（皇太子）と結婚、養母の紫《むらさき》は、女御《にょうご》に等しい待遇で宮中への出入りを許されるという名誉を賜りました。生母の明石《あかし》も、身分低さゆえに長年娘と隔てられていましたが、後見人の地位を得、涙の再会を果たします。

光源氏自身は、准太上天皇の地位を得ました。そして冷泉《れいぜい》（天皇）と朱雀《すざく》（上皇）そろっての行幸を六条院に迎えるという、最高の栄誉を得たのです。

予言の成就

天皇でも臣下の長でもない貴人になる、三人の子は、天皇・中宮《ちゅうぐう》・太政大臣《だじょうだいじん》になる——若き日に予言された光源氏の運命です。天皇でも臣下の長でもない、という不思議な地位は、准太上天皇（上皇に準じる地位）になることによって果たされました。秘密の子・冷泉は天皇の位にあり、明石姫君も春宮の妃となったためいずれ中宮になると思われます。夕霧の出世も順調ですから、ゆくゆくは太政大臣でしょう。かくして予言は成就したのでした。

敗者の境遇

光源氏が権力闘争で打ち負かした親友・頭中将は、太政大臣になりました。のちの武家時代は敗北＝無残な死ですが、平安の世はのどかなものです。情と徳による治世が理想とされ、勝ち過ぎも負け過ぎも嫌われました。

これは平安貴族が敵も親戚という狭い世界で生きていたためでしょう。また、このような同質社会だからこそ、稀有に洗練された文化が育ち得たのだとも言えます。

第一部の特色

これで第一部が終了しました。要するに、天降った神の ような光源氏が、俗世のかたきに苦しめられつつも至上の栄光を手にする、という話です。その合い間合い間に中流の読者も楽しめるような、身近感ある外伝が織り込まれ、楽しい読み物に仕上がっています。

その他の特徴としては、反世俗的な雰囲気が挙げられます。光源氏は政略結婚向きの妻（葵《あおい》や朧月夜《おぼろづきよ》）を避け、みなし子の紫を愛します。また、権力者であるにも関わらず、年長者を立て息子に苦学させるなどの行動を取ります。いわば現在の社会への批判がこもった胸のすくサクセス・ストーリーなのです。

継子《ままこ》いじめ話や神仏の御利益譚など、昔話を発展させた話が多いのも特色です。平安初期の原始的な物語を消化し、新たな地平を拓きつつある作者の姿がうかがえます。

系図に見える左大臣側の勝利

一巻めでは左右大臣の力が同等だった。今、右側は先細りだ。勝利した側には系図に載る著名キャラが多く生じ、政略結婚も集中していっそう人が増える。

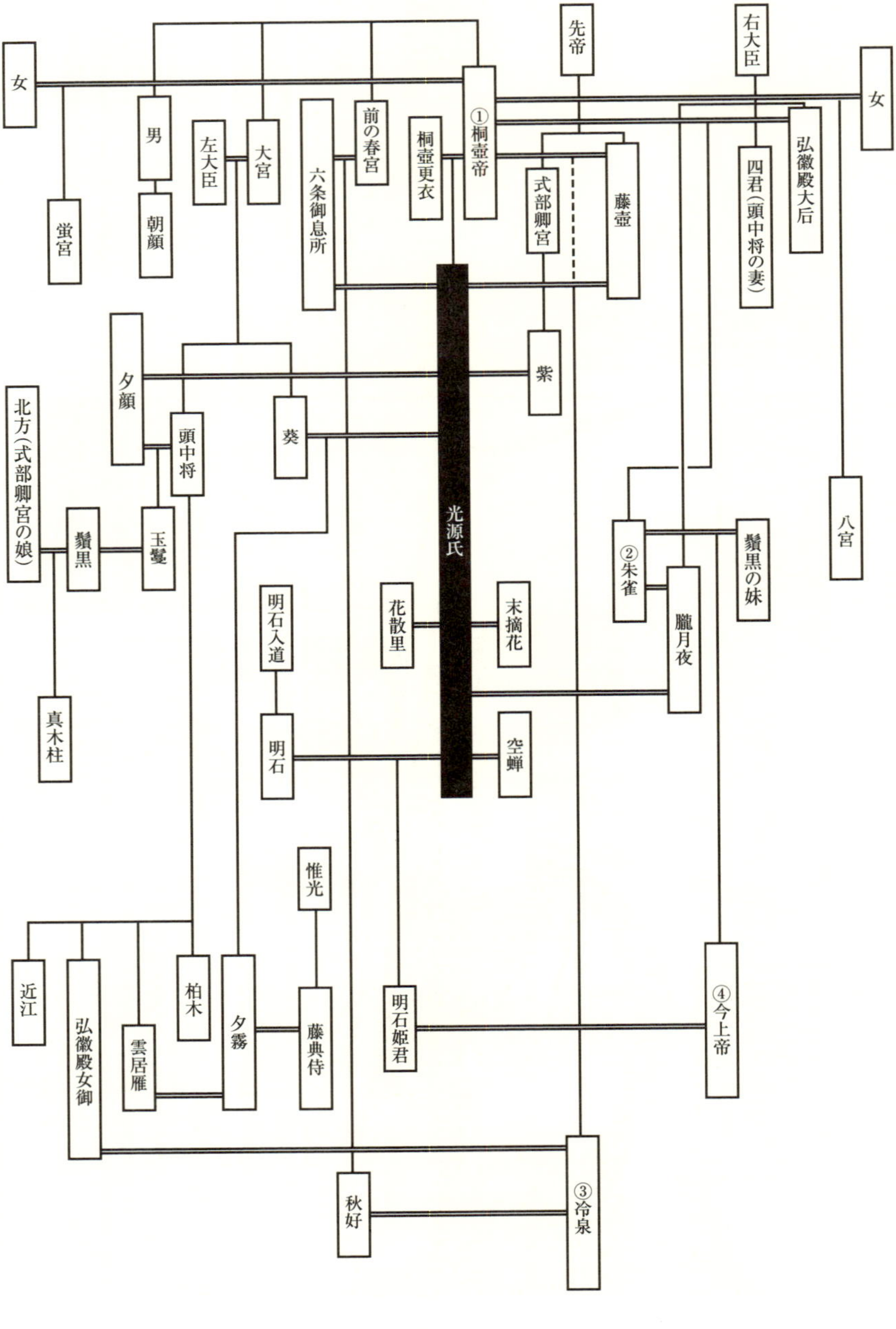

縁談がまとまり
式部は父を残して帰京、
結婚しました
式部の新郎・藤原宣孝《ふじわらののぶたか》は
20歳以上も年上
ほかに何人も妻がいて、
式部以上の年齢の子もいました
しかし式部は貧家の
しかも適齢期を過ぎた娘
これぐらいの縁談が
相場だったのでしょう
すぐに娘(賢子《けんし》)が
生まれ
な…なに
なさって
いるのですか!!
つっ
あなたからの
文があまりに
素敵だから
おやめ
下さい!!
痴話げんかも
ありましたが
うまくいっていた
夫婦生活でした
しかし……
宣孝は急死
未亡人となった
式部のもとに
女房勤めの
話が来ました
女房?
…私が?

当時最高の権力者・藤原道長《ふじわらのみちなが》から「わが娘・中宮彰子《ちゅうぐうしょうし》に仕えよ」と命令が下ったのです
どうして私が？
おまえの書く「光源氏の物語」が評判で……宮さま《中宮彰子》も是非にと
わかりました
内気な式部に女房勤めは苦痛でした
とは言ったものの私に勤まるかしら
唯一の利点は……
新しい紙をお持ちしました
道長というスポンサーを得て紙・墨に不自由しなくなったこと
式部は順調に大作『源氏物語』を書き上げていくのでした
道長政権への批判もさりげなく織り込みながら……

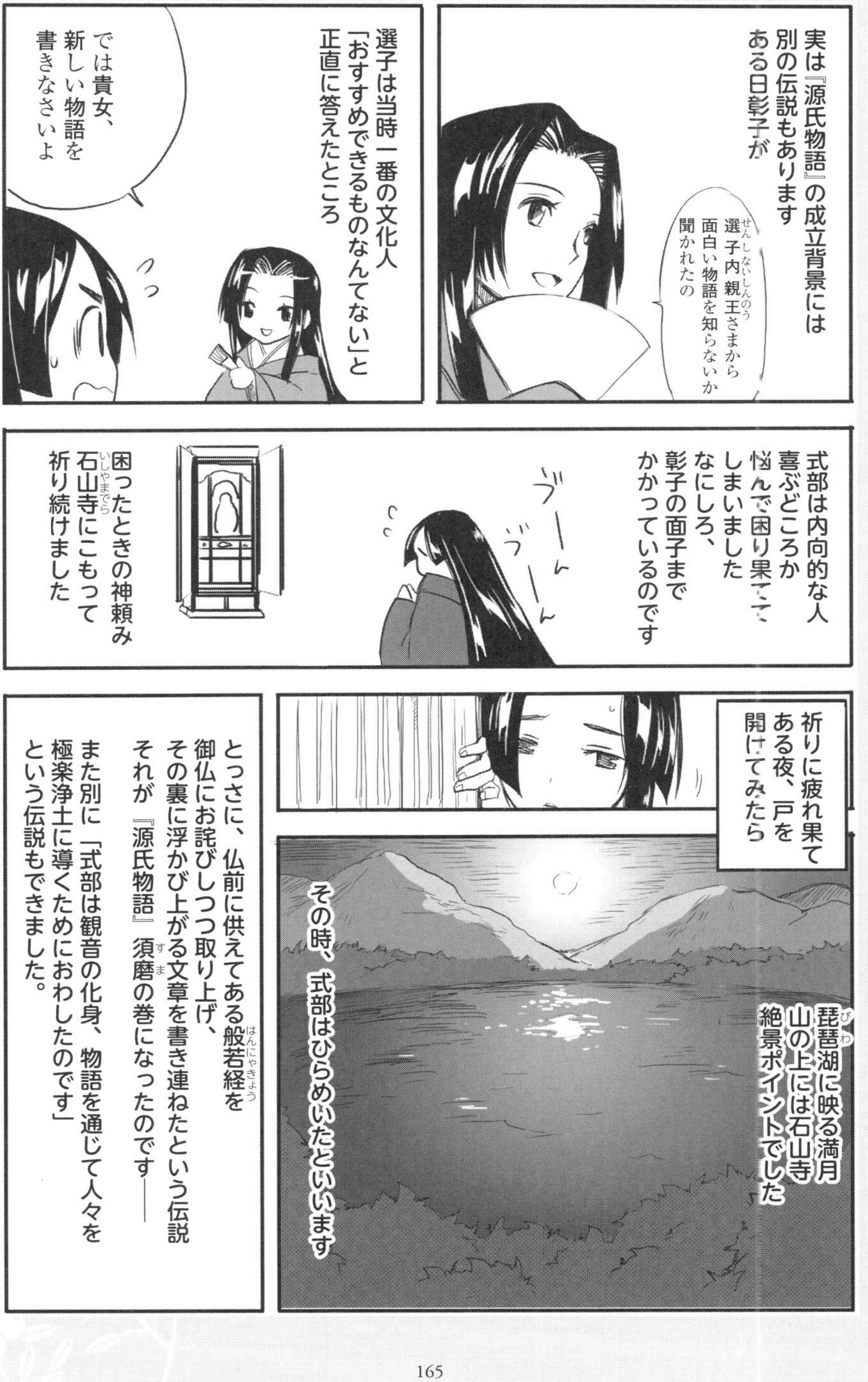
実は『源氏物語』の成立背景には
別の伝説もあります
ある日彰子が
選子内親王《せんしないしんのう》さまから
面白い物語を知らないか
聞かれたの
選子は当時一番の文化人
「おすすめできるものなんてない」と
正直に答えたところ
では貴女、
新しい物語を
書きなさいよ
式部は内向的な人
喜ぶどころか
悩んで困り果ててしまいました
なにしろ、彰子の面子までかかっているのです
困ったときの神頼み
石山寺《いしやまでら》にこもって
祈り続けました
祈りに疲れ果て
ある夜、戸を
開けてみたら
琵琶《びわ》湖に映る満月
山の上には石山寺
絶景ポイントでした
その時、式部はひらめいたといいます
とっさに、仏前に供えてある般若経《はんにゃきょう》を
御仏にお詫びしつつ取り上げ、
その裏に浮かび上がる文章を書き連ねたという伝説
それが『源氏物語』須磨《すま》の巻になったのです――
また別に「式部は観音の化身、物語を通じて人々を
極楽浄土に導くためにおわしたのです」
という伝説もできました。
つづく

第三部

不信と不幸の凋落時代

欠け始める月、栄華の翳り

光源氏が若く高貴な妻・女三宮を新たに迎えたことから、
六条院の秩序は狂い始めます。
苦悩した紫は発病し、
女三宮は密通して子を産みました。
光源氏は自身の老いと、
犯した罪の報いを見つめながら、
人生をしめくくる準備を始めるのでした。

メインイベント
・女三宮の嫁入り
・紫の苦悩と発病
・女三宮と柏木の不義
・紫の死と光源氏の哀悼

巻

登場人物

光源氏《ひかるげんじ》（39～52歳）
準太上天皇。六条院の主。

紫《むらさき》（29～43歳）
光源氏の妻。オールマイティな貴婦人。

女三宮《おんなさんのみや》（13・14歳～26・27歳）
新たに光源氏の正妻となった内親王。幼稚で思慮に欠ける。

柏木《かしわぎ》（23・24歳～32・33歳）
頭中将の息子。女三宮に恋している。

朱雀《すざく》
光源氏の異母兄で上皇。女三宮の父。めめしい性格。

夕霧《ゆうぎり》（18～31歳）
光源氏の息子。柏木の親友。まじめな堅物。

明石《あかし》（30～43歳）
光源氏の身分低い妻。明石姫君の生母。

冷泉《れいぜい》
天皇、のち上皇。光源氏の不義の子。

若菜《わかな》(上)

登場人物

光源氏(主人公)
紫(愛妻♥)29~31歳
女三宮(正妻♥)13・14歳~15・16歳
柏木(女三宮に恋する青年)23・24歳~25・26歳
夕霧(息子)18~20歳

※用語解説

出家…この世間での生活を離れて、仏門に入ること。
蹴鞠…数人で鞠を足の甲で蹴り上げて落とさないように受け渡しする貴族の遊び。

光源氏(39~41歳)

朱雀上皇《すざくじょうこう》は出家※を考えていました
ただ最愛の娘、女三宮《おんなさんのみや》の行く末が心配です
それで頼りになる男性に嫁がせようと考えました
螢宮《ほたるのみや》はちょっと風流好みで頼りない……
夕霧《ゆうぎり》こそ……と思うが幼なじみ(雲居雁《くもいのかり》)と結婚したばかりだし……
柏木《かしわぎ》はよい青年だがまだ身分が低すぎる
しかし、最終的に婿として選ばれたのは
光源氏当時39歳でした

光源氏《ひかるげんじ》は紫《むらさき》に
どう告《つ》げたらよいか悩みます
兄上の財力と権力をよそへ渡すのは危険だ
女三宮は内親王という最高の身分だし……
断れる縁談ではない
それに……
藤壺《ふじつぼ》さまの姪御
相手は女三宮様……
紫
私など到底かなわない身分だわ……
この六条院がいっそう華やかになりますわね
ほっ
私も協力させていただきます

女三宮さまは若く美しく
財産持ちで最高の身分
対して宮家の娘なれど
孤児のような育ちで
財産も親兄弟もない私……
光君と私の絆はまさに愛情だけ
純粋だけれど、
頼りない……
女三宮さまも
うまく溶け込み
ましたね
まさに紫様の
協力のおかげ
ですわ
光君の栄華も
いよいよ素晴らしいものと
なりましたね

一方、頭中将《とうのちゅうじょう》の息子・柏木は女三宮が忘れられませんでした
父の勧めで姉上・落葉宮《おちばのみや》と結婚できそうだが…
やはり最高の女性は女三宮さま
落葉宮
そして六条院にて蹴鞠《けまり》※の催しが行われたとき
に－－
夕霧
猫……？
あ……！
あ、猫が出ていっちゃった
宮様！
当時の女性にとって、「立っていること」「男に姿を見られること」はとてもハシタナイことでしたが
だらしない方だなぁ……
なんという運命だ……！

表面的な栄華とその裏

華やかな小説だった第一部が終り、憂愁に満ちた第二部が始まりました。作者の関心は栄華の陰にある苦悩を描くことに向かっていきます。

「若菜」巻の冒頭、光源氏の兄・朱雀《すざく》は愛娘・女三宮《おんなさんのみや》を光源氏にめあわせようと考えました。女三宮はおそらく問題のある姫だったのでしょう、その頼りない様子に胸を痛め、朱雀は光源氏に託したのでした。朱雀の息子・春宮《とうぐう》（のちの今上帝《きんじょうてい》）もこの結婚に賛成します。

光源氏にとってこれは見過ごせない問題でした。下手をすれば次代の天皇の面子をつぶします。今上帝は光源氏の血縁ではないため、注意して関係を良好にしておかねばならないのです。また女三宮には朱雀上皇の発言権や莫大な財産が付属しています。もし女三宮が柏木《かしわぎ》（頭中将《とうのちゅうじょう》の息子）に嫁いだら、注意ぶかく抑え込んできた政治的ライバル・頭中将側が息を吹き返してしまうでしょう。

光源氏としては女三宮と年がつりあう息子・夕霧に動いてほしかったところでしょうが、あいにく夕霧《ゆうぎり》にはこれを危機と感じるセンスがありません。また光源氏にも、まだ息子に頼む年ではないといった、初老の男の自負があったものと思われます。

かくして光源氏は結婚に踏み切りました。そしてこの結婚が、光源氏の苦心のたまもの、六条院を崩壊へ導いていくのです。

人物クローズアップ

気弱な朱雀

朱雀は能力も人望も光源氏にはかなわないと諦めている。劣等感が反発でなく慕情となるのがこの人らしい。強い母に圧倒され続けたせいか強い人に惹かれるようだ。

自分自身を知る　明石姫君

雲の上人として育てられて地上のことは知らない究極のお姫さま。出自の低さを知らされて開眼、次第に成長していく。当時のお姫さまの理想形。

深読み

唐猫

猫は経典をネズミの害から守るため、奈良時代に中国から輸入されたといわれている。土着の猫もいたらしいが、平安貴族には中国から輸入されたばかりの「唐猫」が珍重された。天皇の愛猫には位や乳母が与えられたと書かれている。『源氏物語』では、柏木が唐猫を女三宮の身代わりと熱愛しているが、女三宮は猫に関心がない。二人の不均衡な愛が象徴されている。

知っておきたい!

明石入道が見た夢

「若菜」巻は上下合わせて源氏物語全体の約10%を占める長大な巻。注目すべき点は多いが、ここを逃がしては取りあげる機会のない明石一族のエピソードを右の表にまとめた。

光源氏と明石入道、それぞれが子孫の繁栄を告げる占いを得たことがあるのがわかる。二人にとって占いとは、「それを実現させるためには自分の努力が要るもの」だったようだ。「若菜」上巻で明石姫君の出産を見届けた明石入道は、財産の全てを娘と寺に譲って清貧の勤行生活に入る。若いときは金稼ぎに明け暮れた明石入道だが、富が目的でなく手段であったところが爽やかだ。

巻名	内容
若紫	従者良清が噂話をする。「明石に美しい娘がいる。父は『必ず高貴の人に嫁がせる』と言っている。」
須磨	明石入道、住吉明神に娘の出世を祈願している。光源氏が須磨に来たのは運命だと考える。
明石	光源氏、「住吉明神の導きに従え」という夢を見る。
明石	明石入道、「住吉明神に願掛けしている娘がいる。都の貴人に嫁がせたい」と語る。光源氏、「住吉明神」という所に運命を感じ、結婚する。
澪標	明石、女児出産。光源氏、かつての占いを思い出し、女児の皇后教育を始める。
若菜（上）	明石入道、かつて「自分が日陰者となって中宮と天皇を産み出す。そののち極楽往生する」という夢を見たのだ、と語る。 光源氏、この夢の話と自分の運命を思い合わせる。
若菜（下）	明石姫君が産んだ第一皇子、春宮になる。
御法	明石姫君、中宮になる。

ここまでの人物相関図

藤壺の魔的な引力

女三宮は藤壺の姪、紫のいとこ。光源氏が女三宮によろめいたのも一因は藤壺との血縁のせい。

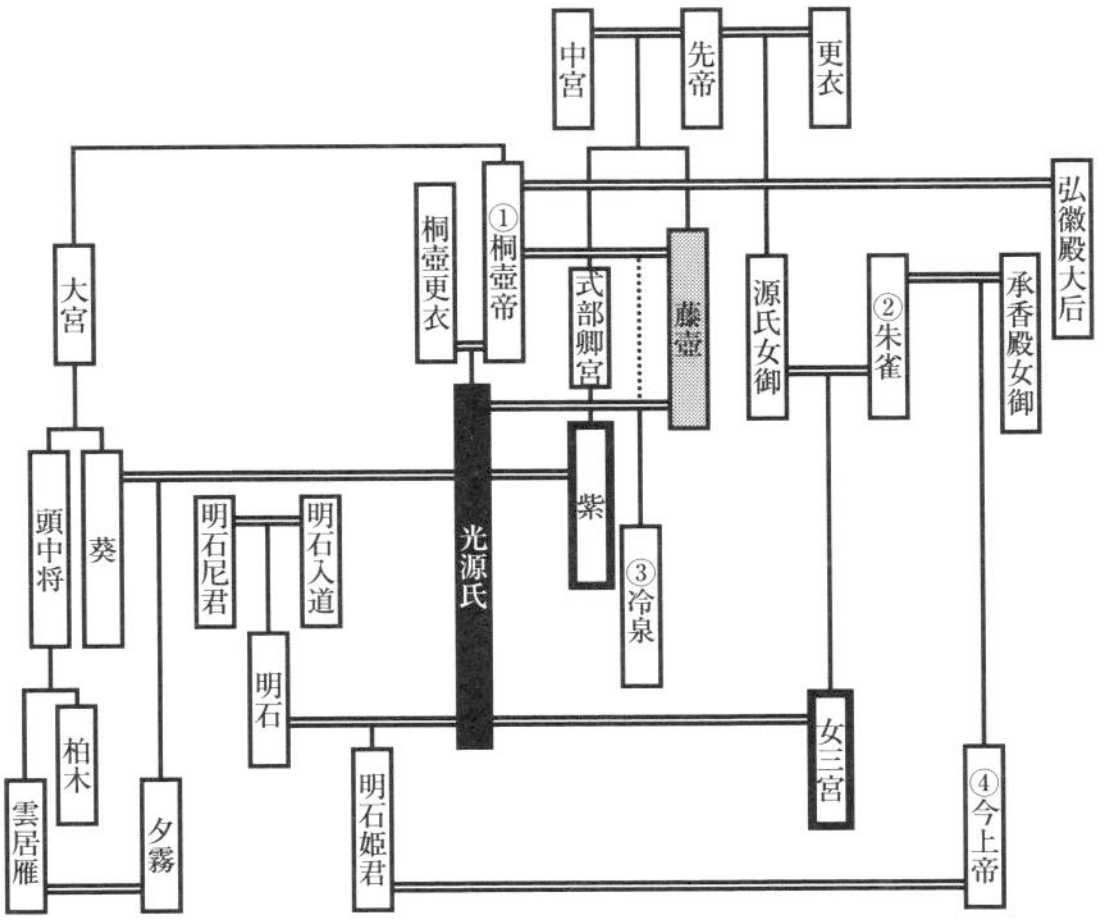

書道、筆跡

書道は平安時代、すでに発展していた文化のひとつ。
その理由や『源氏物語』での登場の仕方を確認しておこう。

貴族たちの必須の教養

平安時代、書道は著しく発展した。公的には行政文書、私的には文通と、貴族にとって必須の教養だったからである。能筆の書物は貴重な財産として扱われた。

当時の貴族たちは、筆跡から多くの情報を得ていたようだ。源氏物語の人物たちは筆跡を見て、書き手の教養や人となりを察知している。筆跡を見れば書き手が誰かも、だいたい推測できたらしい。

各キャラクターの筆跡を比較

『源氏物語』を例に、どんな筆跡があるのかを見てみよう。

●光源氏…むろん源氏物語随一の能筆家である。黄金の罫線より墨の筆跡の方が輝く、と描写されている。

●紫《むらさき》…光源氏の筆跡に上品さ・女らしさを添えた感じ。たいそう立派で魅力的な筆跡。

※書道を教えたのが光源氏であるため、筆跡が酷似している。

●藤壺《ふじつぼ》…光源氏いわく、「たいそう趣深く上品だがやや弱くて、あでやかさはない」筆跡。

※運命の恋人である藤壺の筆跡について、光源氏の採点は意外と辛い。ほめすぎて疑われることを怖れ、わざとけなしているのかもしれない。

●朧月夜《おぼろづきよ》…当代の名手だが、遊び心が強すぎて癖がある。

●朝顔《あさがお》…こまやかではないが洗練された筆跡。

●六条御息所《ろくじょうのみやすんどころ》…女性たちの中で群を抜く能筆家。たいそう風情があり、教養の深さがにじむ筆跡だが、やや高貴さを欠く面もある。

●秋好《あきこのむ》…細心さがあり美しいが、才気がない。

※秋好の字は母・六条御息所に比べだいぶ落ちるようだ。六条御息所は娘の教育より、光源氏との恋を優先したのかもしれない。

●玉鬘《たまかずら》…品はいいが由緒正しさを欠く。

※田舎育ちのため、しかるべき書道教育を受けていないのである。

●蛍宮《ほたるのみや》…達筆ではないが才気があり、清澄な感じの筆跡。

※政治への関心や実事の才はない、風流貴公子の蛍宮らしい筆跡である。

●末摘花《すえつむはな》…上下をきっちりそろえて書く古風な筆跡。字の線が彫りつけたかのように硬く、きつい。

※旧家の末娘として老いた父によって生まれた末摘花は、一昔前の書道教育を受けたのである。

●軒端荻《のきばのおぎ》…まずい筆跡をごまかし、気取って書いていて品がない。

●近江《おうみ》…「し」を長く書いてむやみにかっこつけているが、何流でもない、ごつごつした筆跡。

※軒端荻と近江は共に中流貴族。きちんとした教育を受けていないのである。

筆跡を形容することば

「鳥の足跡のような筆跡」弱った人の乱れた筆跡を形容することば。瀕死の一条御息所《いちじょうのみやすんどころ》が夕霧《ゆうぎり》に書いた文は、「鳥の跡のよう」で読みづらく、灯に近づいたために雲居雁に見つかり、取られてしまった。

若《わか》菜《な》（下）

登場人物

光源氏（主人公）
紫（愛妻♥）31～37歳
女三宮（正妻♥）15・16～21・22歳
柏木（女三宮に恋する青年）25・26歳～31・32歳
明石（妻♥）32～38歳
明石姫君（娘）13～19歳
夕霧（息子）20～26歳

光源氏（41～47歳）
朱雀上皇《すざくじょうこう》
次回、女三宮に会うときは琴の演奏を聞きたい
光君に教えられているのだからさぞ上手くなったことだろう！
とは言われたものの……特訓せねば
光源氏
正月過ぎのある晩 女三宮《おんなさんのみや》、紫《むらさき》、明石《あかし》、明石姫君《あかしのひめぎみ》を集めて女だけの音楽イベント「女楽《おんながく》」を開きました
明石の姫君
紫
明石
女三宮
当代最高の女たちが集まったこのイベントは六条院最後の華でした

女楽ののち紫は病に倒れます
紫さま!!
場所が凶なのではないかということでかつての二条院に引っ越してみますが
いっこうによくなりません
しっかりするのだ……
私がずっとついている私を置いて逝かないでおくれ……!
六条院は灯が消えたように人少なになりました
光君……

そんな寂しい夜
柏木《かしわぎ》はそっと
六条院に
やってきました
カサッ
私は光君を
父のように
尊敬している……
女三宮に
やましい気持ちなど
ないのだ
ただこの愛と尊敬の
気持ちを宮に聞いて
いただきたいのだ……
宮……！
だ、誰……？
美しい……！
しかし想像していた
威厳の人ではなく……
なんとひたすらに
可愛らしい方なのだ……！
気持ちが抑えられない……!!
宮……！
きゃあ！
誰か!!

光君
女三宮さまが
ご懐妊です
女三宮が？
最近はほとんど
二条院にいたというのに……？
とりあえず見舞いに行こう
この歳になって
子宝に恵まれるとは
うれしいことだ
これからはお体を大切に……
はい……
これは
これは
柏木からの
恋文……？

イベントに現れる運・不運

第二部の長大な一巻め「若菜」の下巻です。女楽《おんながく》を最後の盛事として、六条院の栄華は崩れていきます。厳しい自制心で六条院の秩序を支えてきた紫《むらさき》が心労の積りから発病、六条院は活力を失い、六条御息所《ろくじょうのみやすんどころ》の死霊が跋扈《ばっこ》し始めます。そして女三宮《おんなさんのみや》は柏木《かしわぎ》と通じ、不義の子を懐妊《かいにん》、さらにそのしだらを光源氏に知られてしまうのでした。

この巻で光源氏の衰運を象徴しているのが、女三宮の父・朱雀《すざく》に対する五十の賀です。五十の賀とは五十歳のお祝いで、妻や子といった関係者が縁起物の若菜を差し上げたり管弦・舞を披露したりする宴ですが、同時に催行者のデモンストレーションでもあります。光源氏は年明け早々の二月に、関係者一同の先頭を切ってこの賀を奉じるつもりでした。これは内親王を正妻に迎え、かつ舅《しゅうと》の信託に応えているという、光源氏の勢威の誇示なのです。

しかし賀の直前に紫が倒れました。その後、関係者の忌月が重なってなかなか行えません。十月と予定していましたが、今度は女三宮が体調を崩しました。しかもこの月に、朱雀の次女が夫・柏木と舅・頭中将《とうのちゅうじょう》の後援で盛大な賀を奉じてしまったのです。当時の観念ではこのようなぶざまは偶然ではありません。光源氏から運が失せているのです。光源氏にもついに凋落のときが来たのでした。

人物クローズアップ

永遠の子供　女三宮

恵まれた環境に育ち、父・夫に守られてお人形のように幸せにしていた人。深く考えることがなく、自分が辛ければ辛い、嫌なことは嫌、と究極に率直な人。

もろいエリート　柏木

優秀で誇り高いが、もろい面もある。女性への憧れが強く、女三宮に足を取られることとなった。女三宮に「『可哀相に』と言って下さい」と訴え続ける男。

深読み

扇　蝙蝠《かわほり》と檜扇《ひおうぎ》

扇は日本の発明品。蝙蝠は竹の骨に紙を貼った扇で主に夏に使われ、檜扇は薄い板の根元を金具で固定し先端を糸でかがった扇でもっぱら冬に使用された。

この巻では夏の朝、女三宮のもとで目覚めた光源氏が檜扇を使って「風がぬるい」と感じ、昨夜なくした蝙蝠を捜していて、柏木から女三宮宛の恋文を見つけてしまう、という設定になっている。

知っておきたい!

聡明すぎた人の悲劇・紫

もし紫が、光源氏と女三宮の縁談に反対していたら、どうなっただろうか。

ひと言でいって、紫が反対することはなかったろう。なぜなら、女三宮の兄、春宮（今上帝）のもとに最愛の養女・明石姫君が嫁いでいたからである。

明石姫君は女御という身分高い妃になっているが、至高の地位・中宮にはまだなっていない。娘を中宮にしてやるためには、春宮の顔をつぶす訳に行かなかったのである。

また、紫は光源氏と共に、六条院を築いてきた人である。そしてその栄華を維持するためには、女三宮ほどの身分の女性を逃すことはできなかった。

要するに賢すぎる紫には、「自分さえ耐えればうまく行く」「この縁談を壊したら未来はない」ことがわかってしまったのである。

実際、紫式部の同時代人に、似た状況を体験した夫婦がいた。藤原頼通とその正妻・隆姫である。頼通に内親王との縁談が来たとき、隆姫の母に猛反対した。縁談は立ち消えたが、隆姫に子がなかったせいもあり、藤原氏は衰運に向かった。

政治情勢をも見通せた紫はまさに賢夫人だった。しかし、賢くなかった方が幸せにはなれたことだろう。

ここまでの人物相関図

後の宇治十帖世代が誕生

今上帝と明石姫君の間にのちの宇治十帖世代が誕生。柏木は女三宮の身代わりに、姉の落葉宮をめとった。

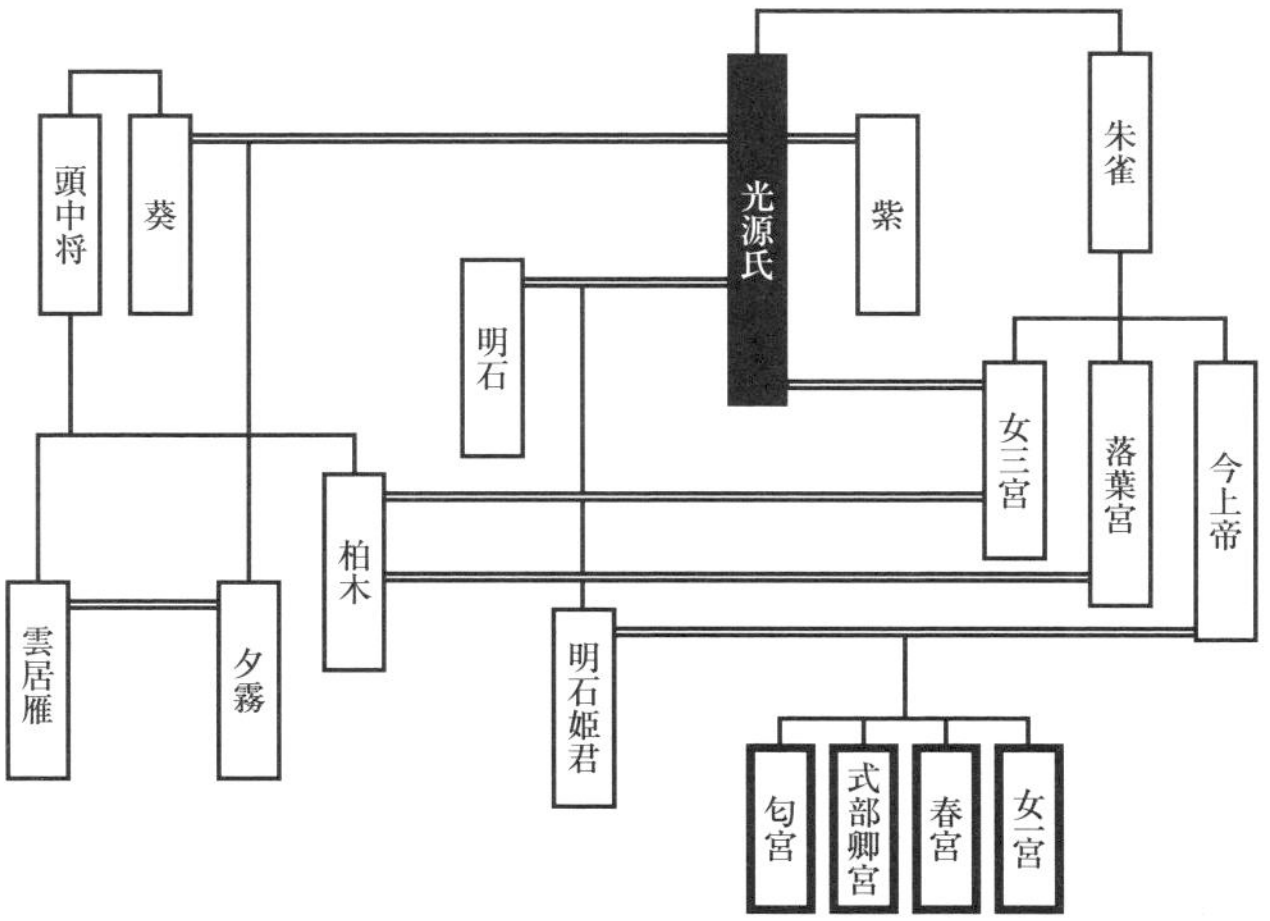

柏木《かしわぎ》

光源氏（48歳）
女三宮《おんなさんのみや》は男の子（薫《かおる》）を出産しましたが
おぎゃぁ おぎゃぁ
女三宮はなかなか回復しません
一方、光源氏は不始末が漏れぬよう表面上は取り繕っていますが女三宮と薫に対する冷たい感情を抑えられません
ああ、なぜこんなことに……
もう逃げてしまいたい!!!

登場人物

光源氏（主人公）
紫（愛妻♥）38歳
女三宮（正妻♥）22・23歳
薫（罪の子）1歳
夕霧27歳
柏木（女三宮に恋する青年）32・33歳

※用語解説

50日のお祝い…父と外祖父が箸を取って赤ちゃんの口にもちを含ませるお祝い。

女三宮不憫さに
こっそりと山を下りて
朱雀上皇《すざくじょうこう》が
見舞いに訪れました
宮、どうした
これは……
宮が犯したのだろう……
宮を出家させる⁉
そんな！
いや……
もう決めたことなのだ……
こうして光源氏と紫《むらさき》が
絶大な犠牲を払って
手に入れた栄華は
むなしく散って
しまうのでした

父のように慕っていた
光源氏を
裏切ってしまい
柏木《かしわぎ》は
恐れや後悔から
寝込んでしまいます
女三宮様が
出家なされた
そうです
このまま死んだほうが
光君にも許して
いただけるだろう
落葉宮《おちばのみや》
夕霧《ゆうぎり》よ……
どうか……
私が死んだら
落葉宮を
頼む……
柏木!!!

薫《かおる》の生後50日の祝い※がきます
光源氏
汝《なんじ》が父に似ることなかれ
女三宮も柏木も、もちろん許しがたい……
しかし私もかつては恋の過ちを犯したではないか
人を非難できる身ではない
もしや父上はご存知でいたのではないだろうか……

光源氏を打ち負かしたもの

第二部の二巻めです。女三宮《おんなさんのみや》が柏木《かしわぎ》との不義の子を産みました。世間は光源氏を栄華を極めた上に晩年高貴な妻をめとり、子まで授かった男と考えます。次々贈られるお祝いを光源氏は鬱々《うつうつ》と見つめます。

光源氏は常に上を目指し続けてきた男です。十二歳で臣下に蹴落とされてから、手を尽くして上昇し続けてきました。ふつうの人なら臣下の頂点である太政大臣を目指しますが、光源氏はそこで終わる男ではなく、理想の邸宅・六条院を造り、臣下を越えた位・准太上天皇になり、と飽かず上昇し続けてきたのです。次の一手が、ふさわしい妻を得ることでした。

紫《むらさき》は、可哀相なことですが、光源氏につり合う妻ではありません。宮家の娘ですが姫扱いされていなかった女性です。壮大なおとぎ話である第一部においては夢のシンデレラとして許容され得ましたが、物語がリアルさを増してくる第二部の冷静な視点で見てみれば、准太上天皇の正妻たる格ではありません。光源氏にとって女三宮は、六条院の画竜点睛《がりょうてんせい》、つまり最後の仕上げだったのです。

しかし今度は無理をしすぎました。バベルの塔が崩れ落ちたように、光源氏の望みも限界を越えて崩落したのです。その残骸を見つめつつも、もはや直す気力のない光源氏。それが老いということなのでしょう。

人物クローズアップ

とにもかくにも添い遂げた四君

この巻では柏木の死に嘆き惑う両親が描かれる。読者は感慨を覚えるだろう。柏木の父はむろんあの頭中将。母は右大臣家の四君だ。源氏物語冒頭の悪役・弘徽殿大后の妹である。頭中将の恋人・夕顔を脅迫したこともある気の荒い四君。頭中将とは政略結婚で仲が悪かったが、今は愛息の死の嘆きを共にしている。

深読み

自嘲

「柏木」巻の前巻「若菜」下巻には数年、時間の空白がある。作者がこのような時間合わせをしたのは、「柏木」巻で光源氏を48歳としたかったからだと思われる。

赤子の薫を抱いて光源氏が口ずさむ詩、それは白楽天が58歳のとき詠んだ「自嘲」。「父に似る事なかれ」という詩である。今、58歳まであと10歳と思いながら、「汝の父に似ることなかれ」と引用する光源氏。「おまえの父に似るな」とは、愚かな行為を憂いているのか、短命を憂いているのか、いずれにせよ、光源氏の老いへの哀れが漂う。

注）光源氏は権力よりもむしろ出家を志向していたという解釈もあります。

知っておきたい!

女三宮出家に際して　三者三様の心理模様

朱雀が娘・女三宮を見舞い、出家させる場面は、国宝「源氏物語絵巻」の名シーンとなっている。不安定な角度に描かれた几帳が生む緊張感と、視線の合わない3人（朱雀・光源氏・女三宮）が象徴的だ。

それぞれの心理をまとめると、

朱雀…光源氏に劣等感と、甘えたい気もちを持っている。自分の身代わりのように嫁がせた愛娘・女三宮を、光源氏が愛してくれないことが恨めしい。一方で、頼りない娘が不始末をしでかしたのではないかと勘づき、恐れてもいる。

光源氏…今後、今までのように女三宮を大事にしていく気にはなれないが、そまつに扱うと人目につく。出家してくれればごまかせるのでちょうどいい、と思う端から、若く愛らしい女三宮に未練もある。

女三宮については両説がある。「光源氏の冷たさを恨んでいる」と本文にある。総じて心幼い人だが、「柏木との恋を経て心理的に成長した」と読む人もあり、「不義への反省が皆無で相変わらず幼い」と読む人もいる。

女三宮はのちの宇治十帖で、この巻で産んだ薫を、親のように頼っているようすが描かれる。

ここまでの人物相関図

後の宇治十帖世代が勢揃いする

薫、匂宮と物語終盤の宇治十帖世代がそろう。柏木から見て女三宮ははとこで従兄の子である。

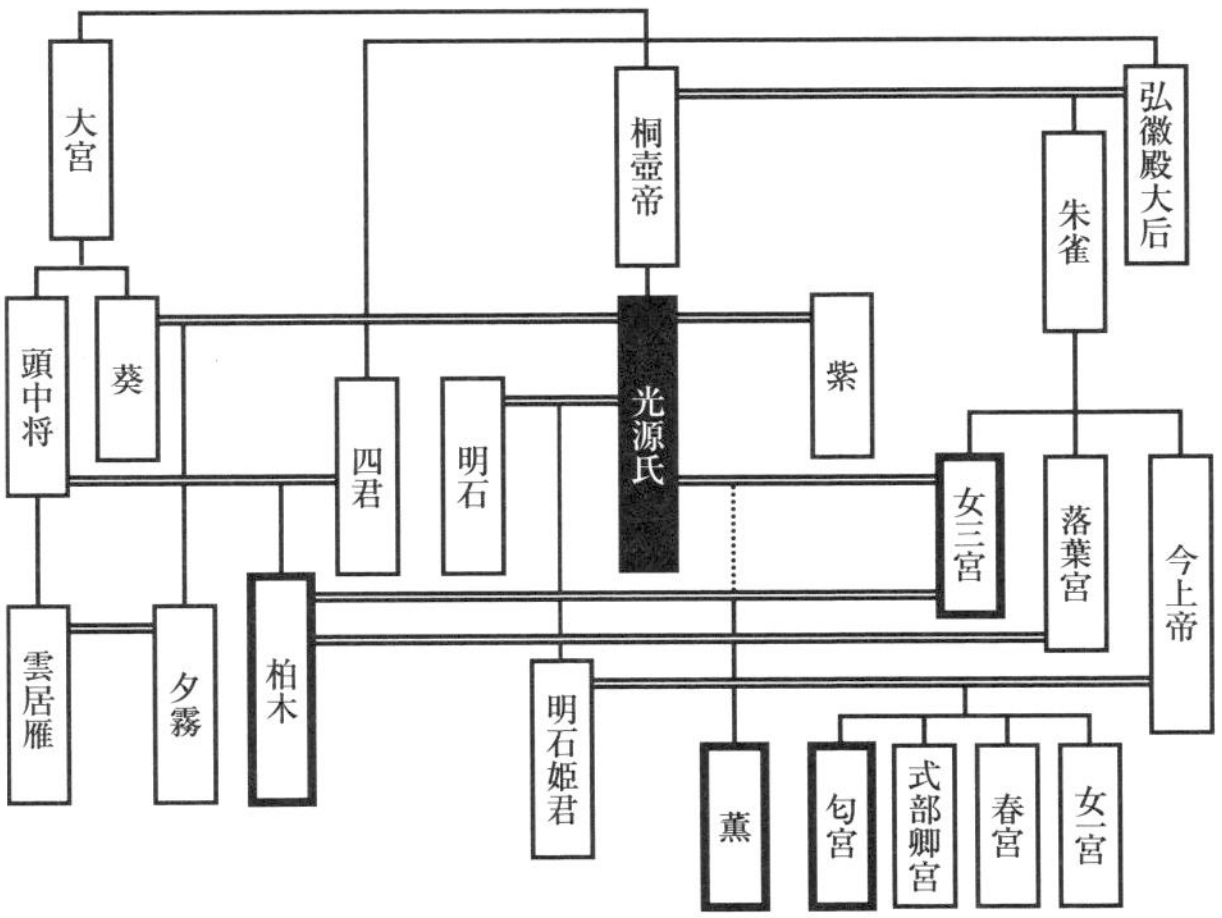

横笛《よこぶえ》

登場人物

光源氏（主人公）
夕霧（息子）28歳
落葉宮（柏木の未亡人）
薫（罪の子）2歳

光源氏（49歳）
夕霧《ゆうぎり》は亡き友・柏木《かしわぎ》の未亡人・落葉宮《おちばのみや》を訪問しました
主人を忘れないでいてくださるのね
落葉宮は夕霧に柏木の愛した笛を送りました
その夜夕霧が笛を吹いていると……
柏木!?
その笛を別の人に伝えたかった……
……夢に柏木が現れたのです
光源氏
きっと柏木はこの笛を薫《かおる》に伝えたいのだろう
光源氏は口実を設けて夕霧から笛を譲り受けたのでした
薫

反発する息子　夕霧

第二部の三巻めです。密通の結果女三宮《おんなさんのみや》は出家、柏木《かしわぎ》は死去し、薫《かおる》が二人の恋の形見として残りました。光源氏はわが若き日の藤壺《ふじつぼ》との罪を思い、また幼子・薫の愛らしさに心を慰めつつも、一点柏木への怒りが消えずにいる……しかし次第に日常へ回帰しつつあります。

一方この巻では息子・夕霧《ゆうぎり》が光源氏の批判者として登場してきます。かねてより親友でもありいとこでもある柏木の、女三宮に対する恋心を知っていた夕霧は、柏木が死の直前に光源氏へとりなしを頼んだせいもあり、真相に勘づいていました。その夕霧に、光源氏はいつもの通り、女性との付き合い方についてさとします。「自分自身、父上の注意を聞けなかったものだが、後になってみれば深いお教えだった」と、これが光源氏の思いです。

これに夕霧は反発します。「人のことはかっこよさそうに言うが、自分の体たらくは何だ」。ふだんより感情的な反感を抱いたのは、夕霧の中に柏木の未亡人・落葉宮《おちばのみや》への恋心が芽生えていたからでした。

柏木の遺言を伝えて秘密に迫る夕霧。何食わぬ顔ではぐらかす光源氏。父と子であり男と男でもある二人が散らす火花は、光源氏の何食わぬ顔によって揉み消されます。そしてこのとき夕霧が渡した柏木遺愛の笛は、のちに宇治十帖で薫が吹くことになるのでした。

深読み　率ておはせ

「率る」は「連れる」、「おはす」は「行く」の尊敬語。「おはせ」になっているのは命令形だから。これを口にしているのはのちに宇治十帖で活躍する匂宮、当年3歳だ。夕霧に「宮（自分のこと）をお抱き申し上げてあちらへ連れてお行きなさい」と言う。これを絶対敬語（いつ、誰にでも使う敬語）ととる説もあるが、子供が敬語を間違って使っている説を取ると、匂宮の愛らしさが強調される。

ここまでの人物相関図

三世代目の登場

光源氏の孫・匂宮と頭中将の孫・薫の並立だ。

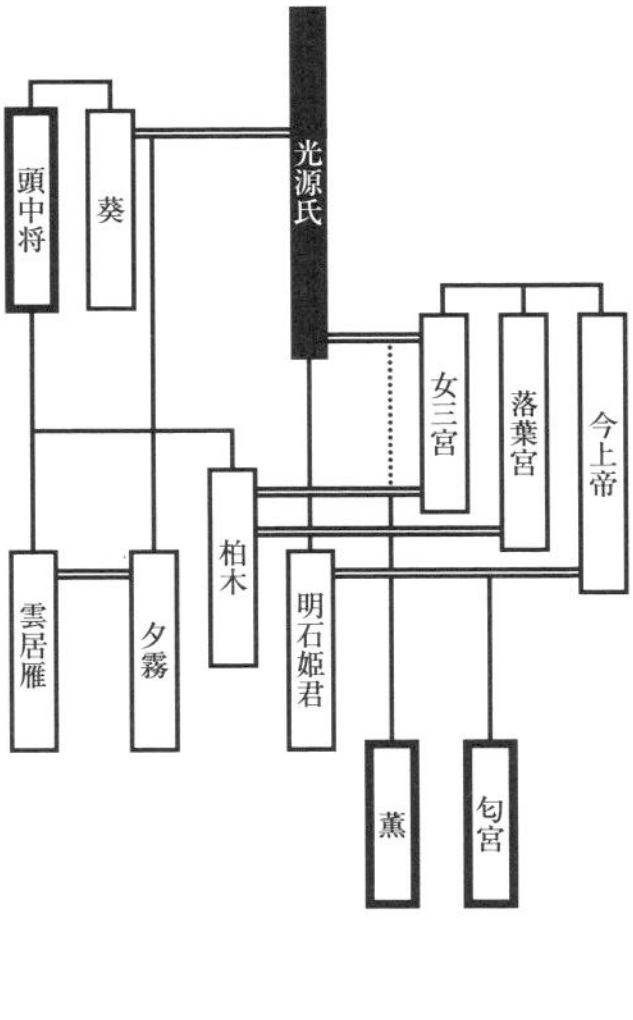
光源氏
頭中将
葵
女三宮
落葉宮
今上帝
柏木
明石姫君
雲居雁
夕霧
薫
匂宮

鈴《すず》虫《むし》

光源氏（50歳）
女三宮《おんなさんのみや》……今更ながら愛情を感じるものだな
光源氏
光源氏は冷泉上皇《れいぜいじょうこう》を訪ね月や鈴虫を愛でて管絃※の宴をひらきました
リーン
リーン
冷泉上皇
色々とあったものだ……
過ちの結果でも
愛しい我が子よ

登場人物

光源氏（主人公）
冷泉（秘密の子）32歳
女三宮（正妻♥）24・25歳
柏木（女三宮の恋人）故人

用語解説

管絃…楽器の総称。または音楽を演奏すること。

月光と虫の音のカタルシス

第二部の四巻めです。女三宮《おんなさんのみや》と柏木《かしわぎ》の不義は、薫《かおる》の誕生、女三宮の出家、柏木の夭折《ようせつ》を引き起こしました。この「鈴虫」巻ではこれら大事件が、鈴虫（今の松虫）の音と名月の中しめくくられます。

秀抜なことに作者は登場人物のやるせない思いを、描写しないことによって描き出しています。「鈴虫」巻に事件はありません。女三宮の仏像が供養され、光源氏が琴《きん》を弾き、冷泉の屋敷に人々がつどって月と鈴虫と楽を愛でた、それだけです。しかし各人のつながりと過去の事件を想起すると、行間に心理ドラマが見えてきます。

例えば女三宮の仏像供養。必要な品を縫ったのは紫《むらさき》です。自分を正妻の座から追い落とした女三宮の出家の品を縫いながら、紫は何を思ったでしょう。琴を弾く光源氏と聴き惚れる女三宮。かつて女三宮は光源氏から琴を習い、うまく弾けたとあどけなく喜んだものでした。今は何を思っているのでしょう。柏木を悼む言葉を口にする光源氏。本心でしょうか、それとも当てつけでしょうか。解釈は読者に委ねられています。

そして光源氏は冷泉《れいぜい》に会います。光源氏と藤壺《ふじつぼ》との不義の子、冷泉が久しぶりの再会に喜び、光源氏もまた慈愛の目を向けます。このとき光源氏の胸に去来したのは、もう一人の不義の子、薫の面影でしょうか。読者を深い読みに導きながら作者はただ美しい秋を描写するのです。

豆知識　謎のウェイリー訳

今日、源氏物語が世界的に知られているのはアーサー・ウェイリーの功績である。20世紀初頭、ウェイリーが翻訳した「The Tale of Genji」は古典的な名訳だ。しかしこのウェイリー訳には「鈴虫」巻がない。「訳す必要がない」とウェイリーは書いている。彼ほどの人がこの巻を読めなかったとは信じ難いが、来日したことがなかったため、名月と鈴虫がイメージできなかったのかもしれない。

ここまでの人物相関図

加害者でも被害者でもある光源氏

二件の不義があり、光源氏は加害者と被害者だ。

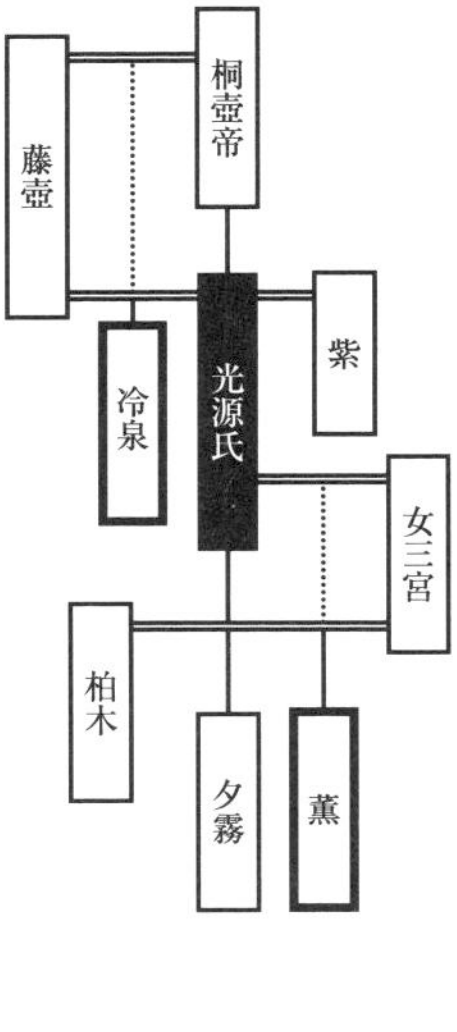

出家

出家とは、俗世を離れて仏門に入ること。
現代でもなじみ深いことばだが、
『源氏物語』が書かれた当時は人々の精神までも
支配していたようだ。

大きな位置を占める仏教

『源氏物語』の中において仏教や出家は、大きな位置を占めている。この背後には、当時の人が恐れていた末法《まっぽう》思想があった。すなわち時が経つにつれ仏法が衰えるという考え方である。さらに1052年が末法の世（仏法が廃れる世）の開始と考えられたことや、政治体制の乱れ、疫病の流行なども恐怖心を煽った。『源氏物語』では、現世での栄華を求める心と仏教的厭世観との葛藤も、重要なテーマの一つとなっている。

出家にまつわる習慣

男性は今日の僧侶と同じく剃髪したが、女性は「尼そぎ」という、おかっぱのような髪型にした。

当時、長く豊かな髪は女性美の最たるものだった。朱雀は娘・女三宮を出家させるとき、髪を長めに削いだとある。親心と未練が感じられる。

伊勢《いせ》斎宮《さいぐう》と出家

当時の宗教は、土着の神道と外来の仏教の混淆《こんこう》状態だった。しかし宮中や伊勢神宮では仏教色が忌まれた。

伊勢神宮で数年を過ごした六条《ろくじょうの》御息所《みやすんどころ》は、帰京後ほどなく出家している。「仏教から遠ざかっていた罪」を怖れたためである。神道と仏教の文化的葛藤が感じられる話だ。

求道物語としての源氏物語

光源氏の出家願望は、割と早期（絵《え》合《あわせ》巻）から語られている。そして第二部の後半で、紫の出家希望と併せてテーマ化されてくる。

光源氏は紫《むらさき》の死後出家し、嵯峨《さが》で勤行生活を送った。源氏物語は一人の人間が悩み苦しんだ末、理想の出家をとげる話としても読める。

理想の出家とは

源氏物語では「浅い心の出家」が批判されている。衝動的に出家して後悔したり、出家後も俗世を気にかけたりするくらいなら、在家で功徳を積む方がまし、と言いたげだ。そういった意味では反面教師だった朱雀。出家後も娘・女三宮の夫婦関係に干渉し続ける姿が描かれる。

後世の仏教思想と源氏物語

源氏物語成立後の日本社会は、より仏教色を強めていった。その思潮の中で源氏物語は、出家を勧める物語と解釈された。「紫式部は物語という方便で世の無常を知らしめた観音の化身である」という伝説が生まれたのもこのような思想のためである。

一方で源氏物語を愛執の物語と見る者もあった。紫式部は物語を書いたという「虚言の罪」で地獄に落ちただろう、という発想から、紫式部の供養塔が建てられたりもした。

夕霧《ゆうぎり》

登場人物

光源氏（主人公）
夕霧（息子）29歳
落葉宮（夕霧の意中の人）
一条御息所（落葉宮の母）
雲居雁（夕霧の正妻）31歳
藤典侍（夕霧の愛人）

光源氏（50歳）
まじめ男の夕霧《ゆうぎり》雲居雁《くもいのかり》をただ一人の妻として守っています
しかし柏木《かしわぎ》の未亡人落葉宮《おちばのみや》に恋をしてしまいます
女性の扱い方を知らない夕霧落葉宮に対して
あなたは男を知った身ではありませんか
と言ってしまったり……
部屋まで押し入り抱き寄せておいて
お許しがあるまでこれ以上のことはいたしません
この方は一体何をしたいのだろう
当時、高貴な姫君からのYESなどあり得ない時代 仮に落葉宮が夕霧を好きでも〝お許し〟を出せるはずもありません

これらの行為に怒った
落葉宮の母一条《いちじょう》御息所《みやすんどころ》は
「どういうつもり？」
という手紙を
夕霧に送ります
しかし……
これ何かしら？
まさか浮気？
雲居雁
手紙の返事が遅れ
ただでさえ
病気の重かった
一条御息所は
絶望と悔しさの中
亡くなります
母上……！
もう来ないで！
あなたのせいで
母上は……
宮……
仕方がない……！
あ!!
夕霧は力尽くで
落葉宮を京へ連れてきて
妻としてしまいました
妬いた雲居雁は
子どもたちを連れて
実家に帰ってしまいました

まじめな夫が恋をすると

この巻は、第二部唯一の外伝です。光源氏の息子・夕霧《ゆうぎり》の不器用な恋し方が、言い寄られる女性・落葉宮《おちばのみや》の悲劇として描かれます。『源氏物語』には3人「忠実《まめ》人（まじめな人）」と呼ばれる主要男性キャラクターが登場します。玉鬘《たまかずら》の夫になった鬚黒《ひげくろ》、物語終盤の宇治十帖の主役・薫《かおる》、そしてこの巻の主人公・夕霧です。あまり恋愛に手を出さず一夫一婦に近い結婚をしている彼らは現代の読者には好評ですが、紫式部の評価は割とネガティブです。「まめっていいことなはずなんだけれど、融通の利かなさや思いやりのなさがよくないよね」と言いたげな書きぶりなのです。現代語の「まじめな人」と近いニュアンスの評価といえましょう。

さて、そのようなまめ人夕霧が恋をしました。父は光源氏、母は大臣の娘という超サラブレッドの夕霧は、人に仕えられることに慣れていて相手を思いやることが苦手です。ただ自分の恋心を述べて突進することが口説くことだと勘違いしているのです。ついには嫌がる相手をむりやり我がものにしてしまい、一方、長年の妻・雲居雁《くもいのかり》とは離婚騒動になってしまいました。

「お気の毒に」と光源氏は落葉宮・雲居雁に同情し、紫《むらさき》はこのような世界で孫娘・女一宮《おんないちのみや》をどんな女性に育てるべきかと悩みます。「女ほど生き辛いものはない」と呟く紫に、最期が迫っているのでした。

人物クローズアップ

自分に自信がない　落葉宮

父・朱雀は妹の女三宮ばかり可愛がった。夫・柏木には見下されていた。結果、自信喪失ぎみで自分の意思を表せない人。

単純な雲居雁

太政大臣と女王との娘なのだが庶民的。怒ると罵り、傷つくと絶食し、慰められるとすぐ食べ始める。平民の妻なら可愛い。

聡明な藤典侍《とうのないし》

光源氏の従者惟光の娘で夕霧唯一の〝公認の愛人〟。落葉宮の件をきっかけに雲居雁と親しくなる。惟光に寵愛されている

豆知識　～ましかば……まし

「～だったならば……だっただろうに」と訳される反実仮想の構文である。夕霧との醜聞の渦中に立たされた落葉宮が、「故上おはせましかば、いかに心づきなしと思しながらも罪を隠い給はまし」（お母様が生きていてくださったなら、「なんて不愉快な娘」と思いながらもかばってくださっただろうに）と泣き崩れる場面が好例である。

知っておきたい!

親の顔が見てみたい　女児教育

女児教育のテキストでもあった『源氏物語』は「いい教育者のもとでいい子が育つ」という考え方を示している。

悪い教育者の例をして描かれているのは、朱雀と頭中将だ。

朱雀は気弱で知性に欠けていた。だからその娘は二人とも、異性関係の不始末をしでかす女性になっている。

頭中将は気短で、地道な積み重ねが苦手。雲居雁の教育責任者を元妻→頭中将の母→頭中将とひんぱんに替えた。そのため雲居雁は、“教養がない女性”になってしまった。

近江は育ちの悪い女性。頭中将は引取ったものの矯正教育を施す忍耐がなく、女房にしてしまった。

	教育者	育てられた女性	特徴
模範例	光源氏	紫	光源氏の養女・妻。性格から家政能力までパーフェクト。
	光源氏	玉鬘	光源氏の養女。困難な状況に陥っても打開できる。
	紫	明石姫君	紫の養女。若いときは美しく優雅、母になってからはしっかり者になる。
	紫	女一宮	紫の養女。美しく、性格も教養も非の打ち所ない女性。宇治十帖のマドンナ。
悪例	朱雀	女三宮	光源氏の正妻。子供っぽく危機対処能力がない。
	朱雀	落葉宮	柏木の未亡人。夕霧に対して毅然とした対処ができない。
	頭中将	雲井雁	夕霧の妻。琴が弾けない家政能力オンリーの女性
	頭中将	近江	早口ででしゃばり。品がない。姫になれず、姉の女房になる。

ここまでの人物相関図

落葉宮が夕霧を嫌う訳

夕霧は落葉宮にとって亡夫の親友かつ義妹の夫で子供も多い。再婚したい相手ではない。

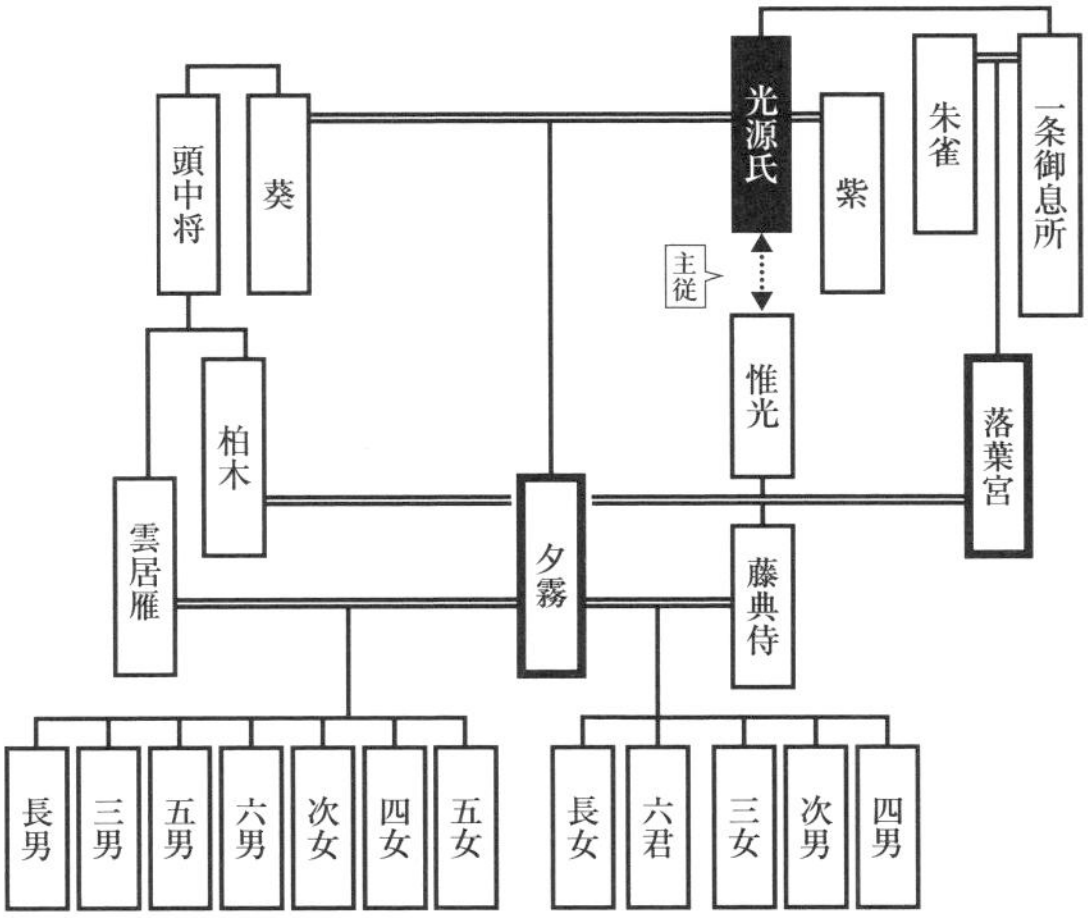

御法《みのり》

登場人物

光源氏（主人公）
紫（愛妻♥）41歳
夕霧（息子）30歳
匂宮（孫）5歳
薫（罪の子）4歳

光源氏（51歳）

紫《むらさき》の病状は一進一退
少しずつ弱っていきます
養女の明石姫君《あかしのひめぎみ》は
見舞いのために
宮中から退出しました
お母様
具合は
いかがですか？
おや？

光源氏
今日は起きて
いられるのだね！
明石の姫君に
お目にかかれると
元気が出るのだろう
ああ……
私が死んだら……
この人はどんなに悲しむだろう……
時は中秋、明月のころ
紫は明石姫君、
光源氏に看取られて死去します

苦悩の終わり　紫の最期

第二部の本編です。光源氏の妻・紫《むらさき》の死が哀惜をこめて語られます。光源氏に出会ってから三十三年、妻となってから二十九年、女三宮《おんなさんのみや》の降嫁から十二年の時間が経過しています。初めて登場したとき紫は、恋人に似ているだけの少女でした。光源氏の不義の恋が重苦しく語られる中、まるで一点の息抜きのように、愛らしい紫が描かれたのです。

その後、紫は光源氏の養女、さらには妻になりました。これは当時の女性たちにとって憧れの関係だったでしょう。結婚が流動的な時代ですから夫より親の方が頼れました。しかし親は当然先に死んでしまいます。「親のような夫とめぐり会えればいいのに。」そのような願望を背負う形で、光源氏と紫の関係は描かれたのです。

しかしそれはつまり紫が、夢想じみた存在だということでもありました。第二部で作者はここにメスを入れます。女三宮の降嫁によって光源氏と紫の絆は揺すぶられ、深い亀裂を生みました。この苦悩を経て紫は生身のキャラクターになったのです。光源氏への不信と失望、そしてそれを超える愛情。とうとう別れのときが来ました。もはや不信もいさかいもなく、気づかい合う光源氏と紫が、悲しい穏やかさで描かれます。

紫、ときに四十一歳。光源氏と、中宮に出世した最愛の養女・明石姫《あかしのひめ》君《ぎみ》に看取られて、露が消えるように逝きました。

人物クローズアップ

三つ子の魂百まで　匂宮《におうみや》

のちにプレイボーイとして名を馳せる匂宮、この巻では愛らしい幼児だ。感性が鋭く、兄宮より目立ちたがる坊や。

プラトニック・ラブの夕霧《ゆうぎり》

恋という感情のコントロールが下手な人。手に入る相手を占領するか、紫のように至高の女性と崇拝するかの両極端になる。

親友かつライバル　頭中将《とうのちゅうじょう》

光源氏を訪ねて須磨にも下った情に篤い人。だが光源氏が悲嘆を素直に表せば「気が弱い」とやや勝ち誇るに違いない人でもある。

豆知識　名対面《なだいめん》

宮中で宿直の殿上人が夜十時ころに行われる点呼に対して、自分の氏名を名乗ることを名対面という。また天皇・中宮の外出先でお伴の上流貴族たちが官・氏名を名乗ることも指す。この巻では、中宮の明石姫君が紫の見舞いのために里帰りしたときに行われている。死の近い紫が知合い一人一人の声を万感の思いをこめて聞いている。

知っておきたい!

紫の旅路

紫が光源氏と出会い、養女になり、妻になる過程を表にまとめた。その軌跡をたどってみよう。

若紫～花宴	光 :18歳～ 紫 :8歳～	光源氏に出会い、引き取られる。 ひたすら可愛い存在。
葵	光 :22歳 紫 :12歳	光源氏と新枕。
賢木	光 :23歳～ 紫 :13歳～	光源氏の妻になる。「虐待されていた継子が玉の輿に乗る」という「継子いじめ物語」のヒロインそのもの。一方で光源氏は藤壺や朧月夜との関係に気を取られており、紫は影が薄い。
須磨・明石	光 :26歳～ 紫 :16歳～	使用人を統括し留守宅と財産をしっかり守る傍ら、光源氏に衣類や慰めの手紙を送り続ける。 次第に存在感が増してくる。
澪標～	光 :28歳～ 紫 :18歳～	光源氏、新たな妻を持たなくなる。
朝顔	光 :32歳 紫 :22歳	光源氏、朝顔に求婚。 自分より社会的評価の高い朝顔への求婚に苦悩する。
少女～藤裏葉	光 :33歳～ 紫 :23歳～	六条院の女主人として安定した生活。
若菜（上）	光 :39歳～ 紫 :29歳～	女三宮降嫁。紫の自制心によって六条院の秩序が維持される。
若菜（下）	光 :47歳 紫 :37歳	紫、発病。六条院は火が消えたようになり、女三宮の密通事件が起きる。
御法	光 :51歳 紫 :41歳	紫、死去。光源氏は出家を決意する。

ここまでの人物相関図

時の流れを感じさせる紫の死

紫と葵の死去は、だいたい同じ季節だった。そのことに気づける人間の多くがすでに世を去り、頭中将だけが残っている。時の流れが感じられる。

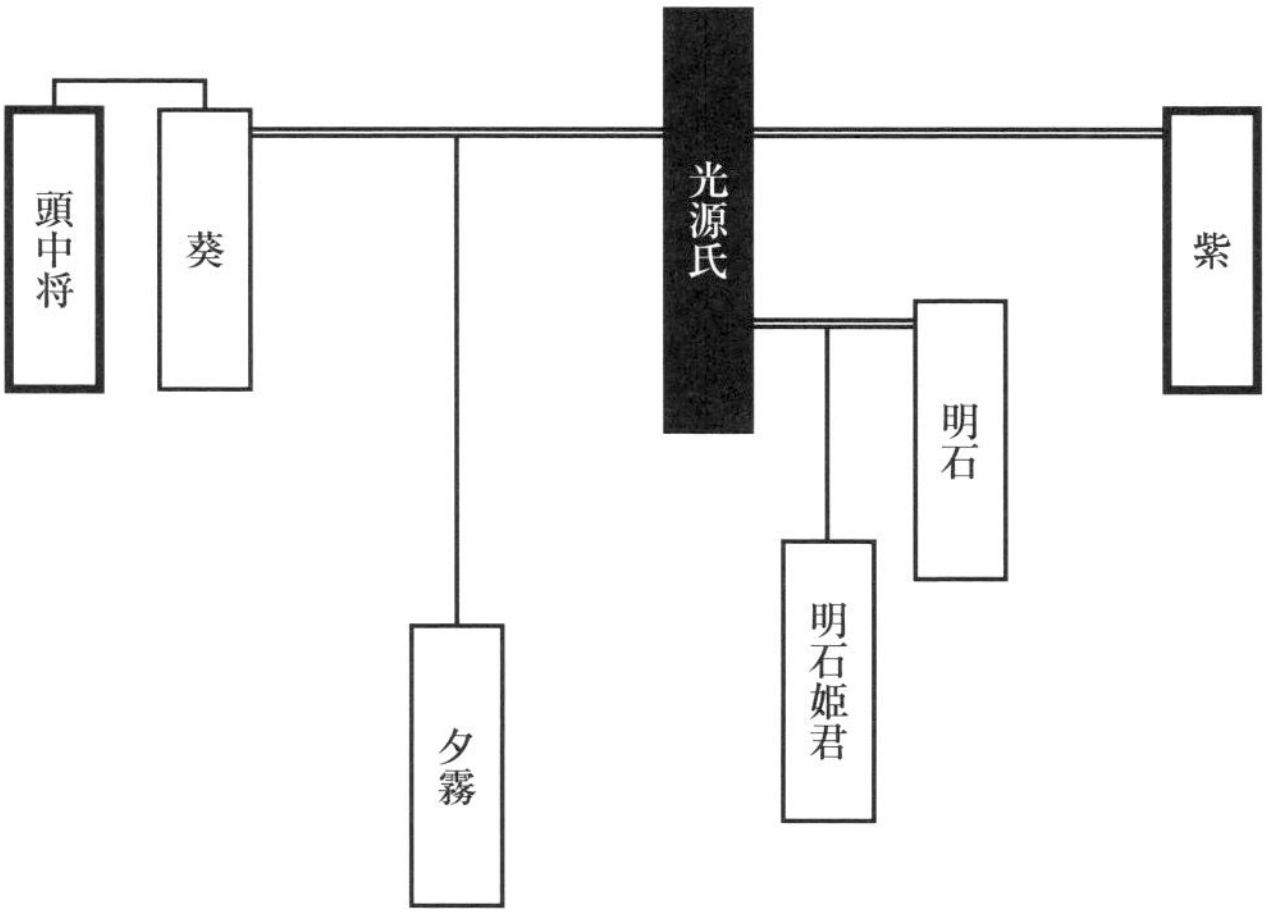

幻《まぼろし》

登場人物

光源氏（主人公）
明石（妻）43歳
夕霧（息子）31歳
匂宮（孫）6歳

※用語解説

仏道…仏の説いた道。修行過程のこと。

光源氏（52歳）
光源氏、紫《むらさき》を追悼して過ごす一年
私もそろそろ出家の準備をしよう
これは
紫の手紙……
それらもすべて焼き捨てさせ
すべてを捨てて仏道※に入ろうと決意を固めるのでした

最終章　振り返る来し方

第二部の六巻めです。次巻「雲隠《くもがくれ》」はタイトルのみの巻なので、実質的にはこの「幻」巻が第二部の最終話です。紫《むらさき》没後の一年を追悼して過ごす光源氏を描き、その出家をほのめかして終わります。

タイトルの「幻」は幻影でなく、幻術師を意味します。

「大空を通《かよ》ふまぼろし夢にだに見えこぬ魂《たま》のゆくへ尋ねよ」

（大空を行き来する幻術師よ、夢にさえ現れない亡き魂の行方を捜せ）

という光源氏がこの巻で詠んだ和歌から付けられた題名です。ここで想起されるのが、源氏物語の一巻め「桐壺」で光源氏の父・桐壺帝《きりつぼてい》が詠んだ和歌です。

「尋ね行くまぼろしもがなつてにても魂《たま》のありかをそこと知るべく」

（尋ねて行く幻術師が欲しい。人づてにでも魂の居場所を其処と知れるように）

桐壺帝が光源氏の母をしのんで詠んだ歌と、光源氏が紫のために詠んだ和歌が響き合い、この長大な物語を引き締めます。

またこの巻では光源氏が「高い身分に生まれたが物思いも格別だった」とわが人生を述懐します。これは光源氏の運命の女性・藤壺《ふじつぼ》が死の直前に思ったことと呼応しています。このように物語の要点を振り返りながら第二部の幕が下りるのです。

深読み　「はは」か「ばば」か

紫の養女・明石姫君の息子匂宮が、紫のことを「はは」と呼んでいる。これを「ばば」と読む注釈書もあるが、「はは」と読むべきだろう。匂宮は紫に養育されたので、紫＝母、明石姫君＝宮、だと思っているらしい。子供らしい判断だ。『源氏物語』には子供の愛らしさを巧みに表した描写が多い。この巻では匂宮が紫遺愛の桜を散らすまいとあれこれ試みている姿があどけない。

ここまでの人物相関図

光源氏の外見は豪華な人生

光源氏の生涯は皇子に生まれ、女王と内親王を妻に、中宮を娘にもつという輝かしいもの。

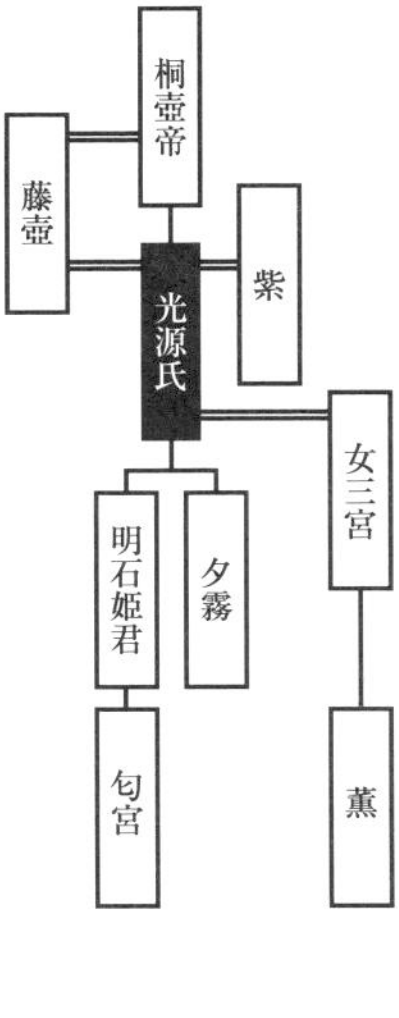

雲隠
くも がくれ

本文のない不思議な巻

『源氏物語』中の光源氏が主人公である部分、第一部と第二部をしめくくる一巻です。しかしこの巻には本文がありません。「雲隠」というタイトルだけが存在します（本書でもそのようにしました）。

なぜこの巻には本文がないのでしょう。次のような伝説があります。光源氏の死を描く「雲隠」巻があまりに優れていたので、心動かされた読者が次々と出家してしまった、そのため帝の命令で、当時存在していた本文の冊子を集め、みな焼き捨てたというのです。

これはあくまで伝説です。もともと「雲隠」というタイトルさえ存在しなかったのだと考える人もいます。しかし現在では、この本文のない「雲隠」巻を含めた考え方がおおむね定着しています。

それは、光源氏の死という最大の事件を光（源氏）が雲隠れる、というタイトルだけによって暗示するという形が、源氏物語に合っているからでしょう。源氏物語はしばしば〝書かないことによって読者の想像力を刺激する〟という手法を取っており、この「雲隠」巻と志向がぴったり合うのです。

「（光源氏の）崩御《ほうぎょ》をあらはに言はずして此の巻の名にこめたるところ甚深奇特《じんしんきとく》（とても深遠で優れている）」と十四世紀の注釈書『河海抄《かかいしょう》』は言っています。共感する人の多い意見ではないでしょうか。

豆知識 雲隠れということば

源氏物語の作者紫式部自身も、「雲隠」ということばをつかった有名な和歌を詠んでいる。小倉百人一首にも採られている一首、

めぐりあひて見しやそれともわかぬ間に
雲がくれにし夜半の月かな

である。こちらの「雲隠」は死別ではなく生別だが、どちらにしろ別れへの嘆きがこもっている。

ここまでの人物相関図

8年経過で一時代が終わる

この巻で約8年の時が経過している。光源氏は出家後数年で死去したらしい。

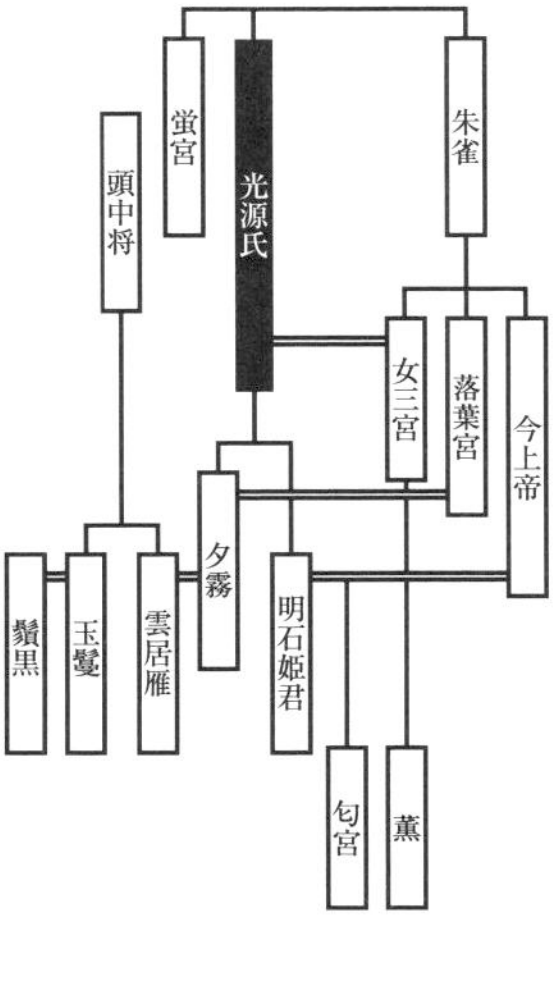

第二部
まとめ

旅路の果てに——不信と裏切り

光源氏、たそがれの時代

第一部は明快な出世物語でした。
第二部は栄華の裏側を描いた翳《かげ》りふかい心理小説です。
光源氏は老い、失敗を重ね、近づいてくる最期を見つめるのでした。

因果応報を実感する晩年

上皇の朱雀《すざく》は出家にあたり、最愛の娘・女三宮《おんなさんのみや》を光源氏に嫁がせたいと思いました。光源氏は紫《むらさき》を気づかって悩みますが、この結婚が持つ政略的メリットや、女三宮の身分・血筋への憧れから、ついに承知してしまいます。紫は光源氏の心の奥にある、より優れた女への欲望に勘づき、ひどく傷つきましたが顔には出しません。プライドを杖に女三宮を友好的に迎えます。

高貴な内親王を妻に加えた上、孫の誕生も相次ぐ光源氏は、まさに幸福な天下人と見えました。しかし紫の信頼をなくし、朱雀や今上帝（女三宮の兄）からは、女三宮を尊重せよと陰に陽に圧力をかけられ、安らぐ場を失ってしまいます。やがて紫が心労で倒れ、光源氏は他の全てを忘れてひたすら看病するのでした。

この隙に、光源氏が我が子同然に目をかけてきた柏木《かしわぎ》という青年が、女三宮と密通してしまいます。女三宮は罪の子・薫《かおる》を産んで出家、柏木も悔恨から衰弱死。わが子ならぬわが子を抱かされ、何知らぬ世間に祝われながら、光源氏は虚しさをかみしめるのでした。

光源氏自身が若き日に、父の妃・藤壺《ふじつぼ》と密通し、罪の子・冷泉《れいぜい》をもうけています。因果応報と悟った光源氏は、紫を看取ったのち、出家の用意を始めるのでした。

このような本筋に、明石姫君の出産、生まれた皇子が春宮になるなど明石《あかし》一族の繁栄ストーリー、光源氏の息子・夕霧の恋物語などが絡まります。

作品の背後にあったもの

ここまで読んでこられた読者の方には、第一部と第二部の違いがおわかりだと思います。第一部は皇子さまの出世物語で、華やぎやめでたさが満ちていました。一方、第二部は貴人たちの家庭悲劇を、陰鬱な筆致で描いています。このような違いは、なぜ生まれたのでしょう。

『紫式部日記』には、中宮彰子《しょうし》が天皇へのお土産として『源氏物語』の豪華版を作らせた、と解釈できる記述があります。このような進物用の物語としては、第一部が向いているでしょう。一方で紫式部本人は、豪華な屋敷で働いていても、ふと暗くなってしまう内向的な人でした。性格的には第二部の方が書きやすかったかと思われます。

紫式部に関する資料は少なく、真相を知ることはできません。ただ第一部は仕事として、第二部は感情の吐露として書いた、と考えてもいい気はします。

第二部の特色

紫式部の誕生以前、平安京には、すでに「歌物語」「作り物語」「日記」というジャンルが成立していました。『源氏物語』第一部はその「歌物語」と「作り物語」を統合し、中国の「史記」のような歴史物語性を加味した作品となっています。一方第二部は第一部と同様、歌物語・作り物語・歴史物語性を持ちつつ、「日記」のような、個人の内面・苦悩を表したものとなっています。

第二部のキャラクターたちは第一部より、格段に人間的です。反世俗のヒーローだった光源氏は、舅の機嫌に振り回される当時ありふれた男に成り下がりますし、紫は正妻でなくなることへの虚栄心と執着をのぞかせます。老い、衰えへの恐怖も、美しかった二人を苦しめます。これまで美しく描いてきた二人を、一転人にしていく作者の筆は、残酷ですが作家としては図抜けた進歩を遂げています。「理想的なヒーローなどいないのだ」、この酷烈な認識の下、物語は「宇治十帖」へ展開するのです。

運命の女《ひと》がもたらした恵みと祟り

光源氏の運命を決めた女性は藤壺。その姪・紫と子・冷泉は第一部で光源氏を幸福にした。第二部ではもう一人の姪・女三宮が光源氏の不幸のもととなる。

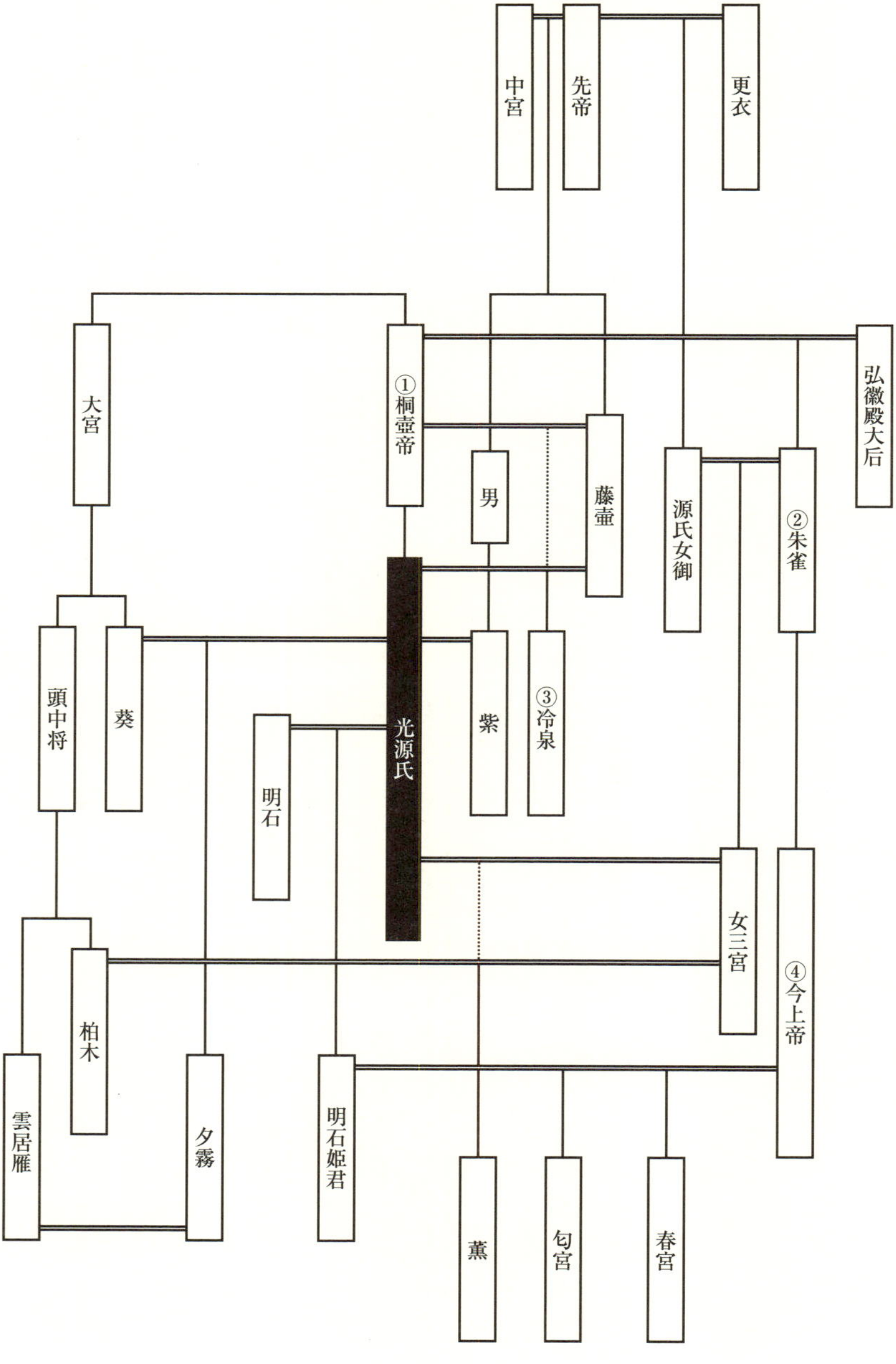

中宮
先帝
更衣
大宮
①桐壺帝
弘徽殿大后
男
藤壺
源氏女御
②朱雀
頭中将
葵
光源氏
紫
③冷泉
明石
女三宮
④今上帝
柏木
雲居雁
夕霧
明石姫君
薫
匂宮
春宮

式部は女房勤めが嫌で嫌で
仕方ありませんでした
「人に姿を見せないこと」が
女性の礼儀だった時代
人に顔を見せて働く女房は、
いやしい存在と思われていました
また勤め先の男性の「お相手」に
ならざるを得ないことも多く……
式部のライバル、
勝ち気で明るい
清少納言《せいしょうなごん》は
だから何よ！
良い仕事よ！
水を得た魚のように
輝きましたが
内気で内向的な式部には
ただただ苦痛でした
加えて
同僚からのいじめ
クスクス
ヒソヒソ
主人の彰子《しょうし》も
「気難しい女房だわ」
と思っている気配
……
しかしがんばって勤め
おかげで父も弟も
良い役職に
つけるように
そして……
彰子はもちろん、
時の天皇・一条帝《いちじょうてい》まで
『源氏物語』の愛読者に！
彰子は字の上手い
女房たちに
立派な写本を作らせ
帝に見せているのでした
ガタッ
そしてこの人も…

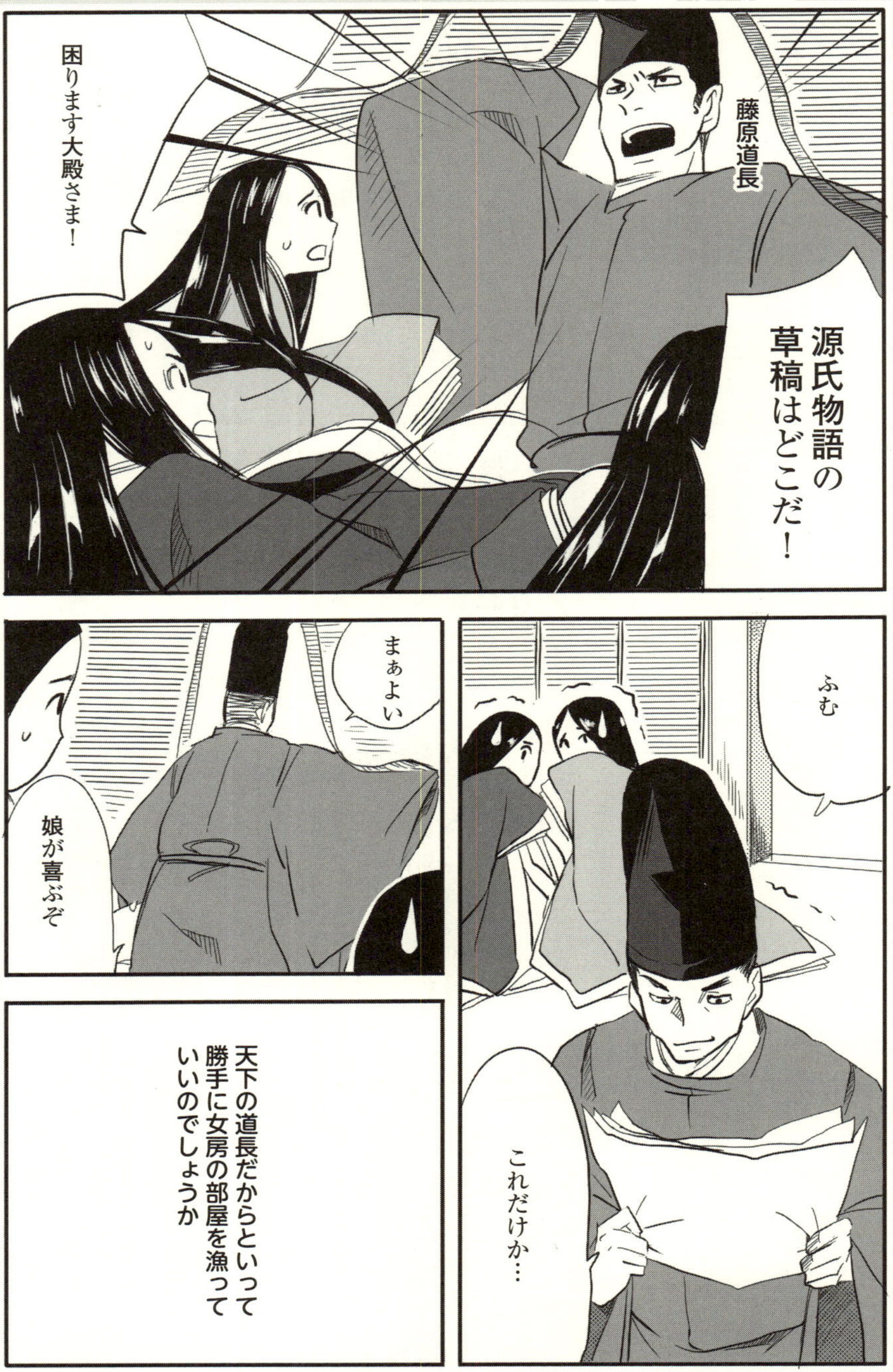
藤原道長
源氏物語の草稿はどこだ!
困ります大殿さま!
ふむ
これだけか…
まぁよい
娘が喜ぶぞ
天下の道長だからといって
勝手に女房の部屋を漁って
いいのでしょうか

実は式部と道長は男女の仲だったといわれています
一四世紀に書かれた系図「尊卑分脈」には「紫式部、道長の妾」と書かれています
紫式部が妾《めかけ》とはなんだ！
紫式部は貞女だった！
後世の学者は怒ったけど事実は事実……
当時の女房はしばしば主人の愛人でしたどうやら道長自身女性に愛されるタイプで
また魅力的な男性だったようです
光源氏にも道長の面影が見られます
絵に描いたような貴公子が徐々に人間的に……男の愛しさを体現したキャラクターになっています
「道長から言い寄られたが拒んだ」と書き記しているのは式部自身
二人の関係は実際のところどうだったのでしょうか

つづく

第三部

其ノ壱

光が消えて暮れ惑う……

光源氏没後の世界

本筋とあまり関わらない短編三巻で構成される一章です。
光源氏の孫である匂宮、
光源氏の子とされているが実は柏木の子の薫、
など主要人物が紹介されます。
かつて登場したキャラクターの
その後が語られる章でもあります。

メインイベント
・新たな登場人物たちの紹介
・紅梅一家のできごと
・玉鬘一家のその後

巻

登場人物

薫《かおる》（14～23歳）
第三部の主人公。不義の恋の結晶生まれた青年。まじめで暗い。

匂宮《におうみや》（15～24歳）
今上帝の三男。光源氏の孫。天性のプレイボーイ。

紅梅《こうばい》
藤原氏の総帥。かつて光源氏に可愛がってもらった人。

真木《まき》柱《ばしら》
紅梅の後妻。

玉鬘《たまかずら》（47～56歳）
光源氏の養女。

明石姫君《あかしのひめぎみ》（33～42歳）
光源氏の娘。今上帝の中宮で匂宮の母。

夕霧《ゆうぎり》（40～49歳）
光源氏の息子。明石姫君の異母兄。時の権力者。

匂《にお》宮《みや》

登場人物

薫（主人公）
匂宮（ライバル〆）15～21歳
夕霧（兄）40～46歳

薫（14～20歳）
光源氏と女三宮《おんなさんのみや》の子（実は柏木《かしわぎ》との子）薫《かおる》
自分の出生に疑いを
持っていて暗い性格
出家したい……といつも思っているが
母が泣いてすがって引き止めている
恋や出世には関心なしだが
「光源氏の子」のネームバリューゆえに
官位がどんどん昇ってゆき
女も進んで寄ってくる
生まれつき清々しい香りを漂わす
今上帝《きんじょうてい》と明石《あかし》の姫君《ひめぎみ》の子 匂宮《におうみや》
全ての恋に本気という
骨の髄からのプレイボーイ
明るくやんちゃで帝や中宮を始め
宮廷の皆に愛されている
薫をライバル視しており、
香を熱心に調合し
濃厚な匂いをさせている

次世代の物語、始まり

光源氏没後の世界を語る第三部の一巻めです。内容は登場人物の紹介で話の筋は進みません。ですから外伝と位置づけてもいいでしょう。光源氏の死は物語を牽引してきた超人的主人公の消失です。同格の主人公はもはや現れ得ず、二人が主役を分け持ちます。悩める部分を引き継ぐ薫《かおる》と、華やかな面を受け持つ匂宮《におうみや》です。

匂宮は天皇の三男で、光源氏の孫に当たります。理想主義者で恋愛結婚を夢みているという、光源氏に似た性格を持っています。似ていないのは上昇志向が弱いこと、恋や香に溺れることでしょうか。

薫は女三宮《おんなさんのみや》の息子です。表向きは光源氏の息子ですが実は柏木《かしわぎ》との不義の子です。幼いときに出生の秘密を、おそらく小侍従《こじじゅう》（母の女房）から聞いていています。そのため苦悩しながら生きています。

この薫は香も使わないのに百歩の外まで体臭が香ると書かれています。これは仏教の思想「仏の体には芳香がある」等の影響を受けた設定でしょうが、非現実的で不自然です。『源氏物語』はリアリティ重視で、初期の光源氏以外には、このような大袈裟な描写はないからです。

とすれば作者は当初もう一度超人的人物を創ろうとしたのではないでしょうか。再び華やかな物語を書こうと。しかしそれは無理だったようです。物語は翳《かげ》りを増し、心の闇を見つめる方向へ向かっていくのです。

深読み　光源氏没後の六条院

光源氏の没後、六条院は一時さびれた。その後は夕霧（光源氏の息子）が音頭を取って振興を図り、夏の町に妻の落葉宮を移転させた。春の町は女一宮と二宮（光源氏の孫）が別宅にしている。

内裏から遠い六条院を賑わわせるにはカリスマ的求心力が要る。光源氏が一人で繁栄させていたものを子孫数名が維持しているさまは、偉大なる光源氏の逝去を象徴している。

ここまでの人物相関図

三世代にわたる対立の構図

光源氏と頭中将、夕霧と柏木、匂宮と薫の親友兼ライバル関係が三世代にわたって継続。

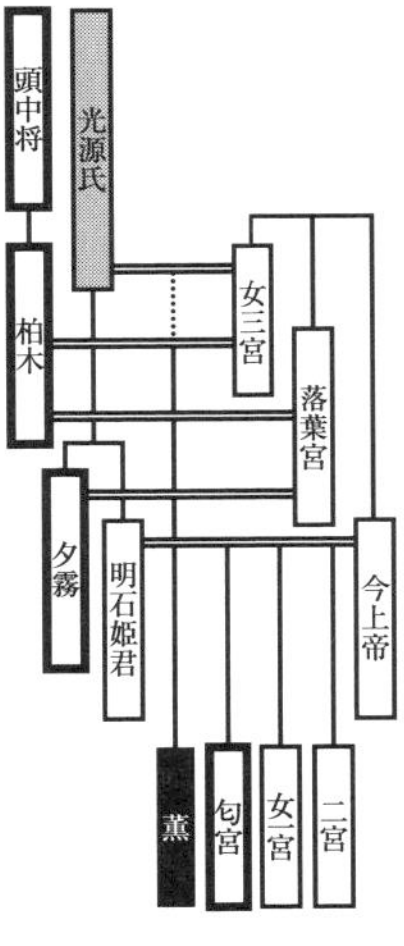

紅《こう》梅《ばい》

登場人物

匂宮（貴公子）25歳
紅梅（この巻の主人公）
真木柱（紅梅の妻）
若君（紅梅と真木柱の子）
宮御方《みやのおんかた》（螢宮と真木柱の娘）

※用語解説

春宮…次の天皇。皇太子。

薫（24歳）

この巻は紅梅大納言《こうばいだいなごん》（頭中将《とうのちゅうじょう》の息子、柏木《かしわぎ》の弟）一家の物語
妻は髭黒《ひげくろ》の娘・真木柱《まきばしら》 螢宮《ほたるのみや》と結婚し娘をもうけましたが死別ののち紅梅と再婚
若君も生まれて幸せに暮らしています
真木柱
紅梅大納言
紅梅も前の妻との間に二人の娘がいる再婚カップル
しかし政治的には父・頭中将《とうのちゅうじょう》が光源氏に敗れたため
がんばります
紅梅の長女
今の世は光源氏の子・夕霧《ゆうぎり》のもの しかし負けてもいられないと長女を春宮《とうぐう》※と結婚させます
次女は匂宮《におうみや》に嫁がせたいなと思うのだけれど
螢宮《ほたるのみや》と真木柱《まきばしら》の娘
宮御方《みやのおんかた》
匂宮は宮御方のほうが気になっているのでした…

「原作」の地位を射止めた「同人誌」!?

光源氏没後の世界を語る第三部の二巻めです。紅梅大納言《こうばいのだいなごん》と呼ばれる人とその一家を描く外伝です。

紅梅は『源氏物語』の古参キャラクターです。初登場は四十六年前の「賢木《さかき》」巻、光源氏二十五歳のときです。紅梅はときに八、九歳、父・頭中将に呼び出されて美しい声を披露しました。その後も時おり出てきますが重要な役は果たしません。

紅梅の妻・真木柱《まきばしら》は玉鬘十帖が初登場です。今上帝《きんじょうてい》の妃《きさき》になれる身分でしたが両親の不和で機会を失い、光源氏の弟・螢宮《ほたるのみや》と結婚しました。その後出番はありません。

このように「紅梅」巻の主要人物は、どちらも過去の脇役です。また筋にも発展性がなく、本筋に絡まず終わっています。まるで『源氏物語』のファンが本編を縫う話を作り、挿入したかのような巻なのです。『源氏物語』には作者の直筆原稿はおろか、作者の時代の写本さえ存在しません。ですから原型は永遠の謎なのです。そして過去の千年間、多くの読者が同人誌を作り、原作への愛を表現してきました。もしかしたら群を抜いて質の良い同人誌が、原作の一部になる栄誉を得たのかもしれません。本文を検討しながらそんな想像を巡らせるのも、『源氏物語』の楽しみ方です。

深読み

あはれ光源氏の……

紅梅はこの巻で「あはれ光源氏の　御盛りの大将などにおはせし頃」（ああ、光源氏の……美貌の盛りの大将でいらっしゃった頃）ということばを発している。光源氏が大将であった時代と言えば、紅梅初登場の「賢木」巻だ。当時光源氏と頭中将は政敵の弘徽殿大后に圧迫され、宴をひらいて文化力で対抗しようとしていた。物語中の時の流れを思い出させる一言だ。

ここまでの人物相関図

オマージュのような一巻

まるでオマージュのごとく、亡きキャラの関係者をつかって編まれた巻である。

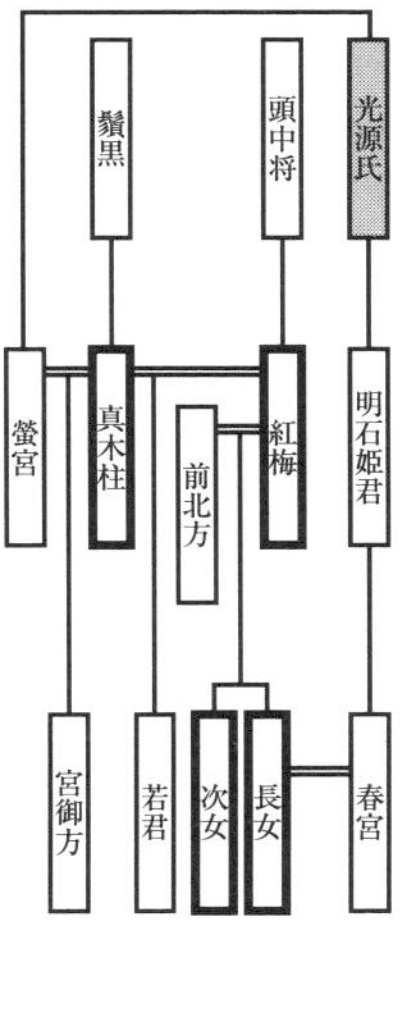

竹河《たけかわ》

登場人物

玉鬘（光源氏の養女）47〜56歳

薫（14〜23歳）

光源氏の養女・玉鬘《たまかずら》は
鬚黒《ひげくろ》との間に
男の子3人
女の子2人を
もうけていました
鬚黒は人づきあいが
下手だったので
彼の死後、遺児たちを
引き立ててくれる
人がいません
そのため
息子たちの出世は
遅れぎみ
長女は冷泉《れいぜい》上皇と結婚し
男の子1人、女の子1人を
産みましたが父の後見もない
ので苦労しています
次女は
今上帝《きんじょうてい》のもとで
女官として働いています
髭黒が
生きていれば
子供たちに苦労
させないのに…
2人には蔵人少将《くらうどのしょうしょう》
(夕霧《ゆうぎり》の息子）との
縁談もあったのに
玉鬘《たまかずら》

紫式部の作じゃない？　特異な一巻

光源氏没後の世界を語る第三部の三巻めです。光源氏の養女・玉鬘《たまかずら》のその後を描く外伝です。

書かれているのは薫《かおる》が十四歳から二十三歳までの九年間で、前々巻「匂宮《におうみや》」やこのあとの宇治十帖と重なっています。しかし内容は独立しているので他の巻と読み合わせる必要はありません。

「竹河」巻には作者別人説があります。それは冒頭に作者が別人であることを匂わす表現がある、官職の記述が不自然、などのためです。内容も玉鬘一家の傾いていく運命を述べただけで、見劣りがします。

この巻において興味ぶかい点を見てみましょう。一つは玉鬘の夫・鬚《ひげ》黒《くろ》が早くに死去したとされていることです。二点めは先の天皇・冷泉《れいぜい》に皇子が誕生したことです。本編の鬚黒は玉鬘を光源氏から盗んだ男でした。冷泉は光源氏の不義の子で、子孫に恵まれないのは罪のせいだと匂わされていました。「竹河」巻では鬚黒が早世して、いわば罰され、冷泉は「罪の子ではない」と主張するかのように子を授かっているのです。

もしこの巻の作者が本当に別人だったとしたら、アンチ鬚黒の人に違いありません。光源氏を捨てて鬚黒に嫁いだ玉鬘も不幸にされていますので、作者はおそらく光源氏の熱狂的ファン、光源氏や冷泉に罪の翳りなど認められない人だったのでは、と勘ぐりたくなります。

豆知識　国宝源氏物語絵巻「竹河二」

「隆能（たかよし）源氏」と俗称される国宝の絵巻。現存する最古の源氏物語絵であり、12世紀中ころに描かれたと推定されている。鈴虫の巻が2000円札の図柄になったので、知る人も多いだろう。

この絵巻は残念ながら多くの場面が現存しておらず、剥落著しいものもある。しかし「竹河」巻二図めはすばらしい着色が残っており、服飾史の面でも貴重な資料となっている。

鬚黒一族が再登場

次女は今上帝の妃ではなく愛人であるらしい。玉鬘一家の不運が感じられる。

ここまでの人物相関図

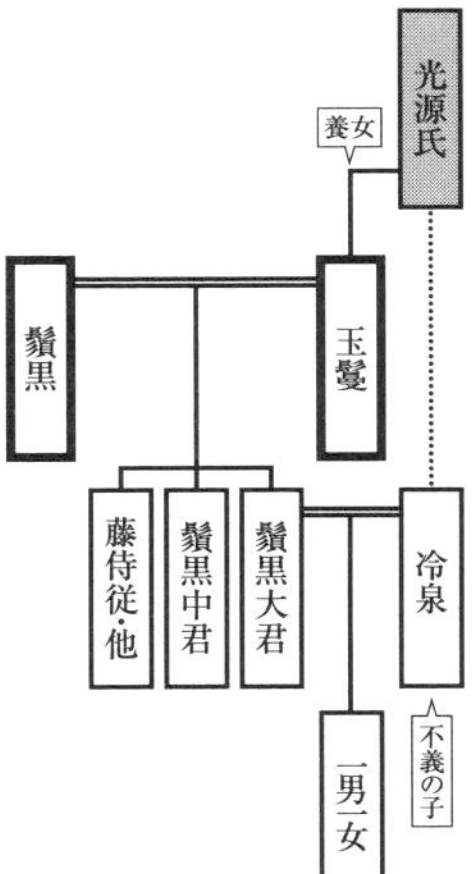
光源氏
養女
玉鬘
鬚黒
冷泉
不義の子
鬚黒大君
鬚黒中君
藤侍従・他
一男一女

主役亡き後の世界
光源氏の子孫たちの世代へ

物語は光源氏の死後に移ります。光源氏が築いた六条院の荒廃、子や孫たちによる再興、関係者たちの現況などが語られます。中心人物は薫と匂宮です。

寂れる六条院

光源氏死去後、夫人たちはそれぞれ終の住処へ引っ越し、六条院は寂れていきました。しかし今は、光源氏の娘・明石姫君《あかしのひめぎみ》が今上帝《きんじょうてい》との間に設けた宮たちの、別宅となってにぎわっています。光源氏の息子・夕霧《ゆうぎり》も妻の一人・落葉宮《おちばのみや》を六条院の一棟に住まわせ、自他ともに認める光源氏の後継者ぶりです。

子孫たちの中でも音に高いのは、孫の匂宮《におうみや》と晩年の息子・薫《かおる》です。薫は実は、女三宮《おんなさんのみや》の不義の子で、うすうすそのことに気づいており、影を抱いた青年となっています。一方の匂宮は苦労知らずのプレイボーイで、女性の噂を聞けば手紙を送るという熱心さです。

光源氏の親友にしてライバルだった頭中将《とうのちゅうじょう》も、光源氏と前後して亡くなり、今は次男・紅梅《こうばい》が跡を継いでいます。紅梅は妻の死後、真木柱《まきばしら》と再婚しました。真木柱は、父・髭黒《ひげくろ》が光源氏の養女・玉鬘《たまかずら》に迷ったため母の実家に帰り、のちに螢宮《ほたるのみや》と結婚・死別した幸薄い女性です。しかし紅梅との再婚で幸せを得、今は夫婦それぞれの連れ子に実子をあわせて皆で仲よく暮らしています。長女は春宮の妃になり、夕霧の娘と競い合っています。

一方、光源氏の養女・玉鬘は、夫・髭黒の死後苦労していました。財産はありますが権勢がなく、子どもたちの出世もままなりません。娘たちの結婚もいまいちうまく行かず、夫が生きていてくれたら、と思う日々でした。

秀逸に描かれた人物像

第三部の冒頭、この「匂宮」「紅梅」「竹河」巻は、取り上げられることの少ない箇所で、作者別人説が取りざたされる部分でもあります。しかし人物像はなかなか秀逸です。例えば女一宮《おんないちのみや》。紫《むらさき》が愛育した義理の孫娘です。彼女は今も紫の部屋を思い出として保存しています。亡き人への志として殊勝ではないでしょうか。

また、真木柱。不幸の多かった彼女が今は幸せになり、なさぬ仲の娘たちをもかわいがっています。読者をほっとさせる姿です。その夫の紅梅は、娘を春宮妃にして夕霧と競う姿勢を明らかにしました。これが第三部の政治情勢を興味ぶかいものにしています。

一方で玉鬘には、第一部で見せた輝きが見られません。子どもたちの苦労にも対処できず、嘆く顔ばかりが目だちます。このような所も作者別人説の一因でしょう。

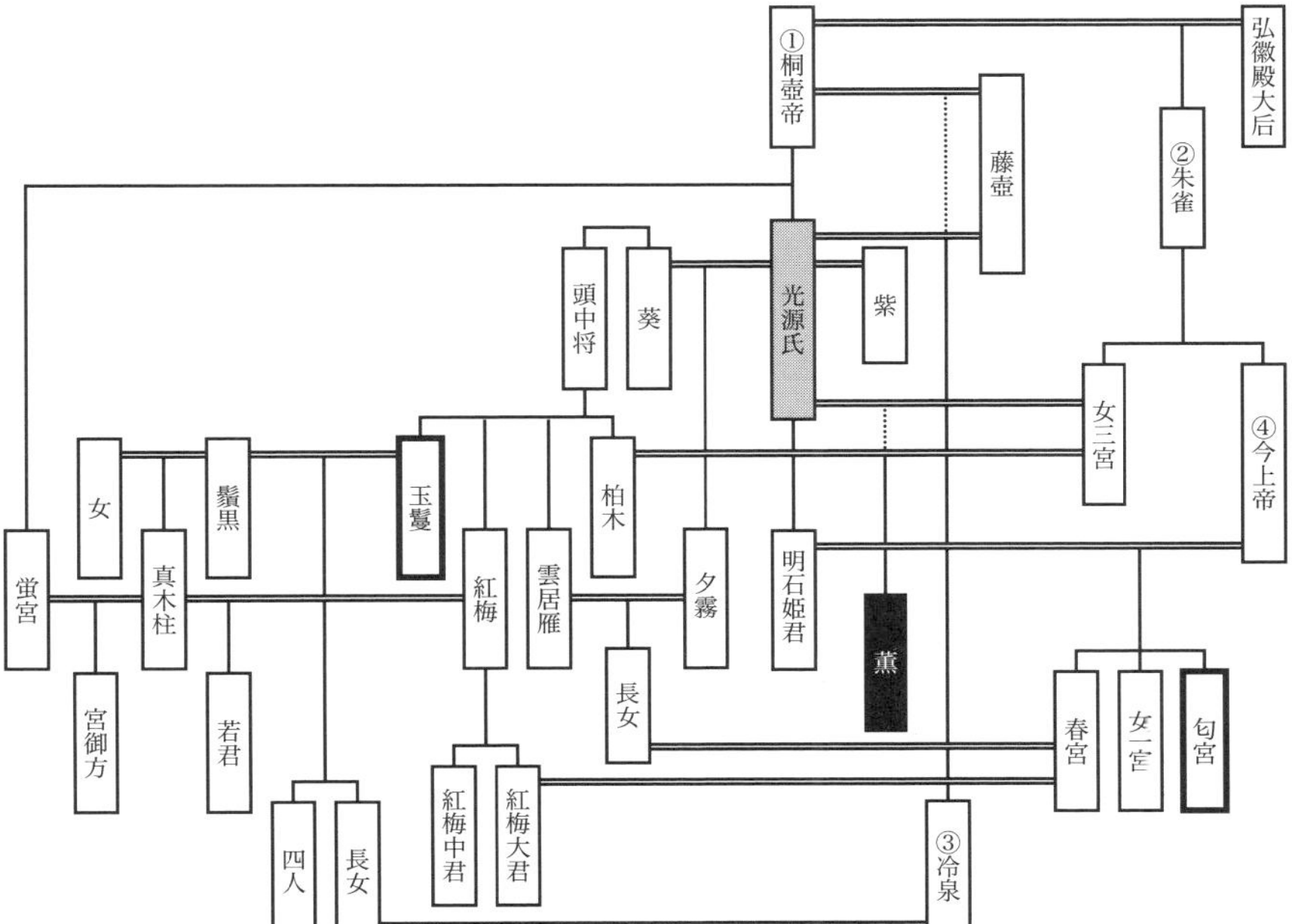

其ノ弐

もつれあう愛執の罪

あやにくな恋物語
宇治十帖

自分の出生に疑いを持つ薫は、色恋を避け仏道を志向していました。しかし宇治の三姉妹を知って恋に迷います。一方、率直に恋をする匂宮は、薫の恋人に惚れ、捨て身で通いつめるのでした。想い通りにいかない〝あやにくな〟心理小説が源氏物語の掉尾を飾ります。

巻

メインイベント
- 薫の大君に対する恋
- 匂宮と中君の結婚
- 薫と匂宮の、浮舟への恋

登場人物

薫《かおる》（20〜28歳）
第三部の主人公。不義の恋の結果生まれた青年。まじめで暗い。

匂宮《におうみや》（21〜29歳）
今上帝の三男。薫の従兄。陽性で天性のプレイボーイ。

大君《おおいぎみ》（22〜26歳）
没落した宮家の令嬢。仏道を志向し、思慮ぶかい性格。

浮舟《うきふね》（21〜29歳）
大君・中君の異母妹。身分は低いが箱入り娘で純真。

中君《なかのきみ》（20〜28歳）
大君の同母妹。明るく現実的で、姉思いの令嬢。

明石姫君《あかしのひめぎみ》（39歳〜47歳）
光源氏の娘。今上帝の中宮で匂宮の母。

夕霧《ゆうぎり》（46〜54歳）
光源氏の息子。明石姫君の異母兄。時の権力者。

四

橋《はし》姫《ひめ》

登場人物

薫（主人公）
匂宮（ライバル×）21〜23歳
八宮（薫の知人）
大君（八宮の長女）22〜24歳
中君（八宮の次女）20〜22歳

薫（20〜22歳）

その頃八宮《はちのみや》という
親王が
宇治に娘二人と
住んでいました
八宮は光源氏の異母弟
仏道に大変熱心でした
なぜなら…
最愛の妻が
次女を産んで
死去
この子を
形見に……
立派な屋敷も
火事で消失し…
幸が
薄かったからです
聖人のような
理想のお人だ
恵まれた育ち
なのになんと
気高い若者だ
仏教を通した交友――
薫《かおる》はしばしば
八宮を訪ねるように
なりました

そして、ある晩……
お姉さま、月が出てきましたね
私が撥《ばち》で招いたからよ
大君《おおいぎみ》
中君《なかのきみ》
まぁ、「撥で夕日を招き返した」という故事はあるけれど……
い、いや僕には仏教が！
実は貴方さまの父上は柏木《かしわぎ》さまで……
何！そ…そうか姫たちもこの秘密を知っているにちがいない
言いふらされないよう仲良くしておこう

悩める人々のすれちがい物語

光源氏没後の世界を語る第三部は十三巻で構成されています。最初の三巻は見てきたとおり外伝、残る十巻が本編です。本編は宇治が舞台なので、「宇治十帖」と呼ばれています。薫《かおる》、匂宮《におうみや》という二人の男性と八《はちの》宮《みや》の三姉妹との間に起こる、もどかしくも切ない恋物語です。

『源氏物語』を概観すると、内容上三つに大別できます。第一部が光源氏の栄華の時代、第二部が光源氏の下降の時代、第三部が光源氏没後の世界です。大まかにいって第一部は光源氏という超人的主人公が活躍する話、第二部は光源氏の影の部分を描く話、第三部は薫という心に傷を負った主人公の魂の彷徨を語る話です。傾向としては前半の方が夢物語的で華やか、後半に行くにつれ現実味と翳《かげ》りが増してきます。

つまり、『源氏物語』の掉尾《ちょうび》である宇治十帖は極めて現実的かつ暗い話なのです。主要キャラクターの五人は身分こそ高貴ですが、光源氏や紫のような美化された人物ではありません。弱さやずるさを隠し持つ等身大の人間であり、それぞれが自分の平安を求めて身勝手です。また全体を仏教的な厭世観《えんせいかん》が覆っており、逆に人間の業を浮き彫りにします。『源氏物語』のこのような傾向の変化に、作者の年齢や経験の深化を見る人は少なくありません。そして宇治十帖を書いたとき、作者は幸せではなかったと思われます。

人物クローズアップ

半ば身を引いて恋をする　薫

恋しても心を解放できない人。相手を失って初めてあわてて追うタイプ。一方、まじめなので心変わりはしない。

長女気質の大君

石橋の面を全てチェックしてかつ渡らない人。思慮深くまじめで、考えすぎる傾向がある。ファザコンな面も指摘できる。

現実的な中君

きわめて女らしい人。現実対処能力が高い。末っ子気質で愛されることに慣れており、ややナルシスティック。

豆知識　女性とお経

平安時代、漢字の文章を読むのは女性らしくない行為とされていた。「奥様は漢籍など読むから不運なのです。昔はお経さえ読んではならぬと申しました」と侍女たちに非難された、と紫式部は書き残している。お経も漢文だからよくないという訳だ。この巻では尼の女三宮がお経を読んでいるのを薫に見られて恥ずかしがっている。

知っておきたい!

薫の道心は本物か

第一部の冒頭「匂宮」巻ですでに、薫は道心（仏道を修めようと思う心）が強い人だと語られている。また本人もそう口にしている。薫の道心は本物なのだろうか。

本文の描写を見ると、どちらも説得力がある。

おそらく、仏道を希求する気もちと俗物的な気もち、両方がその胸にあるのだろう。複雑な人間なのだ。

薫の道心が本物と思われる根拠	薫の道心が見せかけと思われる根拠
自分の出生は両親の罪によるものらしいと感じ、自己嫌悪と厭世観を抱いている。	光源氏の息子でないことがばれたとき体面を保ったまま出家できるように、常に「出家したい」と口にしているのでは？
遠い宇治に3年も通い、八宮に仏法を習う熱意がある。	関わった女性を「家族を持つと出家できないから」と言って妻扱いしていない。道心は口実なのでは？
ひんぱんに寺へこもって誦経したり、僧侶に布施を与えたりしている。	八宮の家で出生の秘密を知ったあと、「この秘密を言いふらされないように姫たちを我が物にしなければ」と考えている。俗物過ぎる考え方ではないか？

ここまでの人物相関図

皇族の強いコネクション

薫から見て八宮は、母方の大叔父。匂宮から見ると、父方・母方両方から見て大叔父に当たる。

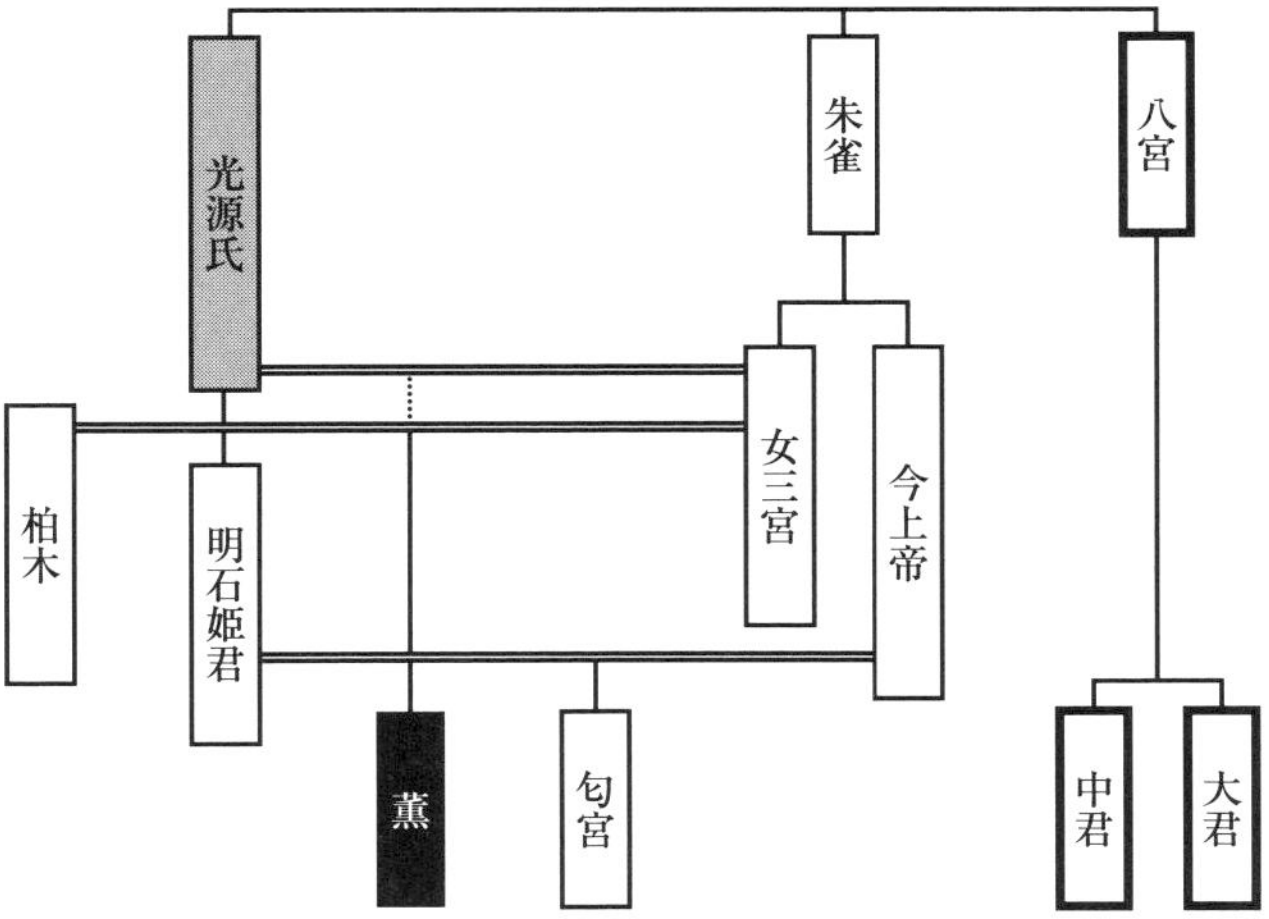

音楽と楽器

『源氏物語』に描かれる音楽にまつわる場面。
当時の音楽や楽器はどんなものだったのだろうか。

必須の教養

平安貴族にとって、音楽は必須の教養だった。楽器の演奏は、宮中の公式行事から私邸での宴に至るまで、催し事に欠かせないものだったからである。「遊び」と言えば「管弦の演奏」を意味するほど、音楽は身近なものだった。

光源氏と音楽

光源氏は全てにおいて超人的に造型されているキャラクター。歌声は迦陵頻伽《かりょうびんが》（極楽にいる美声の鳥）のよう、舞姿は目もくらむほどと形容され、弾けない楽器はないが特に上手なのは「琴《きん》」。中国渡来で「君子の楽器」と言われる、格の高い楽器である。

紫式部の時代、琴は奏法を伝える人が既に絶え、幻の楽器となっていた。『源氏物語』中で琴が弾けるのは、皇族の由緒を持つ人々だけである。

音楽と育ち

ＣＤも音楽学校もない当時、音楽を習える人は限られていた。教養のある人を親にもつ良家の者か、雅楽寮の人などを講師に招ける金持ちかである。『源氏物語』の中では音楽のたしなみが教育や品性のバロメーターとしてかなりシビアに描かれている。

音楽と血統

薫《かおる》が横笛を吹くと八宮《はちのみや》が、「頭中将《とうのちゅうじょう》の一族の音に似ている」と言う。薫の実父・柏木《かしわぎ》は頭中将の長男だからである。ちなみにこの笛は「横笛《よこぶえ》」巻で、柏木が薫に遺した形見の品。

音楽に見る各キャラクターの性格

『源氏物語』では登場人物の演奏ぶりが細かく描写し分けられている。描写ににじむ人格を見てみよう。

●藤壺《ふじつぼ》…モダンでひたすら魅力的、聞いている人の心を満たす音。

●紫《むらさき》…愛敬のある音色、モダンで華やか。難しい拍子もすぐに覚える。

●明石《あかし》…澄みきった音色でテクニックが抜群。琴《きん》も弾ける凄腕。

●明石姫君《あかしのひめぎみ》…澄んだ音色、愛らしく上品。音色は母・明石似だ。

●女三宮《おんなさんのみや》…銘器を弾きこなす技量はないが教えられた通りよく覚える。一度弾き出すと際限なく夢中に。

こんな物も楽器！

紅梅《こうばい》が口笛を吹く場面がある。これも、楽器と考えられていた。

椎本《しいがもと》

登場人物

薫（主人公）
匂宮（ライバル✕）24〜25歳
八宮（知人）
大君（八宮の娘）25〜26歳
中君（八宮の娘）23〜24歳

薫（23〜24歳）

八宮《はちのみや》が病にかかります
私亡き後姫たちをたのむ……
薫《かおる》
必ずお守りいたします！
…薫殿はやはり結婚には関心がないのだ
おまえたち男にだまされて
恥をかいてはならん
宇治にこもり独身を通すのだ
その後寺に詣でたところ突然逝去します
私たちどうしたら
姫さま方
八宮どのは私にとって父のような人でした
話は伺っております
二人の姫に代わり八宮の葬儀法事は薫が行いました

八宮の真意は？「結婚するな」という遺言

宇治十帖の二巻めです。大君と中君の父・八宮《はちのみや》の死去や薫《かおる》の大君への告白が描かれます。この巻で重要なのが八宮の遺言です。八宮は死の前「亡き親の面目をつぶすことはしてくれるな、おぼろげのよすがならで（格別の縁でなくて）男に従うな」と大君《おおいぎみ》、中君《なかのきみ》を戒めました。

これは当時の社会状況を踏まえた哀切なことばです。親亡きあとの姫たちには過酷な時代でした。『今昔《こんじゃく》物語集』（十二世紀前半）には親亡き娘がさらわれて成金の女房になったり、夫に捨てられて客の夜伽《よとぎ》（夜の共寝）に出されたりする話が見られます。また『栄花《えいが》物語』（十一世紀成立）も皇族や摂関家の姫が親の没後女房となるさまを記録しています。実際大君や中君にも、無礼に恋文を送る怪しい男たちがいました。八宮は世が世なら天皇になれた自分とその娘たちの名誉を案じ、切々と二人に「宇治を出るな」と言い聞かせたのです。

ここで疑問が生じます。八宮は自分に仏道の教えを請いに来る青年・薫と娘との縁組を考えなかったのでしょうか？「おぼろげのよすがならで」ということばは、信頼できるうえ貴人である薫とならば結婚してもいいという意ではなかったのでしょうか？

これは読者により解釈が分かれるところです。ただ大君はこれを「結婚するな」と解しました。そして薫を拒むことを決意したのです。

深読み 不運続きの八宮

少年時代、権力闘争に担ぎ出された上敗北。勝利した光源氏側に警戒され、生涯冷や飯を食わされることとなった。お人よしで財産をたちまちなくしてしまい、最愛の妻は中君を産んで死去、火事で京の家を焼け出され、宇治の山荘にこもることとなった。いっそ仏道に入りたいと願ったが、娘たちが心配で出家もできなかった八宮の人生は不如意続きだったと言えるだろう。

ここまでの人物相関図

須磨時代にさかのぼる運命の分かれ目

左の人々が繁栄中、右が隠棲中。もし光源氏が権力闘争で敗れていたら、左右が逆だったはずだ。

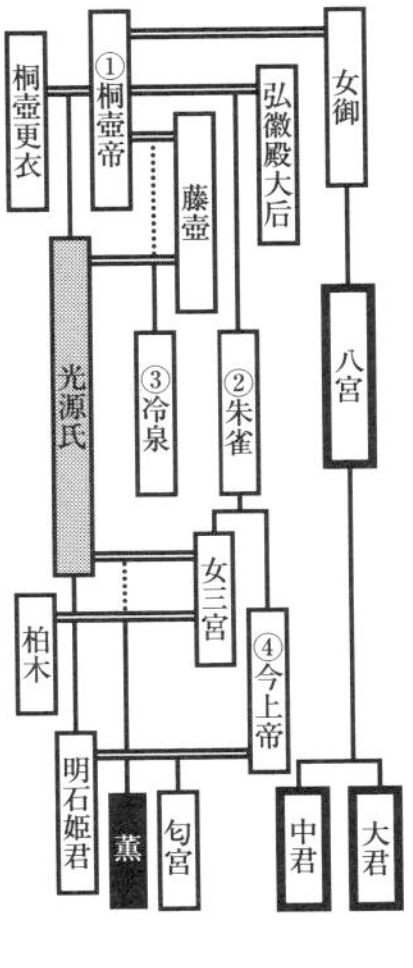

総《あげ》角《まき》

登場人物

薫（主人公）
匂宮（ライバル✕）25歳
大君（片想い相手）26歳
中君（大君の妹）24歳

薫（24歳）

大君《おおいぎみ》さま、薫《かおる》さまがいらっしゃいました
大君
薫さまがいらっしゃらなかったら父のお葬式も法事もできなかった……
しっかりとお礼をしなくては
ふつう女房に代返させるところ精一杯の感謝の印に自分の声を聞かせた
このたびは本当に……
脈あり!?
薫は……
大君、私はずっとあなたのことを……
ザザッ
なんてことを……!!

裏切られたようにも
汚らわしいようにも
感じる大君
仏道に生きたいとおっしゃっいますが、雲や霞を吸って生きていくのですか？
周りは勝手なことばかり言います
大君は薫さま、中君は匂宮《におうみや》さまとご結婚されれば万々歳じゃないですか
困ったわ……私はもう26歳こんなに痩せて……
やはり私はお父さまのご遺言を守ってこのままひとりで……でも中君はまだ若い

私ではなく中君と結婚してください
！
大君としては
匂宮
浮気者と評判の匂宮では心配だが真面目な薫ならば安心だし自分が中君の後見もしてやれると考えました
しかし薫は……
僕が……
僕が愛しているのは大君《あなた》だ！
中君も早くほかの男と結婚させてしまわなければ

そしてある夜
匂宮
きゃあ！
誰なの!?
中君
薫は匂宮を宇治に連れてきて口君と結婚させてしまいました
しかし結婚後、匂宮の訪れはありません
お父様が注意された通りになってしまった……
心労がたたって大君は病気となりあっけなく世を去ってしまうのでした
僕のせいだ……

忠実人（まめびと）の愛人たち

宇治十帖の三巻め。中君《なかのきみ》の結婚や大君《おおいぎみ》の死が語られます。さて、「格別の縁でなくて男に従うな」と言い残した八宮《はちのみや》は、自分の遺言がかくも娘を縛ると予想したでしょうか。女房の弁などが言うとおり「八宮は薫《かおる》と娘の縁組を望んでいた」とも思われるのです。

ではなぜ大君は薫を拒んだのでしょう。それを理解するには薫の女性関係を知る必要があります。薫は源氏物語中に三人出てくる忠実人《まめびと》（真面目な人）と呼ばれる男性の一人（残る二人は夕霧《ゆうぎり》と鬚黒《ひげくろ》）。忠実人は妻に律儀なのが特徴ですが、この時代の男性ですので、女房等の愛人はいます。そしてこの愛人たちを見わたすと興味ぶかい傾向が見られるのです。すなわち光源氏時代の男性たちは女房を愛人にするだけなのですが、薫時代の男性たちは女房に手を出すだけでなく、愛人を女房にしてしまうようになるのです。

道心から結婚を避けていた薫には特にこの手の女性が多く、大君に「劣らない身分の人も女房として集まっている」とあります。ですから大君も、薫に許したらいずれああなるのではと懸念したのでしょう。

実際の薫は大君に真剣でしたので、これは大君の考え過ぎでした。とはいえ八宮が生きているときには求婚せずに亡くなったとたん言い寄りだした薫も、疑われて当然というところでしょうか。

人物クローズアップ

わかり合えなかった弁《べん》

弁は薫の実父・柏木の女房だったが今は八宮家に仕える。打算から大君を薫と結婚させようとした女房たちと異なり、誠実に二人の幸せを願ったが無駄だった。

今や立派な母親　明石姫君《あかしのひめぎみ》

紫の養女として箱入りで育った明石姫君も43歳。息子匂宮のやんちゃぶりに胸を痛め時に厳しく指導する賢母となっている。子宝にも夫の愛にも恵まれた幸せな人。

豆知識　召人（めしうど）

女房で主人と男女の関係がある者のこと。女主人の代理や形見でもあったらしく、紫亡きあとの光源氏が義理を立てて妻たちとの関係を断ち、紫の女房の召人だけを身近に置いているという描写がある。女房以上妻未満の愛人と言えよう。

身分違いの恋で有名な歌人・和泉式部も恋人の召人になっている。この巻では明石姫君が匂宮の遠出を叱り、中君を召人にするよう勧めている。

知っておきたい!

大君の結婚拒否と仏教思想

思慮ぶかく内向的な大君がかたくなに結婚を拒むのは、仏教思想の影響がある。

薫と大君は共に仏教に親しんでいるが、結果大君は自己否定感と薫への嫌悪感を深めているのに対し、薫は自己肯定感を得ており、さらに「道心深い大君は自分にぴったりの女性だ」と考えるに至っている。結ばれ得ない関係が見えてくる。

仏教思想	大君への影響
この世に執着せず、家族の縁を断ち切って煩悩から離れた生活を送るべきと考える。	父・八宮の出家を妨げたのは自分たちだという罪悪感、自己否定感を生んだ。
女性は五つの障りがあって往生できない、罪ぶかい存在だと考える。	自分はそもそも罪深い存在なのだと罪悪感を深めた。
男女の営みを不浄と考える。	仏道を志向しているはずの薫が肉体関係を迫ってくることに対して嫌悪を覚えた。

仏教思想	薫への影響
父を知らぬことを罪と考える。	八宮の屋敷で実父を知ることができ、不孝の罪が軽くなった。
僧侶を敬うことや勤行を勧める。	若くから仏道に勤しんでいる自分はほかの人々と違って聖人君子だと感じている。
男性という性を肯定的に評価する。	当時の男性の常で女性経験は豊富であり、肉体関係を特別視していない。

ここまでの人物相関図

男児を産んだ明石姫君の安泰

当時の上流貴族は妃にできる女児の誕生を男児より喜ぶ傾向があったが、春宮が必要な天皇家のみは例外であり、男児の誕生が待望された。中宮という位と大勢の男児を有する明石姫君の安泰な立場が見える。

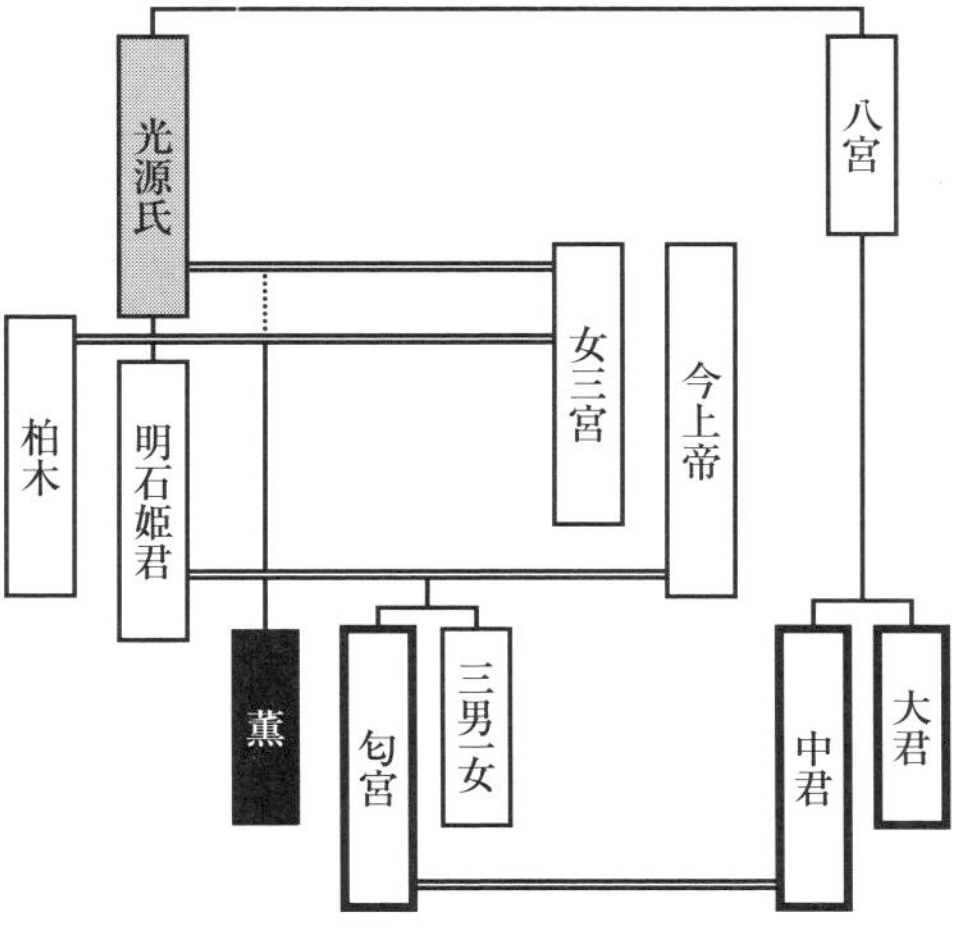

早蕨《さわらび》

登場人物

薫（主人公）
匂宮（ライバル✕）26歳
中君（匂宮の妻）25歳

薫（25歳）

姉上を失い
大君《おおいぎみ》
中君《なかのきみ》
匂宮《におうみや》さまはめったに宇治にこられない
私は一人……
中君…大君に似てるな
薫《かおる》
いっそ私がめとっても…
大君の死をきいた明石姫君《あかしのひめぎみ》（匂宮の母）
薫がそれほど惹かれた方の妹なら……
匂宮さま！
許可が下りました！
中君は晴れて京へ迎えられたのです

源氏物語の生き証人　二条院

宇治十帖の四巻めです。姉・大君《おおいぎみ》の死と夫・匂宮《におうみや》の無沙汰に涙する中の《なかの》君《きみ》が、同じく大君を悲傷する薫《かおる》にとって心惹かれる人になっていく過程を描きます。

この巻で匂宮は中君を、愛人でなく妻として京へ迎えました。中君の新居は二条院です。この二条院は源氏物語の中で、格別の由緒がある屋敷です。

初めて出てくるのは一巻め「桐壺」巻。七十年前の夏、光源氏が三つの年に母・桐壺更衣《きりつぼのこうい》が半死半生で里帰りしてきて、その夜のうちに亡くなった屋敷です。桐壺更衣の死後、光源氏が相続しました。

光源氏が十八の年、二条院に女主人がやって来ます。光源氏生涯の妻となる紫《むらさき》です。光源氏の須磨流離中は紫が二条院を守りぬきました。

やがて六条院が造営され、光源氏と紫が引越していって、二条院は物語から姿を消します。再度登場するのは第二部です。女三宮《おんなさんのみや》の降嫁で居場所をなくした紫が、帰ってきて幼い匂宮《におうみや》と共に梅・桜を愛でながら亡くなりました。

そして今、中君がやって来ました。匂宮自身は、幼すぎて覚えていないのでしょうか、紫の思い出を語ることはないのですが、紫が愛した桜は満開となって新たな女主人を迎えたのです。

深読み　お坊さんの手紙

この巻のタイトルは、八宮と親しかったお坊さんが新春、中君に蕨の初穂を贈ったことに由来している。添えられていた手紙には「八宮、大君亡き今、中君のことだけを仏に祈願している」旨と、和歌が一首書かれていた。

手紙の字も和歌もたいそう下手だったが、心がこもっていた。匂宮の美しいが実のない手紙より心に響き、中君は思わず泣いたと記されている。

ここまでの人物相関図

否応なしに三角関係に

中君は表向き薫の従妹で、生計をかなり頼っている。二人が否応なく接近し、三角関係となっていくのはこのためでもある。

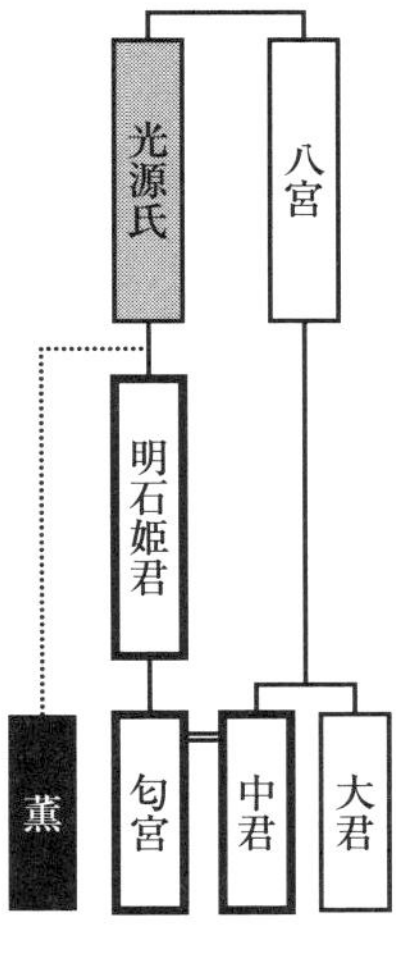

薫（24〜26歳）
中君《なかのきみ》は京で
匂宮《におうみや》と
暮らし始めました
しかし
母はいずれは
あなたを
春宮《とうぐう》に、と
明石姫君《あかしのひめぎみ》
私の娘・六君《ろくのきみ》なら
家柄も相応だし
歳も似合いだ
夕霧の娘・六君
しぶしぶ
夕霧《ゆうぎり》
そして
夕霧の娘・六君の
ところに入り浸る匂宮
明るいし
知的だし……
しかも美人！

宿《やどり》木《ぎ》

登場人物

薫（主人公）
匂宮（ライバル✕）25〜27歳
中君（匂宮の妻）24〜26歳
夕霧（左大臣）50〜52歳
六君（夕霧の娘）21・22〜22・23歳

中君
宮様はここにはめったに来なくなって……
薫《かおる》
もう宇治に帰りたい！
中君！
ならばいっそ私が
っ すまない
はっ
懐妊の帯……
中君？どうした？
匂宮
……！
この香りは薫の……
あいつにわたしてなるものか！
匂宮は嫉妬によって中君の元に戻ります やがて男の子が生まれ中君の地位は安定するのでした

不幸な「幸ひ人」

宇治十帖の五巻めです。薫《かおる》は天皇の娘、匂宮《におうみや》は左大臣夕霧《ゆうぎり》の娘・六君、というように、それぞれ相応の妻をめとります。薫は正妻に礼儀正しく接しつつも、匂宮の結婚に苦しむ中君《なかのきみ》が哀れで、ついにある夜押し入って迫ります。しかし中君は薫を異性としては見ておらず、薫もまた一線を越えることはできませんでした。一方匂宮は、新妻に惹かれていたものの、薫に嫉妬して中君へのもとへ帰ってきます。この入り乱れる感情の中で、中君は扶養してくれる薫との関係を断つこともできず、身代わりとして異母妹・浮舟《うきふね》を紹介したのでした。

匂宮と結婚後の中君は「幸《さいわ》ひ人」と呼ばれています。女好きの夫を持って泣いている中君が「幸ひ」とは、解せぬ気がしますね。ではこのことばが『源氏物語』中でどのように使われているのか見てみましょう。

「幸ひ」と描写されている人物は紫《むらさき》、秋好《あきこのむ》、明石《あかし》、明石尼君、中君といった女性たちです。彼女たちに共通するのは親がいない、身分が低いなどの不幸です。一方、親がおり身分も高い女一宮（匂宮の姉）などは「幸ひ」と形容されません。つまりこのことばは「本来ならそのような身分にはなれなかったはずの女性が、愛や富に恵まれている」とき、人からいわれることばなのです。裏に不幸があるからこその「幸ひ人」。すなおに「うらやましい！」とはいえませんね。

人物クローズアップ

夢見る貴公子　匂宮

不幸の影ある姫との切ない恋を夢見るロマンティスト。情にもろく他人の不幸にも本気になって泣く。むじゃきに罪な男。

うまくやれる人　中君

実生活に根を下ろして生きている人。すなおに喜び悲しみ恋し恨む、心の豊穣な人。利発で、小ずるいと言える面もある。

シンデレラ・ガール　六君

祖父は光源氏の忠実な従者・惟光。母の身分が低いため夕霧の高貴な妻・落葉宮の養女となった。うまく行けば未来の中宮？

豆知識

禄《ろく》

平安時代、貨幣経済がまだ浸透していなかったため、給料や賞与は物で支払われた。源氏物語でよく出てくるのは「禄」。手紙を運んできた使者には「禄」つまり衣装などをお駄賃として与える。

使者はそれを肩に掛けて帰り、主人に披露するのが慣わしだった。「宿木」巻では匂宮から六君への使者がたいそう豪華な禄を肩に掛けて帰ってきたため、中君が傷つく場面がある。

知っておきたい!

夕霧政権の基本的失敗

宇治十帖の政界もなかなか緊迫している。今上帝が反夕霧の動きを見せているのだ（下表参照）。

しかし夕霧は危険に気づいていない。皇子である孫がいないことは致命的なので一刻も早く匂宮、五宮と縁を結ぶべきなのだが、最も優秀な娘・六君が22歳になるまでぐずぐずしている。しかも、匂宮と中君の結婚を聞くと腹立ちまぎれに六君を引っ込め、薫に縁組を打診するありさまだ。

若き日には、侮られたことを根に持って頭中将に頭を下げさせるまで妻（頭中将の娘）との結婚を延ばしたこともある夕霧。プライドの高さと感情的な所が欠点のようだ。

今上帝の動き	理由
春宮になかなか譲位しようとしない。	春宮が夕霧の長女をめとっているから。
式部卿宮でなく匂宮を、次代の春宮にしようとしているようだ。	式部卿宮は早くに夕霧の次女をめとり、夕霧側にすっかり取り込まれている。一方匂宮は、夕霧をあまり好いていない。
薫に自分の娘（女二宮）を嫁がせた。	薫を支援し、光源氏一族の長のポジションを夕霧でなく薫にずらそうという意図である。
中君が匂宮の息子を出産したとき、華やかに誕生祝いを贈った。	中君の社会的地位を高めれば、匂宮の妻となった六君（夕霧の娘）の地位が相対的に低くなるから。

ここまでの人物相関図

惟光の娘が玉の輿に

惟光（光源氏の従者。物語前半で活躍）が顔を出している。娘・藤典侍が夕霧に縁付いた結果、惟光が夢みた子孫の出世が実現したのだ。

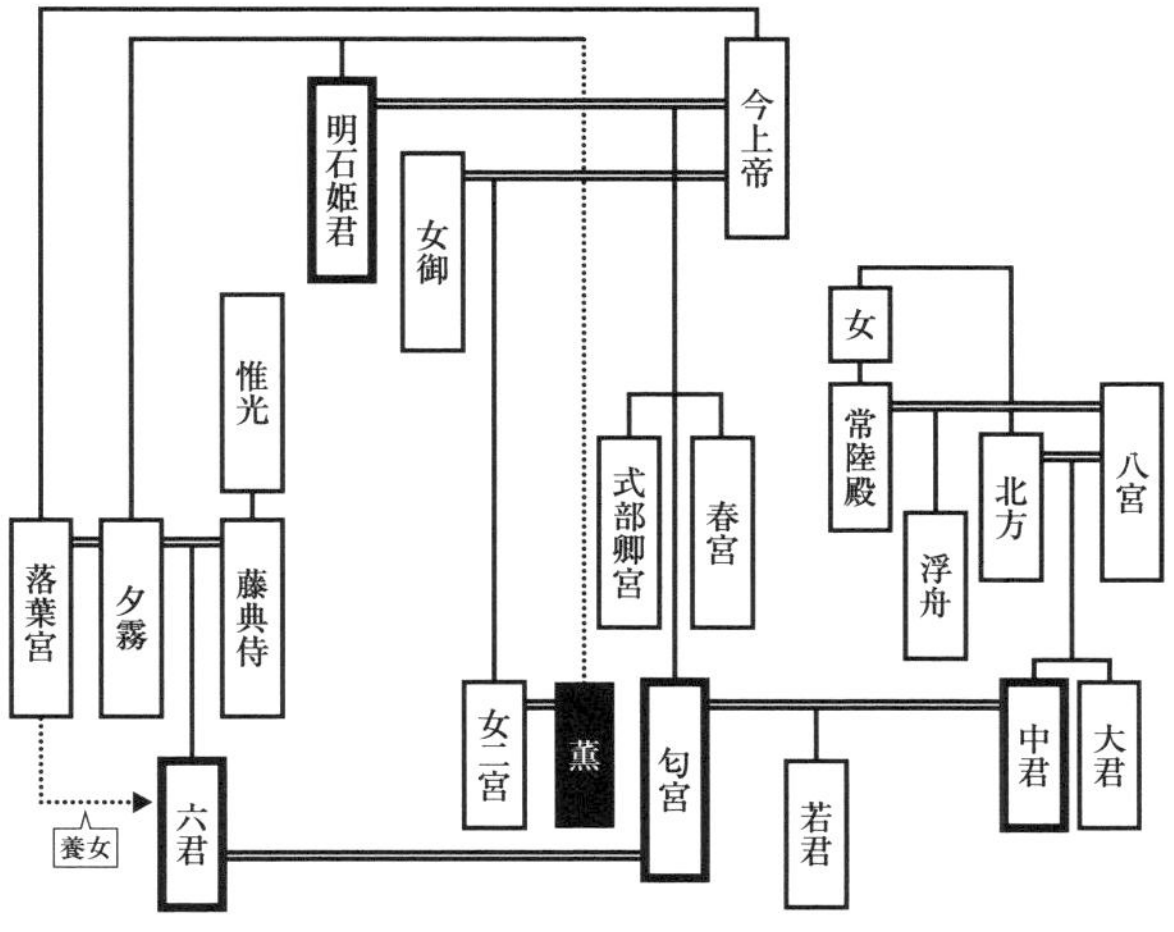

東《あずま》屋《や》

登場人物

薫（主人公）
匂宮（ライバル✕）27歳
中君（匂宮の妻）26歳
浮舟（中君の妹・恋人♥）21歳

薫（26歳）
その頃大君《おおいぎみ》、中君《なかのきみ》の異母妹・浮舟《うきふね》が帰京しました
まあお姉様《大君》そっくり
薫《かおる》さまに紹介しちゃえ
中君
私のことはあきらめてねでもお金はヨロシク
そして中君を訪ねる浮舟
浮舟
ん？
匂宮《におうみや》
ぱったり
美人！
がばっ
きゃーっ
なんとか逃げだした浮舟は薫の隠し妻になり宇治に住むことに
大君
しかし浮舟の心には匂宮の面影が……

不幸な未来の予兆　浮舟

宇治十帖の六巻めです。八宮の三女・浮舟《うきふね》が薫《かおる》の隠し妻となって宇治に住み始めます。亡き恋人の代わりを得て薫は落ち着きますが、浮舟の心には姉・中君《なかのきみ》の家で出会った匂宮《におうみや》が宿っているのでした。

浮舟は不幸な生い立ちの女性です。母・常陸殿《ひたちどの》が召人だったため父・八宮《はちのみや》に子と認知されず、田舎貴族の継娘として育ちました。継父は浮舟を気にかけず、浮舟の婚約者を自分の娘の婿に横取るありさま。やがて薫との縁談がまとまりますが、上流貴族の薫にとっては浮舟など、まともに相手する価値のある女ではないのでした。

浮舟と薫の結婚には最初から不吉な影が漂っています。まず浮舟登場の経緯ですが、薫が中君に「亡き恋人に似た人がたが欲しい」といったことをきっかけにその存在が明らかにされるのです。人がたとはつまり似姿ですが、厄移しに使い、使用後は川に流してしまう物でもあります。また薫が浮舟と初めて契ったのは九月、婚礼を忌む月なのです。さらに浮舟と初めてゆっくり過ごしながら薫は漢詩を口ずさむのですが、その詩は男に捨てられた女を詠んだ詩だったのです。

薫自身、口ずさんだ直後「婚礼には不吉な詩を言ってしまった」と反省するのですが、教養のない浮舟は気づきません。この育ちの違いこそ、最大の不幸だったといえましょう。

豆知識　泔《ゆする》

泔とは、整髪や洗髪に使う水のこと、さらに洗髪そのものも指した。

当時の女性の髪は身長ほどもあった。日常的な手入れはくしで梳き香をたきしめることだったが、ときどきは洗髪もした。吉日に洗う、1月4月5月、あるいは9月10月には洗わない等の禁忌もあった。この巻では中君の洗髪中に匂宮が退屈し、浮舟に声をかける設定となっている。洗髪は長時間作業だったようだ。

ここまでの人物相関図

系図に見る勝ち組と負け組

右側は代々の帝、栄華のメインストリーム。左はそこからずり落ちた人々だ。中君は復帰に成功。

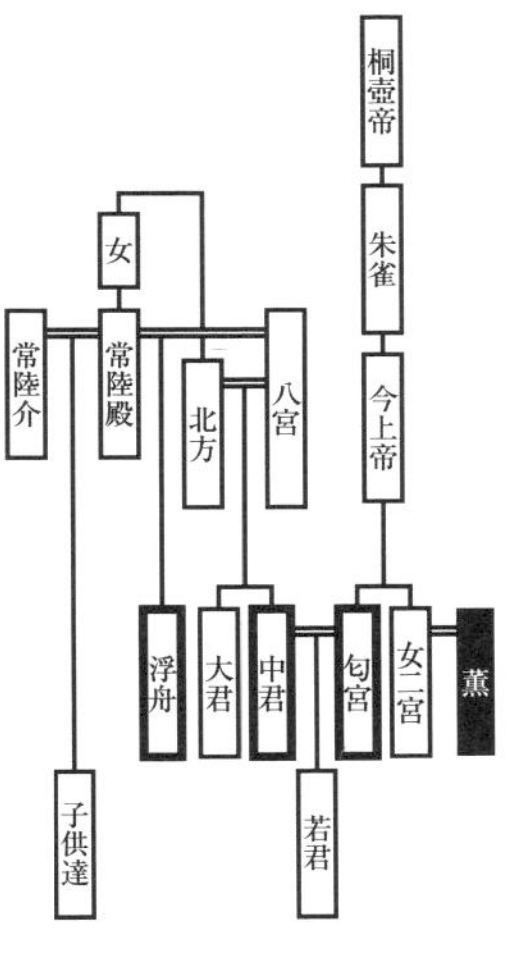

手紙

手紙によって愛を誓い、怒りをぶつけ、喜びを伝える……。当時の手紙は、現代とは比較にならないくらい重要なコミュニケーションツールだった。

品性のバロメーター

平安貴族は筆まめだった。遠方に住む人だけでなく、近所の友人や同じ家の家族とも、ひんぱんに手紙を交わしていた。これは非行動的なライフスタイルや、家族でも別の棟に住んでいたりするという住宅事情のせいでもあったろう。

手紙はまた、書き手の品性のバロメーターでもあった。文通はきわめて繊細な美意識にのっとって行われ、芸術の域に達していた。

文通において審査される点

手紙は当然ながら手紙そのものがまず品定めされる。一番に用紙。素材、色、香りが審査対象だ。次に文章。和歌や詞書（ことばがき）の巧拙、字の上手い下手、改行のセンス、墨の濃さ薄さで、書き手の教養から気分までもが推測される。第三に外装。手紙の包み方や結び方、草花の添え方が適切でなければならない。

手紙のやりとりにおいて「空気が読めるか」も重要。相手が困る時に送りつけるのは最低だ。受け取った側も返事をするかしないか、適切なタイミングで返事しているか、などで常識とセンスを裁定された。

最後に使者。手紙を運ぶ者の態度は、送り手の印象そのものだった。そして使者のねぎらい方は、受け手のセンスの見せ所だった。

手紙に関する習慣あれこれ

恋文は薄い紙に書き、紙の色に合った草花につけるのが一般的だった。このような手紙を結び文という。

無粋な夕霧《ゆうぎり》は、紫《むらさき》の手紙をススキのような草、刈萱《かるかや》に結びつけて、女房に「もっと風情ある花になさったら」と注意されている。

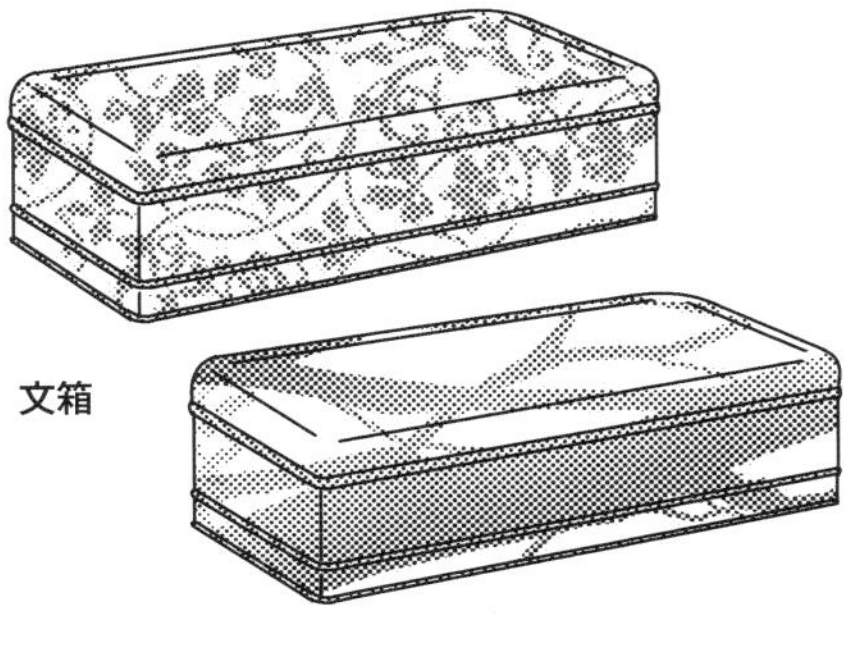

正式な書状は立文《たてぶみ》という縦長の形に畳み、文箱《ふばこ》に納めて送った。御飯粒から作った糊で封をすることもあったようだ。

また第三部で薫《かおる》と匂宮《におうみや》という正反対のふたりに愛された浮舟《うきふね》。堅物の薫は立文で手紙を寄こす。立文とは、礼紙という白紙で巻き包み、さらに「表巻き」というこれまた白紙で包んで上下を折り返す手紙の包み方をいう。プレイボーイの匂宮は優雅な結び文をくれる。浮舟はそれぞれに惹かれ、苦悩する。

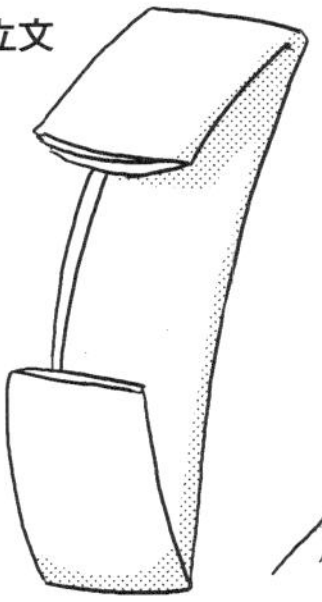

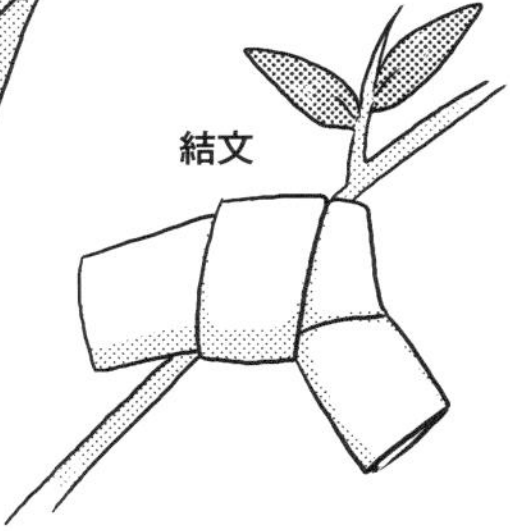

男女が初めて夜を共にした翌朝は、男が手紙を送るのが習慣だった。これを後朝（きぬぎぬ）の文と言う。

手紙を受け取った者は、使者にお駄賃をやった。「総角《あげまき》」巻では、妹・中君《なかのきみ》を盛大に結婚させてやりたい大君《おおいぎみ》がお駄賃を派手に払い、秘密の恋を楽しみたい匂宮《におうみや》を不機嫌にさせている。

浮《うき》舟《ふね》

登場人物

薫(主人公)
浮舟(隠し妻♥)22歳
匂宮(ライバル✕)28歳

薫(27歳)
束の間見ただけの浮舟《うきふね》を忘れられない匂宮《におうみや》
匂宮さま!
浮舟さまの居場所をつきとめました!
でかした!
宇治……
彼女は薫《かおる》に……

……殿？
……!!
匂宮さま
なぜ
ここに？
あっ……
匂宮は
翌日も帰らず
離れたら
死んでしまうよ
この方は……
私を対等な相手と
見てくださる
一ヶ月後
薫
元気にして
いましたか？

寺に寄って遅くなってしまった
浮舟?
とてもお顔を
見られない……
ふふ
だいぶ都風《みやこふう》のしぐさが身についてきましたね
薫を尊敬しつつも
殿……
匂宮の言いなりになってしまう浮舟
やがて薫は二人の関係を知ります
浮気者同士お似合いだが

いやしかし
どうせ匂宮は
すぐに飽きるだろう
浮舟は
別れるには
惜しい女だ
侍《さむらい》を送って警備を固める薫
浮舟を盗み出そうと
動き出す匂宮
薫さま……
匂宮さま……
姉上……
母上……
私は……
薫と匂宮の板ばさみになり
宇治川に身を投げる
決意をしたのでした

浮舟を押し流す愛・憎・思惑

宇治十帖の七巻めです。匂宮《におうみや》が浮舟《うきふね》を探し出し、情熱で我がものにしてしまいます。薫《かおる》と匂宮、二人の奪い合いのターゲットとなった浮舟は、入水を決意するのでした。

何も自殺しなくてもと現代人は思いますが、当時の人もそうだったようで「親が世間知らずに育ててしまったせいだ」と作者は述べています。一方で入水に至る経緯を精緻に構成していて、心理的ストレスが積もり積もっていくようすを細かく描いています。

入水の最大の要因は、理性と感情の分裂から来る精神的な疲労でしょう。薫に従わなければと考える端から匂宮の面影が浮かぶありさま。姉の夫である匂宮を恋してはいけない、と自戒しつつもその訪れにときめく心。こんなことがスキャンダルになったら、薫との縁を喜んでいる母の気持ちと、継父に対する母の面目をどれほどまでに傷つけるか、と複雑な家庭事情も拍車をかけます。

前後して物理的な事件が起こります。薫が浮舟を引き取ろうとしたこと、対抗して匂宮も奪おうと動き出したこと、薫が武士が派遣してきて匂宮がニアミスしたこと、女を取り合った男たちが刃傷沙汰を起こしたと聞いたことなどです。自分さえいなくなれば全てよくなる、と浮舟は深夜ふらふらと出て行くのでした。

人物クローズアップ

指示待ち人間の浮舟

継子として肩身せまく育ったせいか、控えめで命令を待つタイプ。自己主張せず、劣等感を抱いてひっそり生きている。

プライドを娘にかける　常陸殿

浮舟の母。中流貴族の妻に落ちぶれた常陸殿は、娘に誇りを託している。浮舟を侮る夫への意地もあり、玉の輿に載せようと奮闘中。

金だけを信じる　常陸介

常陸殿の夫。田舎暮らしが長い中流貴族。カネの力を信じている。妻が夫である自分を見下したり浮舟を尊重したりするのがしゃく。

豆知識　さかしがる

「さかし」は「賢い、しっかりしている」という意味。若干ネガティブな意味を持つときがある。「がる」は現代語とだいたい同じで、「～のようすをする、～のようにふるまう」。

この巻では入水を決意した浮舟が老いた乳母を眺め、「さかしが」っているがいつしかこんなに老いて、私の死後どうなってしまうだろう、と涙ぐんでいる。

知っておきたい!

行き違う心

浮舟には右近と侍従という二人の腹心の女房がいた。浮舟の悲劇は、この女房たちとの誤解の積み重ねが関わっている。

1．浮舟が匂宮の手紙を読んでいるとき、薫からの手紙も届いた。浮舟は薫の手紙には手も触れず、匂宮の手紙を読んでいる。
（浮舟の真意）男二人の手紙を両方見る我が身を恥じたから。実際は、匂宮を慕うと同時に薫も尊敬している。

（右近・侍従）浮舟は匂宮に心変わりしたと解釈した。侍従は浮舟のためを思って匂宮との関係が深まるよう尽力してしまった。一方、右近は薫寄り。2人の意見が分かれたため、浮舟はいっそう混乱した。

2．右近は薫からの手紙を盗み見て、浮舟の浮気が薫にばれたことを知った。それで浮舟に「お気の毒に。秘密を知られてしまったようですね」と言った。
（右近は）浮舟との間に何の秘密もない間柄だと思っているので、盗み読みという意識なし。ただ慰めたかっただけ。

（浮舟は）右近が手紙を盗み見たとは思わず、すでにスキャンダルが広まっているのだと怖れおののいた。


これらの行き違いにより、浮舟は入水を決意したのだろう。浮舟が失踪した後、右近は幼児のように泣いた、とある。

ここまでの人物相関図

似た声で薫になりすました匂宮

匂宮は「もともと少し似た声」で薫を装い、浮舟の部屋へ入り込んだ。いとこであるうえ共に育っているので、雰囲気が似ていてもおかしくない。

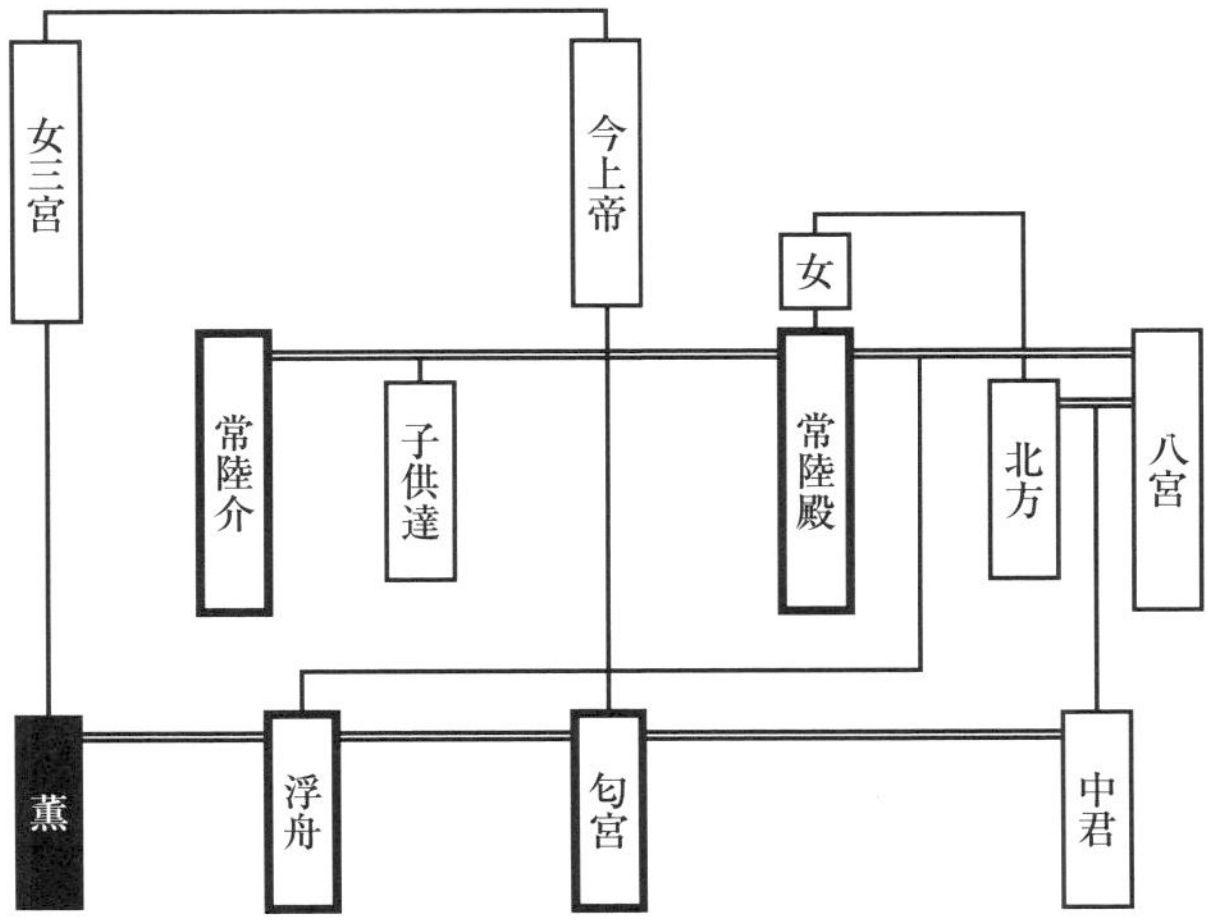

蜻蛉《かげろう》

登場人物

薫（主人公）
匂宮（ライバル✕）28歳

浮舟は行方不明に――残された和歌から入水《じゅすい》したと思われました
薫（27歳）
浮舟《うきふね》
あんなに水を怖がっていたのに……
悲しみと衝撃で寝込む匂宮《におうみや》
法事を行い遺族の面倒を見る薫《かおる》
異父弟がいたのか？
とりたててやれ
やがて匂宮は血縁の女性に心を動かし
浮舟のいとこ？似ているのか!?
薫は浮舟供養《くよう》にいそしむのでした

昔話から小説へ　源氏物語の進化

宇治十帖の八巻めです。浮舟《うきふね》の死を聞いた薫《かおる》と匂宮《におうみや》、それぞれの反応とその後が描かれます。

この「蜻蛉」巻と、『源氏物語』第一部を比べると、物語の質の変化がわかります。例えば〝継子《ままこ》物語〟という観点から見てみましょう。第一部の継子、紫の話を検討すると、継子が幸福な結婚をして継母をくやしがらせるという、実に類型どおりの話であることがわかります。

一方、宇治十帖の継子、浮舟《うきふね》はどうでしょう。継父に疎外された浮舟は薫に嫁ぎますが妻扱いされる前に失踪してしまいます。継父が浮舟のおかげで出世して大喜びするのは昔話どおりですが、肝心の浮舟は被葬者なのです。

また、ヒロインが亡くなった場合はどうでしょう。第一部ではすぐ代わりのヒロインが出てきます。そして空蝉《うつせみ》や夕顔《ゆうがお》のように、また恋愛話が再開されます。しかし宇治十帖の「蜻蛉」巻では、女一宮や宮君といった新ヒロインが現れますが、恋愛話になりません。大君や浮舟が生きていれば、という嘆きに収斂《しゅうれん》して、終わってしまいます。

源氏物語の翻訳者アーサー・ウェイリーは「初期、紫式部はまだ先行物語の影響を受けていた」と述べています。しかし宇治十帖は昔話を抜け出して、極めて現実的な話に仕上がっているのです。

深読み　宮君

第一部の物語はきれいごとの要素が強く、女性たちが貴公子の曲がりなりにも妻になる話が多かった。しかし宇治十帖はより冷酷だ。一例が「蜻蛉」巻に出てくる宮の君。深窓の令嬢だったのだが父の死後女房勤めをせざるを得なくなり、たちまち〝平気で男に声を聞かせる女〟に変わってしまった。匂宮がさっそく食指を動かしている。

ここまでの人物相関図

浮舟の喪失から見えるそれぞれの個性

匂宮は傷心を、浮舟に似た中君や宮君で癒している。薫は、浮舟の異父兄弟たちを雇用してやって、悲しみと負い目を鎮めようとしている。

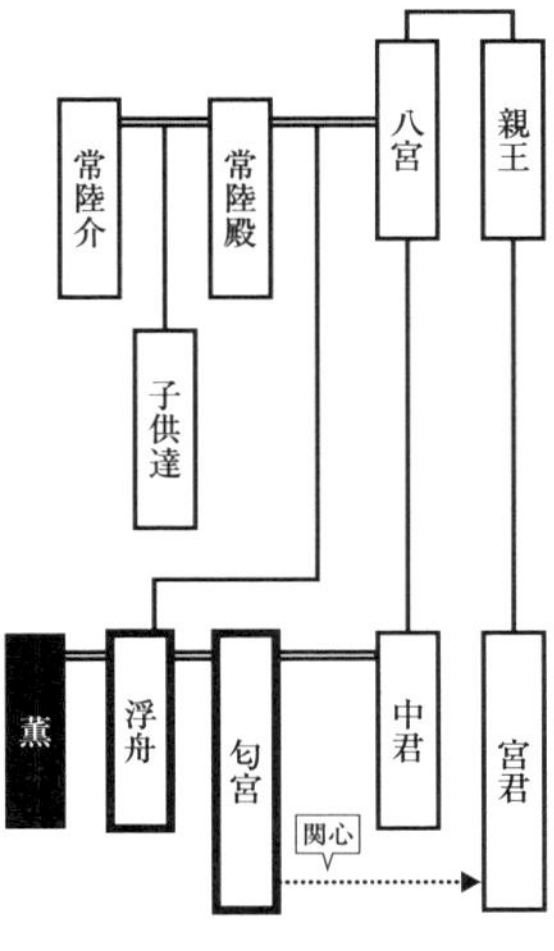

手《て》習《ならい》

薫（27〜28歳）

横川僧都《よかわのそうず》に助けられた浮舟《うきふね》
僧都の妹に介抱されます
観音様の贈り物のよう
記憶がないのですか？
名前も？
別人として生きたい……
私を母と呼んで！
亡き妻の代わりに
尼にはもったいない
ええ
しかし
これでは同じじゃない！
初めて意志を貫き出家します
せいせいしたわ！
が、薫《かおる》が自分の一周忌を泣く泣く営んだと聞き心があやしく乱れるのでした

登場人物

薫（主人公）
匂宮（ライバル✕）28〜29歳
浮舟（隠し妻♥）22〜23歳
横川僧都（浮舟の師）
妹尼（僧都の妹）

今、浮舟の心にある人は？

宇治十帖の九巻めです。僧侶の一行に救われた浮舟《うきふね》が新たな人生を始め、出家を選ぶ経緯が描かれます。

「浮舟」巻で入水《じゅすい》を決意した浮舟ですが、実のところ川に入ってはいません。平安中期の貴族社会は古今東西類を見ない優美・優雅・穏健な世界です。ですから苦悩したヒロインが示す最も激しいしぐさは、―サムライの世の女性なら自刃するところですが―〝自分で髪を切る〟または〝息が絶えてしまう〟です。浮舟も、自分で川まで歩いて行けるはずもなく、庭で茫然としているうちに「物《もの》の怪《け》に誘拐され」、やがて近隣の家の裏で横川僧都《よかわのそうず》に発見されました。

さてこの巻では浮舟が家を出た3月20余日から1年強の出来事が語られています。注目すべきは浮舟の心境の変化でしょう。半病人状態から回復した浮舟が、最初に思ったのは母や乳母《めのと》の嘆きでした。やがて薫《かおる》、匂宮《におうみや》のことを考えるようになります。しかし匂宮への官能的な恋心はもはやありません。「あの方のせいで身を誤った」と気づき、誠実な薫を慕わしく思います。やがて再び男に迫られるようになった浮舟は、初めて自己を主張し、愛執を断つかのように出家するのでした。

しかし浮舟はまだ二十三歳です。母の、薫の名を聞くたび動揺してしまう心。やがて試練がやって来ました。薫に生存を知られたのです。

深読み

手習

この時代の手習いは字や絵の練習というだけでなく、遊びでもあった。教養が問われるうえ道具の紙が高価なので、ステイタスシンボルになる娯楽である。今でいえば乗馬等だろうか。匂宮も手習いをしてみせて田舎育ちの浮舟をくらくらさせていた。この巻では浮舟が、音楽の教養のなさから妹尼たちの合奏に加われず、所在なく一人で手習をしている。浮舟の疎外感を映し出す遊びだ。

ここまでの人物相関図

浮舟の周囲の人が一新される

紀伊守から薫の噂が届いてきて浮舟を動揺させる。常陸介が二人いるが、むろん別人である。

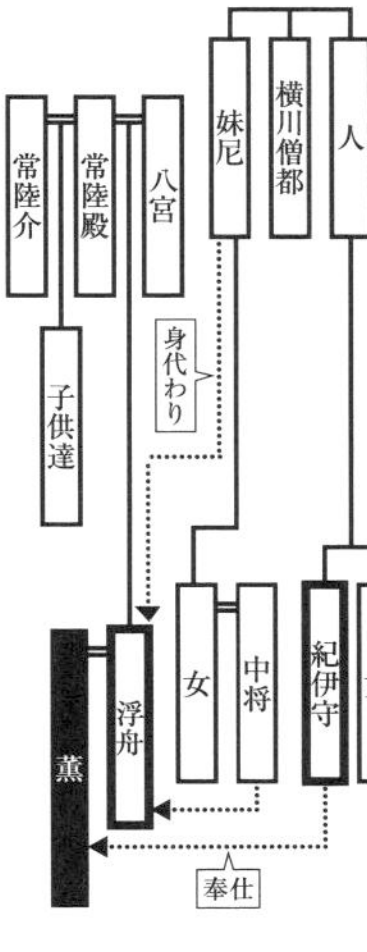

夢《ゆめの》浮《うき》橋《はし》

登場人物

薫（主人公）
浮舟（薫の元妻♥）
小君（浮舟の異父弟）

薫（28歳）
浮舟《うきふね》が生きている？
薫《かおる》
小君《こぎみ》を呼べ！
使いを送る
薫様の使いでこの手紙を……
浮舟の弟・小君
今はひどく気分が悪いので
浮舟は返事をしませんでした
薫はこの後、また使いを送ったのか
浮舟は結局返事をしたのか
二人が再会することはあったのか
まさか誰かほかの男に……
読者のもどかしさをかき立てておいて
『源氏物語』は霧に溶けるように終わります

断ち切られたからこそ残るもの

宇治十帖の、そして『源氏物語』の最終巻です。この巻はタイトルどおり、夢の中に消えていくような巻です。読者の関心をかき立てるだけかき立てておいて、未決着のまま終わってしまうのです。

まず、政治的な状況を見てみましょう。今上帝が譲位したら匂宮《におうみや》が春宮になるかもしれません。これは光源氏の息子・夕霧《ゆうぎり》には脅威です。夕霧は娘を匂宮に嫁がせていますが未だ子に恵まれません。しかも匂宮のもう一人の妻・中君《なかのきみ》は男児を産んでいるのです。ということは、夕霧は権力を維持できず、中君の子が遠い未来、天皇になるのでしょうか？　ことばを換えれば、光源氏があれほど苦労して築き上げた栄華は、もろくも二代目で瓦解してしまうのでしょうか？

しかし中君の立場も不安定です。春宮になれば妃の数も増えます。匂宮は天性の女好きですし、また仮に匂宮の心が変わらないとしても、後見のない中君が中宮に、その子が春宮になれるでしょうか？

そして浮舟《うきふね》と薫《かおる》です。出家して平安を得た、しかし迷いもある浮舟と、道心も忘れ愛執に囚われている薫。二人は再会するのでしょうか？

実にもどかしい終わり方です。しかし、試しに右の謎を解いた続巻を考えてみてください。一気に陳腐になるはずです。ここで断ち切ったからこそ傑作として、千年、余韻を引き続けてきたのです。

深読み

夢浮橋

源氏物語の巻名はたいてい本文のことばや和歌に由来する。しかし「夢浮橋」ということばはこの巻はおろか、全巻見渡しても出てこない。かろうじて似ているのは「薄雲」巻の「夢のわたりの浮橋」ということばだけだ。

ただ語感を見ると実に内容に合った巻名ではある。これ以後、「夢浮橋」ということばが和歌に詠み込まれるようになった。

ここまでの人物相関図

系図に表れる薫の孤独

3人を愛して皆実らず子も授からず、父は実父でない薫。人とつながれない心の象徴だろうか。

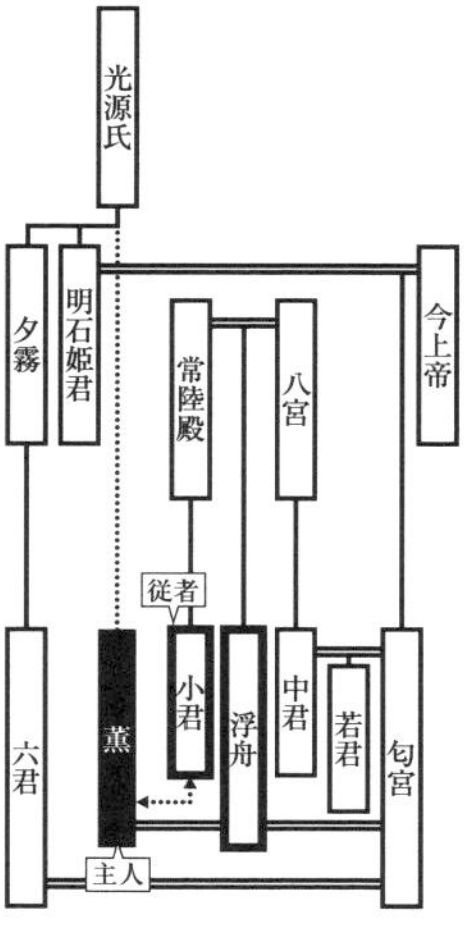
光源氏
夕霧
明石姫君
今上帝
八宮
常陸殿
従者
小君
浮舟
中君
若君
匂宮
薫
六君
主人

第三部　其ノ弐
まとめ

物語は悲劇的な終焉へ

薫と姫たちのすれ違う想い

「宇治十帖」と呼ばれる章です。
薫と匂宮という対照的な男ふたりが、
孤高の大君、女らしい中君、内気な浮舟の三姉妹に絡み、
悲しい恋物語を奏でます。

あらすじ

光源氏の晩年の子・薫《かおる》は自分の出生を怪しんで、影のある青年に育っていました。そしてある日、宇治に八宮《はちのみや》という、仏教に帰依《きえ》した宮がいると聞き、共感して師事するようになります。八宮家の老女房から真の父は柏木《かしわぎ》であると教えられた薫は、いっそう世の中が嫌になる一方、八宮の美しい娘たちふたりに心惹かれてもいくのでした。

やがて八宮が亡くなります。姫たちの面倒を見るようになった薫は、大君《おおいぎみ》に思いを訴えますが、厳しく拒絶されました。中君《なかのきみ》は薫の手引きで匂宮《におうみや》と結婚しましたが、家格の違いに苦しみます。大君はますます結婚を嫌い、薫を拒み続けたまま、衰弱して亡くなりました。

薫は中君と悲しみを共にし、いっそ妻にしようかと考えますが、匂宮に先を越されてしまいます。中君を誠実に支え続ける薫と、匂宮の浮気に泣かされる中君。ふたりの心は近づいていきますが、中君の懐妊がわかり、薫と中君の仲を嫉妬した匂宮が中君のもとに戻ったことから、結ばれることなく終わるのでした。

薫は失恋を癒すため、姉妹の身分低い異母妹・浮舟《うきふね》を宇治に囲います。しかし美しい浮舟は匂宮をも惹きつけてしまい、苦悩の果てに失踪してしまいました。失って改めて

浮舟を想う薫。やがてその居場所を聞きつけ、矢も盾もたまらず使者を送りますが、浮舟は黙殺します。なぜ無視するのか、もしや他に男がいるのかと、薫は恋の当てどもない闇に暮れ惑うかのごと悩むのでした。

薫の人物造型と狭衣物語

薫は、仏教を志向しつつも出家しないキャラクター。人生の苦にぶつかるたび出家を思い、勤行にいそしみますが、地位や家族にほだされ思い留まっているのです。

薫のこの性格は、のちの『狭衣《さごろも》物語』に強い影響を与えています。主人公の狭衣は、光源氏のような恋愛遍歴と薫のような優柔不断を併せ持つ人物に造型されており、出家志向と煩悩のはざ間で生きているのです。平安後期という社会不安の時代が必要としたキャラクターなのでしょう。

菅原孝標女と浮舟の女君

『更級《さらしな》日記』の作者で紫式部の次世代に当たる菅原孝《すがわらのたか》標女《すえのむすめ》は、源氏物語の熱烈なファンでした。彼女のお気に入りが夕顔《ゆうがお》と浮舟です。同じ中流階級で、親近感が持てたのでしょう。

第三部の特色

第三部は、冒頭三巻の短編と、残りの宇治十帖から成っています。短編は本筋とあまり関わらず、特に「紅梅《こうばい》」「竹河《たけかわ》」に関しては作者別人説も取り沙汰されます。

対して宇治十帖は、きわめて『源氏物語』らしい章です。ヒーローものだった第一部、現実に目を向けた第二部と、次第に暗さを増してきた話は、この宇治十帖で絶望、信仰にすがる心、なおも救われぬ人間の業を描いて終着点に達しました。

宇治十帖は構想されたとき、ヒロイン二人の話だったかと思われます。浮舟の登場には、何ら伏線がないからです。大君が現世を嫌って自死に近い死を遂げ、一方中君が俗に安定したあと、作者は浮舟を必要としたのでしょう。と考えると、流されに流されて出家し、それでもなお母や薫を思って惑う浮舟こそ、作者の心を象徴する存在といえそうです。

今後どうなる?　ライバル関係のゆくえ

光源氏の息子が大臣に娘が中宮になり、さらにその子どうしを結婚させてがっちりと天皇を確保している。頭中将側が今後盛り返せるかは薫次第だ。

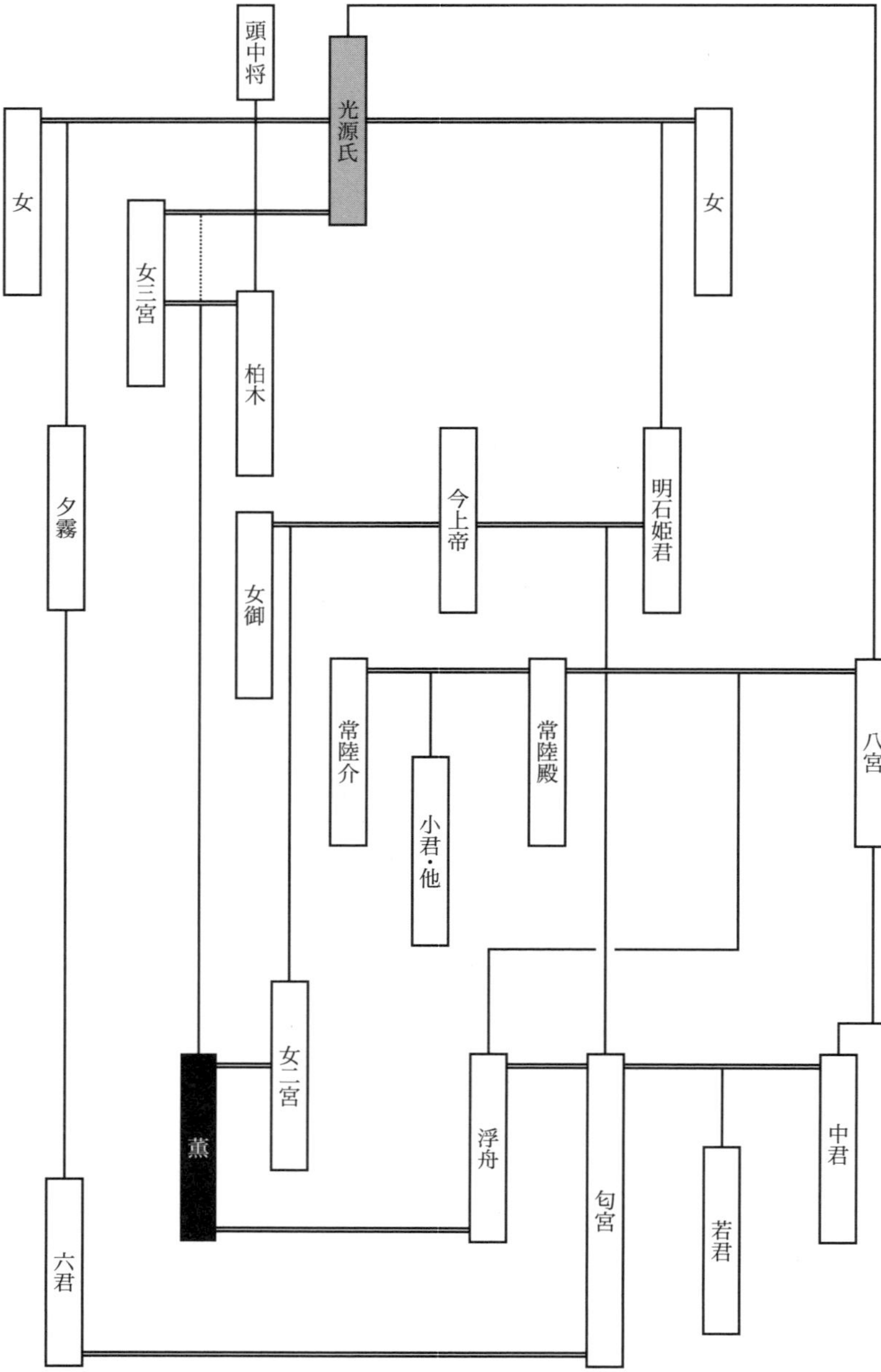

さて、紫式部の足跡は
一〇一九年を最後に
歴史から消えます
娘の賢子《けんし》は
母と同じく
彰子《しょうし》の女房となりました
記録を見ると貴公子たちと
恋をして子を産み……なんと、
天皇の乳母になれました
「従三位《じゅざんみ》」という
高い位もたまわり
小倉百人一首にも歌が採用
されるなど公私ともに
恵まれた生活だったようです
また晩年は
ヤリ手の国司《こくし》と再婚して
幸せになったようです

『源氏物語』は
謎に包まれた物語です
果たして式部が
一人で書いたものなのでしょうか
結論からいえば
「紫式部と呼ばれた女性がかなりの部分を書いたようだ。
しかし全部を彼女が書いたかは解らない」これが答えです。
「光源氏編を式部が、宇治十帖編を娘の賢子が書いたのだ」など
いろいろな説が唱えられています。
そもそも全54巻で全部なのでしょうか？
更級日記（1020～1060年の出来事を書いている）で
菅原孝標女《すがわらのたかすえのむすめ》が
「源氏物語五十よ巻」と記しています
これは五四巻でしょうか。五十余巻でしょうか

書かれた順序はどうなのでしょうか
本編が先に書かれ
外伝は後から追加されたという説もあります
確かなのは
紫式部と呼ばれる天才がいたこと
現在五四巻残っていること
そして『源氏物語』が時の試練に耐えて
生きのびた傑作であることです
数多くの謎も『源氏物語』の魅力の一つ
一〇〇〇年の時の彼方から投げかけられる謎に
あなたもチャレンジしてみませんか?
おわり

時空を超えて生きる源氏物語

『源氏物語』は十八以上の言語に訳され、世界の文化人に影響を与えました。日本では千年の間、実に多様に享受されてきたのです。

外国語になった源氏物語

一九二五年、アーサー・ウェイリーによる英語訳の一巻めがロンドンで出版されました。語学の天才だったウェイリーは中国語の造詣も深く、詩才もあって、彼の訳は古典的名訳とされています。

とは言えウェイリー本には省略や、情報の不足から来る誤りも多々見られます。この点を批判したエドワード・サイデンステッカーは一九七六年、完訳を刊行しました。二〇〇一年にはロイヤル・タイラーの新訳発行と英語版は活況が続いています。また、これら全ての英訳に先がけて、一八七八年、末松謙澄が「母国の文学を世界に紹介しよう」と一部訳を出した事実も記憶されるべきでしょう。

さてフランスではマルグリット・ユルスナールという作家がウェイリー訳を読んで感銘を受け、「源氏の君の最後の恋」という短編を書きました。これは、いわば「雲隠」巻を創作したもので、光源氏の死を描いて秀逸です。また、二〇〇七年にはルネ・シフェールの仏訳に、世界各地の美術館から集めた源氏絵をつけた厚さ十五センチの豪華版『源氏物語』が四八〇ユーロ（約七万六千円／当時）で売り出され、直ちに初版を完売しました。

中国語でも三人の翻訳家がそれぞれ訳本を出していま

す。原典にある漢籍を踏まえた表現をいとも楽々と訳出しており、平安文化と中国文化との近さが感じられます。

日本史をつらぬく源氏物語

鎌倉時代以降『源氏物語』は、王朝文化を体現したものとして、政治的な重みを持つようになりました。鎌倉幕府のお飾りの将軍として関東へ行くことになった公家は、『源氏物語』の冊子や絵を持参して権威を誇示しましたし、高名な歌人・藤原定家は秘蔵の『源氏物語』を鎌倉幕府に献上させられています。

京都を焼き尽くした応仁の乱（一四六七〜七七）は、当時の人々にとって空前の戦災でした。書物が手書きだった時代のことです、『源氏物語』が失われてしまうという危機感から、乱後、書写作業が盛んに行われ、地方都市へ送られました。こうして『源氏物語』の冊子や絵が全国へ広まっていったのです。

織田信長や豊臣秀吉の時代には、武家に圧迫された天皇家・公家によって『源氏物語』の書写・絵巻化が行われました。「横暴な権力者によって正当な王が虐げられる」という『源氏物語』に共感したためでしょう。徳川家康が関ヶ原の合戦前後、源氏学の講義を数回受けたのは、天皇家・公家のこのような感情を取り込もうとしたためと思われます。

『源氏物語』とオタクの日本史

『源氏物語』は千年にわたって、ファンの手で同人誌化されてきました。原典にはない光源氏の最期を創作したもの、薫と浮舟（別れたまま終わった恋人どうし）を再会させた作品、薫が恋敵・匂宮の女を奪って復讐する話などが、一部または全部、今日まで残っています。それぞれが時代の雰囲気や登場人物への愛情を伝えており、ほほえましいものがあります。

ゆかりの地を訪ねる「聖地巡礼」も行われてきました。京都の引接寺には十四世紀の建立と伝わる「紫式部供養塔」がありますし、五条北烏丸東には江戸時代の夕顔ファンによると思われる「夕顔之墳」碑が建っています。石山寺の「紫式部の間」も伝説を具体化したものです。『源氏物語』は日本人のオタク心を刺激するソフトであり続けたのです。

おわりに

子どもの頃、源平の合戦が好きでした。政子や巴など勇ましい女性に憧れ、子ども向け絵本を読みふけっていたものです。流れで『平家物語』を読み、「平家の次は源氏だ」と与謝野晶子訳『源氏物語』を手にしたのは、今思えば運命だったのでしょうか。

ともあれ、そのように『源氏物語』と出会ってから、約四半世紀が経過しました。リュックに入れて通学していて高校時代雨に降られ、二巻目が変色してしまった岩波文庫を始め、湖月抄など関連本が書庫を占拠しています。そのほかに、各種図録や研究書、グッズ、ゆかりの地を回って撮った写真などが、整理し切れないまま重なっていき、……。

『源氏物語』は実に、無限の魅力を湛えています。その特長を列挙してみましょうか。第一に人物造型が的確です。私は本書の執筆に当たってマンガ家さんに各キャラの説明をしましたが、主要人物だけで三十人以上いるにも関わらず、性格を形容することばに全く事欠かないのです。改めて紫式部のキャラづくり力に感嘆しました。

第二に、そのように明確なキャラクターたちが精密に描写されていることです。理性的な貴婦人である六条御息所の、抑圧された嫉妬と憎悪が生霊と化すさまは現代の心理学者をも感心させていますし、夫に灰を浴びせる鬚黒夫人は、更年期障害ではと指摘されています。その記述が極めて細かいため、読むたびに何か発見があります。今回の執筆に際して私は、宇治の大君と向かい合っていて、「父への愛の裏に恨みがあり、その恨みを薫にぶつけているような拒み方だ」と感じて、その屈折した心理にゾッとしました。

第三にその奥深さです。『源氏物語』には、いかようにも解釈できる重厚さがあるのです。過去の源氏に関わる絵・書物・工芸を見つめてください。その時代の雰囲気が見えてきます。仏教の影響が強かった時代、王朝文化への憧れが強かった時代、忠君愛国を唱えていた時代……。登場人物もさまざまな顔を見せます。例えば本書では、光源氏の野心家な一面に注目しましたが、「実は権力よりも出家を志向していた」という見方もできるのです。

『源氏物語』の特長その四はスケールの大きさです。「近現代七十五年にわたる歴史を、完全な想像で創ってください」と言われたら、どんな作家もたじろくでしょうが、それをしてしまったのが紫式部です。そしてその中に、和歌やトレンド情報、政権批判や評論、教育性など、あらゆる要素を溶かし込みました。以後の平安文学は「源氏の呪縛」から逃れられなくなり、模倣に陥って消えていきましたが、『源氏』の登場はそれほどの衝撃性を持っていた訳です。

「去年より今年はまさり、昨日より今日はめづらしく、つねに目慣れぬさま」とは、作者が理想の女性・紫を評したことばですが、私には『源氏物語』そのものに当てはまる形容と思えます。

とこのように、源氏物語の魅力を挙げ始めれば止まらないのですが、何より誇れるのはこれほどの現代性を持つ書物が、十一世紀初頭の日本語文化圏に登場したという事実ではないでしょうか。そして過去千年、先人たちは伝承と研究を積み重ねてきてくれたのです。そのひそみに倣い、このささやかな本を書きました。この本を読んだ方が「もっと源氏を読んでみよう」と思ってくださったなら幸いです。

この機会をくださった関係者の方々に感謝をこめて。

砂崎良

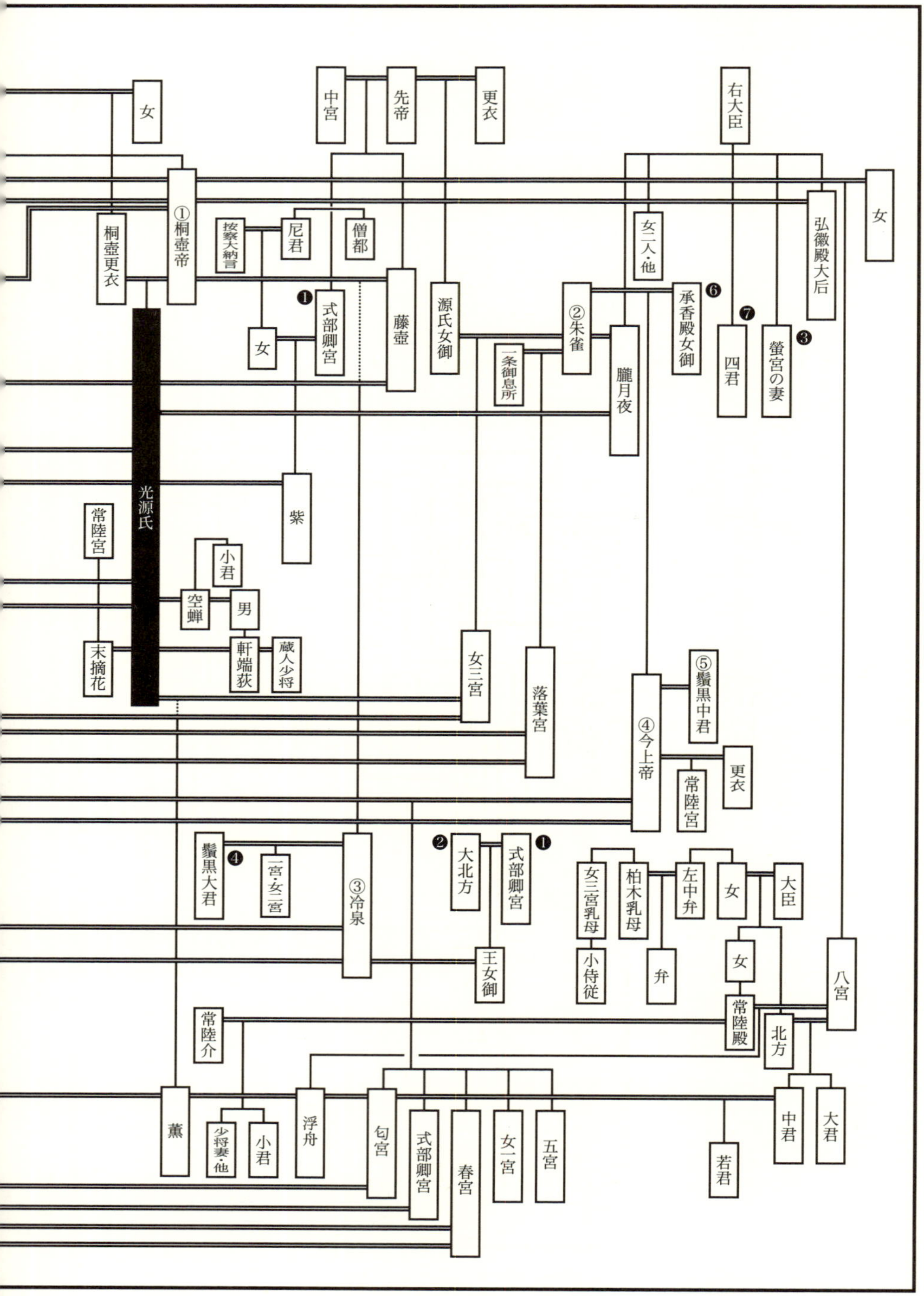

女
中宮
先帝
更衣
右大臣
①桐壺帝
桐壺更衣
按察大納言
尼君
僧都
女二人・他
弘徽殿大后
女
❶ 式部卿宮
藤壺
源氏女御
②朱雀
承香殿女御 ❻
❼ 四君
螢宮の妻 ❸
女
一条御息所
朧月夜
光源氏
紫
常陸宮
小君
空蟬
男
末摘花
軒端荻
蔵人少将
女三宮
落葉宮
④今上帝
⑤髭黒中君
更衣
常陸宮
髭黒大君 ❹
一宮・女二宮
③冷泉
❷ 大北方
式部卿宮 ❶
王女御
女三宮乳母
柏木乳母
左中弁
女
大臣
小侍従
弁
女
八宮
常陸介
常陸殿
北方
薫
少将妻・他
小君
浮舟
匂宮
式部卿宮
春宮
女一宮
五宮
若君
中君
大君

登場人物のおさらい

本書に登場する人物をすべて相関図にしてみました。
よくよく見ると、壮大なストーリー構想に感服することでしょう。

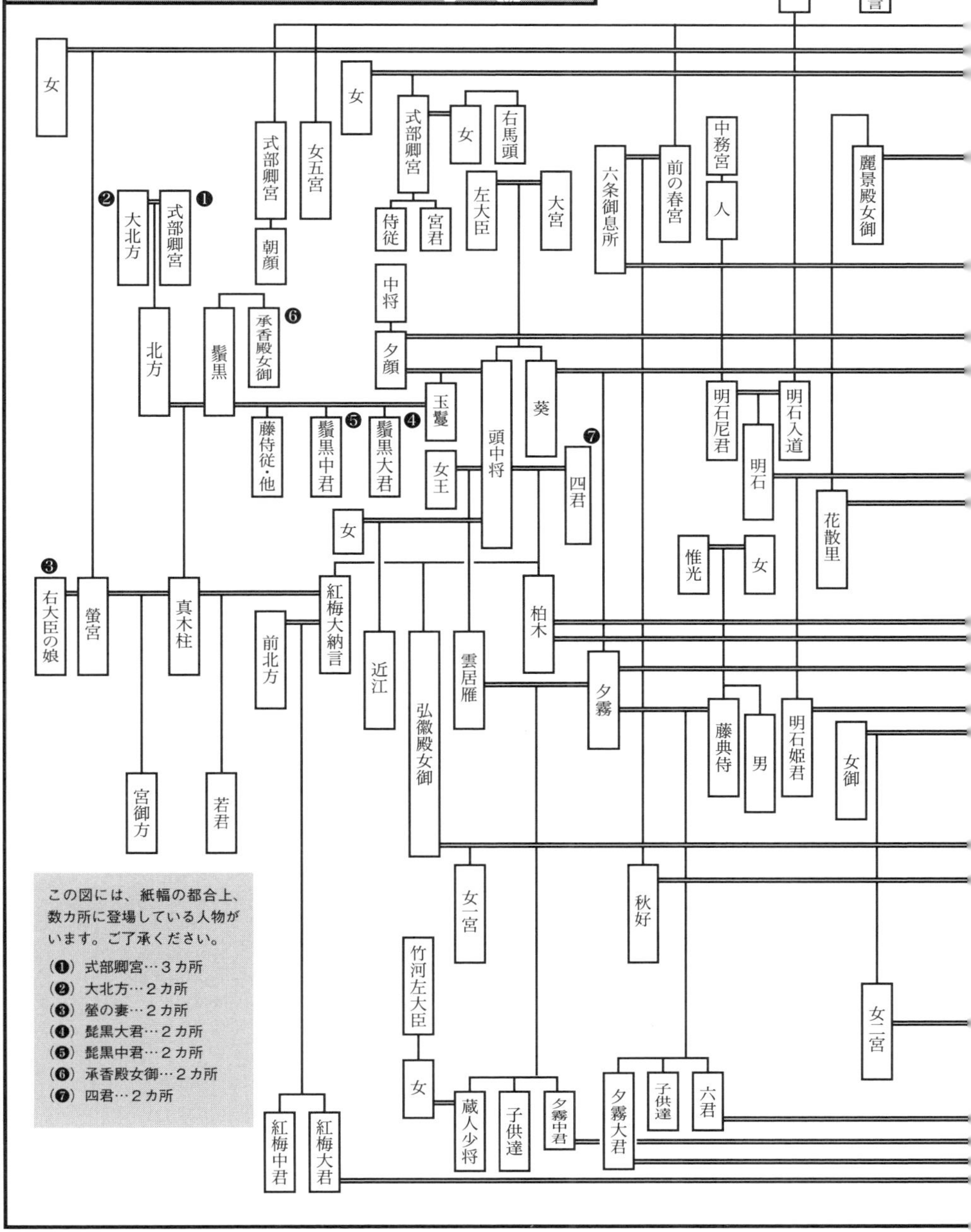

この図には、紙幅の都合上、数カ所に登場している人物がいます。ご了承ください。

(❶) 式部卿宮…３カ所
(❷) 大北方…２カ所
(❸) 螢の妻…２カ所
(❹) 髭黒大君…２カ所
(❺) 髭黒中君…２カ所
(❻) 承香殿女御…２カ所
(❼) 四君…２カ所

著者／砂崎良《さざきりょう》

東京大学文学部卒業。古典文学に現れる7～15世紀の香料文化史、交易史を研究。詩人であり、『源氏物語論』などでも知られる藤井貞和氏に師事。現在は教育・文化系のライター。

監修／上原作和《うえはらさくかず》

日本文学研究者。明星大学人文学部常勤教授。物語研究・文献史学・日本琴学史を専門とする。『源氏物語』『竹取物語』『うつほ物語』などを研究。

監修アシスタント／千野裕子

学習院大学大学院人文科学研究科博士課程後期。平安時代を中心とした王朝物語文学を研究。現役の女優活動のほか、劇団「貴社の記者は汽車で帰社」では劇作、演出も行う。

マンガ／亀小屋《かめごや》サト・サイドランチ

STAFF

本文デザイン／小林麻実（TYPEFACE）

DTP／田村和佳、森 紗登美（スタジオダンク）

家系図作成／石川志摩子

作画協力／浅戯、砂糖洋子、島田サンゴ、長瀬由乃、鳩羽零、早間桂、ふじしま（サイドランチ）

編集協力／上原千穂（スタジオダンク）

参考文献

現代語訳

瀬戸内寂聴 訳『源氏物語』全10巻、新潮文庫

大塚ひかり 訳『源氏物語』全5巻、ちくま文庫

参考書

秋山虔・小町谷照彦編『源氏物語図典』小学館

秋山虔・室伏信助編『源氏物語必携事典』角川書店

室伏信助 監修・上原作和 編集『人物で読む源氏物語』全20巻、勉誠出版（原文、現代語訳、紫式部伝、人物ファイル、マンガ、参考文献）

田口栄一監修『源氏物語―豪華「源氏絵」の世界』学習研究社

鈴木健一編『源氏物語の変奏曲―江戸の調べ』三弥井書店

皆本二三江著『だれが源氏物語絵巻を描いたのか』草思社

尾崎左永子著『源氏の薫り』求竜堂

八條忠基著『素晴らしい装束の世界―いまに生きる千年のファッション』誠文堂新光社

尾崎左永子著『源氏の恋文』文藝春秋

槇佐知子著『日本の古代医術―光源氏が医者にかかるとき』文藝春秋

胡潔著『平安貴族の婚姻慣習と源氏物語』風間書房

藤本勝義著『源氏物語の想像力―史実と虚構』笠間書院

山中裕著『源氏物語の史的研究』思文閣出版

藤井貞和著『タブーと結婚―「源氏物語と阿闍世王コンプレックス論」のほうへ』笠間書院

藤井貞和著『源氏物語』岩波書店

マンガでわかる源氏物語

●協定により検印省略

著者	砂崎 良
監修者	上原作和
マンガ	亀小屋サト・サイドランチ
発行者	池田士文
印刷所	大日本印刷株式会社
製本所	大日本印刷株式会社
発行所	株式会社池田書店 〒162-0851 東京都新宿区弁天町43番地 電話03-3267-6821（代） 振替00120-9-60072

落丁、乱丁はお取り替えします。

ISBN978-4-262-15408-4

1702712